각성! 북경각

각성 7
북경각 완결

초판 1쇄 인쇄일 2015년 10월16일 ㅣ **초판 1쇄 발행일** 2015년 10월 20일

지은이 전남규 ㅣ **펴낸이** 곽중열 ㅣ **담당편집 팀장** 이범수
편집부 신연제 이윤아 김호성 김은경

펴낸곳 (주)조은세상 ㅣ 출판등록 제 2002-23호
주소 경기도 연천군 미산면 청정로1355
TEL 편집부 02)587-2966 ㅣ FAX 02)587-2922
e-mail bukdu@comics21c.co.kr

ⓒ전남규 2015
ISBN 979-11-5832-316-5 ㅣ ISBN 979-11-5832-089-8(set) ㅣ 값 8,000원

MODERN FANTASY STOR

전남규 현대판타지 장편소

각성!
북경각

북
(주)조은

CONTENTS

MODERN FANTASY STORY

35. 우와, 나 비행기 처음 타봐(2)

···7

36. 너 까불다가 혼난다?

···37

37. 왜 그랬어?

···115

38. 코리안 레전드 셰프

···165

39. 일희일비

···267

에필로그. 부먹? 찍먹?

···329

35. 우와, 나 비행기 처음 타봐(2)
MODERN FANTASY STORY

각성! 북경각

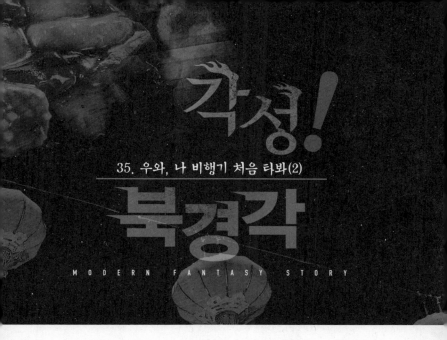

MODERN FANTASY STORY

한편 경묵은 오너 셰프 코리아가 종료된 후로, 몇 가지 변화를 겪었다.

우선 첫 번째는 마스크나 선글라스를 착용하고 다니지 않으면 이동이 불가능할 정도로 많은 사람들이 자신을 알아본다는 것.

많은 사람들이 자신을 알아본 다는 것은 한 편으로는 기분이 좋으면서도 한 편으로는 굉장히 고된 일이었다.

하다못해 출근길 신호위반 딱지를 끊던 경찰관마저 사인을 받을 정도였으니 말이다.

안 그래도 경묵에게 쏠려있던 언론의 관심은 인터뷰에서 상금 전액을 기부하겠다는 소견을 밝히는 것으로 더욱 더 증폭되었다.

물론, 이 또한 최태룡 회장의 제안이었다.

'내가 세금 공제된 금액만큼 페이 백을 해줄 테니 상금은 전액 기부하도록 해. 지금 자네는 평판에 가장 큰 금액을 투자해야 하는 단계야.'

물론 결과는 성공적이라 할 수 있었다.

두 번째로 맞이한 변화는 푸드 트럭의 영업이 종료되는 시간이었다.

재료는 전과 같은 양을 받아서 썼기 때문에 총 매출액은 전과 다를 바가 없었지만, 재료가 떨어져서 영업을 마치는 시간은 급격하게 단축되었다.

오늘도 마찬가지였다.

오후 5시도 되지 않아 모든 재료를 소비한 '경묵이네 북경각' 식구들은 영업 마감 정리에 몰두해 있었다.

경묵은 현재 이미 억대 월 매출을 올리고 있는 오너 셰프였고, 덩달아 민경 분식과 관련된 일화들도 각종 미디어에 보도되며 무료 광고효과를 톡톡히 거두고 있었다.

물론 경묵은 이렇게 바쁜 일상을 이어가는 와중에도 주변 사람들이 혀를 내두를 정도로 빡빡한 일정을 소화하고 있었다.

햇빛 보육원에서 행하던 봉사활동을 꾸준히 이어가는 와중에 최만기 회장이 약속한 업장들의 공사 현장을 직접 방문하여 상황을 지켜보는 등, 꾸준히 강행군을 이어가고 있었다.

세 번째 변화는 바로 경묵의 휴대폰 전화번호부에 있었다.

그 전에는 거의 텅 비어있다 시피 하던 전화번호부가 각종 방송 관계자부터 시작해서, 유니언컴퍼니의 최만기 회장과 최태룡 회장.

심지어는 유명 셰프들의 번호들까지 모두 들어있는 전화번호부가 되었다.

"아, 피곤하다."

경묵이 너스레를 떨며 말해보이자, 지언이 욕을 흐르는 물에 씻어내며 대답해 보였다.

"그러게요. 요즘 정말 장사 잘 되네요. 그런데 왜 재료를 항상 제한해 두는 거예요? 물건을 더 많이 받으면 더 높은 수익을 올릴 수 있잖아요."

"우선 우리가 감당할 수 없잖아. 하루 장사하고 그만 둘 것도 아니고 어차피 가게야 매일 열 건데 굳이 무리할 필요 없지. 지금도 솔직히 충분히 힘들잖아. 더군다나 매일 언제든지 와서 먹을 수 있다고 생각해 봐. 그건 스스로 가치를 떨어트리는 거야. 못해도 이렇게 장사를 하면 질려서 먹기 싫다는 생각은 안하게끔 할 수 있잖아."

이내 지언이 동조하듯 고개를 끄덕여 보였다.

"하긴, 그건 그래요. 중국 요리에 대한 인식 자체가 진부하고 평범한 점심 저녁 메뉴라는 생각이 박혀 있으니까 말이에요."

이러한 지언의 학구열은 가끔 경묵을 웃음 짓게 만들곤 했다.

경묵은 지언의 머리칼을 한 번 쓰다듬어주고는 말을 이었다.

"어쨌든, 오늘 저녁에 시간 비워뒀지?"

"아, 벌써 오늘이네요. 물론이죠. 전 항상 시간 비어있어요."

경묵은 옅은 미소를 지어보이고는 푸드 트럭 주방 칸에서 내려섰다.

오늘을 끝으로 정혁도 남광민 셰프의 식당에서 돌아오기로 했고, '북경각'에 다 같이 모여 '주방 직원 총회의'를 마친 후에 비행기 표와 대회가 치러질 동안 지낼 숙소를 예약하기로 했다.

이내 손에 묻은 물기를 조리복에 몇 번 슥슥 닦아내 보인 경묵이 주머니에서 자신의 휴대폰을 꺼내어 들었다.

그리고는 액정에 떠있는 자신의 일정표를 한 번 바라보았다.

마치 한류스타를 방불케하는 빽빽한 일정 탓에 한숨을 한 번 내쉬어 보인 경묵이, 테이블을 닦고 있던 서은에게 다가갔다.

"서은씨."

이내 서은이 테이블을 닦던 손을 멈추고는 답했다.

"네?"

어둡기만 하던 경묵의 얼굴 위에 다시금 미소가 드리웠다.

경묵은 서은이 닦던 테이블을 짚고 선 채로 능청스러운 투로 말을 이어나가기 시작했다.

"내일부터 꿀 같은 휴가 시작인데, 오늘 저녁에 뭐해요?"

"오늘 저녁? 아무런 일도 없는데, 왜요?"

"영화라도 한 편 볼까요?"

이내 서은이 볼을 살짝 붉히며 되물었다.

"데이트 신청이에요?"

저돌적인 서은의 물음에, 경묵 역시 볼을 살짝 붉히며 대답했다.

"뭐, 꼭 그런 건 아닌데, 그렇다고도 할 수 있고……."

경묵이 수줍은 듯 대답을 얼버무리고 있을 무렵, 저 멀리서 누군가가 크게 호통 치는 소리가 들려왔다.

"지언아! 가게에서 연애질 하는 애들 보면 내가 어떻게 하라고 했어!"

쩌렁쩌렁한 목소리의 주인공은 정혁이었다.

샤프심이 꽂힌 것 마냥 지저분한 턱수염에, 초췌한 몰골로 다시금 모습을 드러낸 정혁의 꼴은 정말이지 우습기 그지없었다.

뒤로 맨 백팩 주머니에는 온갖 주방 도구가 꽂혀 튀어 나와 있었고, 마치 산에서 수련을 마치고 갓 하산한 '도인' 같은 몰골이었다.

"형!"

지언이 손에 끼고 있던 고무장갑을 벗어던지고는 마치 파병에서 돌아온 군인 아버지를 반기는 아들마냥 정혁을 반갑게 맞아 주었다.

"내 새끼! 잘 지냈냐!"

"네! 형은요?!"

지언의 물음에 정혁은 대답하지 않았다.

다만 섬뜩한 미소를 지어보이는 것으로 대답을 대신하였다.

이내 그 모습을 바라보던 경묵이 조심스레 입을 뗐다.

"아니, 요리 배우러가서 왜 거지가 돼서 돌아왔어요?"

이내 정혁이 푸드 트럭 유리창에 비친 자신의 초췌한 몰골을 바라보고는 다시금 비릿한 미소를 지어보였다.

경묵은 헛웃음을 지어보이고는 장난기 가득 어린 투로 말을 이었다.

"대체 거기서 무슨 일이 있었던 거예요?"

"무슨 일이라······."

"어쨌든 준비는 된 거죠?"

이내 정혁은 세차게 고개를 끄덕여 보이고는 이글 거리는 눈으로 경묵을 바라보며 속삭이듯 말했다.

"그래, 가자. 세계대회 1등 하러."

열의가 넘치다 못해 부글부글 끓어오르고 있는 것 같은 진득한 목소리였다.

⊛

그 날 저녁, 이번 상해 세계중식 대회에 참가하기로 되어 있는 네 명의 요리사 경묵과 정혁, 대욱과 전병우가 북경각 안에 모여 있었다.

새로이 합류한 주방 식구 지언 역시 함께였다.

세계중식 요리 연합회에서 개최하는 이번 세계대회가 치

러지는 곳은 상해에 위치한 '그랜드 캠 호텔'이었다.

참가자들은 무조건 그랜드 캠 호텔에서 숙식을 해결해야 한다는 다소 불합리한 조항이 있었지만, 이는 사라지지 않는 악습 중 일부였다.

"이래서야 원, 돈 없으면 뭐 대회도 못 나가겠는데."

정혁이 이죽거리는 투로 말해보이자, 멀찍이 떨어져있던 경묵의 스승 전병우가 천천히 몸을 일으켜서는 북경각 카운터에 놓인 pc앞으로 다가섰다.

"왜? 얼마나 비싼데?"

이내 호텔의 숙박비를 확인한 전병우가 인상을 잔뜩 찡그려 보였다.

"에? 에라, 도둑놈들 같으니."

경묵은 마냥 좋다는 듯 미소를 머금은 채 대답해보였다.

"그래도 5성 급 호텔이라잖아요. 저는 5성 급 호텔 이런데 가본 적 한 번도 없어요."

아닌가? 아! 그러고 보니 가본 적은 있었다.

일전에 최만기 회장과 그의 수행비서 이상윤과 함께 저녁 식사를 가졌던 호텔 역시 7성 급 호텔이었다.

다만, 숙박을 해 본 적은 없었다.

이내 경묵의 옆 자리에 서 있던 형대욱이 천천히 말을 이어나가기 시작했다.

"그래도 이 정도면 악습이 많이 사라진 거나 다름이 없어요. 예전에는 참가자들은 의무적으로 게스트들의 갈라쇼를 전부 관람해야 했으니까 말이에요."

갈라쇼란 말 그대로 전 회 수상자라던지, 입지가 굳건한 요리사가 펼치는 일종의 요리 쇼를 말한다.

이 또한 금액이 만만치 않으니 형편이 녹록치 않은 참가자라면 이런 악습 또한 부담스럽게 다가왔을 것이 분명했다.

이내 경묵이 분위기를 환기 시키려는 듯 손뼉을 한 번 쳐 보이고는 입을 뗐다.

"자! 어쨌든 여러분은 돈 걱정은 안하셔도 돼요! 우선 재미있게 놀고 온다는 생각으로 다녀오자고요. 관광도 조금 하고 말이에요."

한 편, 조금 카운터에서 조금 떨어진 테이블에 아무 말 없이 앉아있던 지언을 발견한 대욱이 손가락으로 지언을 가리켜 보이며 물었다.

"경묵아, 지언이는?"

이내 경묵이 잠시 고민하듯 인상을 살짝 찡그려보이고는 지언에게 물었다.

"지언아, 너 여권 있지?"

"네?"

갑작스런 질문에 지언이 되물어보이자, 경묵이 사람 좋은 미소를 한 번 지어보이고는 말을 이었다.

"여권 말이야, 있어?"

"아, 네! 있어요!"

이내 상황을 파악한 지언이 밝은 목소리로 대답해 보였다.

"그래, 한 번 확인해보고 혹시 재발급 해야 되는 거면 재발급 받고 영수증 첨부해. 공연히 혼자 남아있을 필요 뭐 있겠어? 같이 가서 배우기도 배우고, 가이드도 좀 해주고 그래."

"와! 정말요?"

이내 정혁이 익살스런 미소를 지어보이고는 지언에게 다가서서는 옆구리를 툭툭 치며 물었다.

"야, 부모님한테 허락 받아야지."

"제가 무슨 미성년자인가요?"

지언이 다소 씩씩거리며 대답해 보이자, 정혁이 한껏 이죽거리는 투로 지언의 말투를 그대로 따라하며 놀리기 시작했다.

"제가 무슨 미성년자인가용?!"

정혁이 우스꽝스럽게 지언을 흉내내 보이자, 장내에 한 차례 웃음이 울려 퍼졌다.

경묵이 다시금 손뼉을 쳐서 주목을 끌고는 사뭇 진지한 목소리로 입을 뗐다.

"자, 우선 호텔 예약은 마쳤고……. 이제 다들 모여 봐요."

이내 모두의 시선이 경묵에게로 쏠리자, 다리를 꼬고 앉은 경묵이 천천히 설명을 이어나가기 시작했다.

"아시다시피, 대욱셰프님이 우리 팀의 헤드 셰프가 될 거예요. 총괄지휘를 맡으실 테니까 대회 내내 전반적으로 대욱셰프님을 따라가시면 돼요."

"셰프님은 무슨."

대욱이 부끄러운 듯 콧잔등을 한 번 쓸어보이자, 다른이들 모두가 옅은 미소를 지어보였다.

대욱의 어깨를 가볍게 툭 두드려 보인 경묵이 다시금 말을 이어나가기 시작했다.

"무조건 좋은 결과를 거두어야만 하는 것은 아니지만, 사실 기대를 안 할 수가 없잖아요? 모르긴 몰라도 저마다 맡은 파트에서 최선을 다하면 좋은 결과 거둘 수 있을 거라고 생각해요. 각자 준비한 레시피 대로 실수 없이만 해 봅시다. 그리고 대회 측에서 나온 공문은 번역 마치는 대로 조달해드릴 테니까 완벽하게 숙지하시고요. 그리고 지언이."

이내 지언이 초롱초롱하게 뜨고 있던 눈을 더욱 더 부릅떠 보이며 대답했다.

"예!"

"지언이 너도 그냥 옆에서 본다고 가볍게 생각하지 말고, 다음번에는 네가 설 무대니까 최대한 세심히 관찰해두도록 해. 알았지?"

"예!"

이내 경묵이 지언에게 인쇄 되어있는 종이를 한 장 건넸다.

얼떨결에 종이를 받아든 지언이 경묵에게 되물었다.

"이게 뭐에요?"

"공문이야, 경묵 푸드 컴퍼니 이름으로 인쇄한 공문."

"무슨 공문이요?"

지언은 물음과 동시에 받아든 종이를 한 번 훑어보기 시작했다.

경묵이 건넨 공문은 이번 세계 대회로 인한 해외 출장과 관련 된 공문이었는데, 지언의 부모님에게 전하는 짤막한 직원평가와 함께 일정표가 쓰여 있었다.

이내 지언이 표정을 살짝 구기며 되물었다.

"아! 정말 저 미성년자 아니라니까요!"

"그래도 부모님께 보여드려. 금이야 옥이야 키운 아들이 해외로 출장은 왜 가는지 또, 어떤 일정을 밟는지 정도는 아셔야 하지 않겠어?"

"알겠어요."

지언이 마지못해 받아든 공문을 자신이 앉아있던 테이블 위에 올려두자, 경묵이 무어라 나지막이 속삭였다.

"……."

이내 지언이 다시금 되물었다.

"네?"

지언뿐만 아니라 경묵의 근처에 서 있던 이들도 경묵이 방금 한 말을 잘 듣지 못한 것인지 관심을 가지고 경묵을 지켜보고 있었다.

이내 경묵이 장난기 가득어린 웃음을 지어보이며 말했다.

"아! 진짜! 저 미성년자 아니거든용?!"

경묵이 다시금 우스꽝스러운 투로 지언을 흉내내자, 북경각 안에 웃음꽃이 피었다.

그 때, 북경각의 문이 열리며 문 위에 달려있던 종이 청량한 소리를 내보였다.

띠링—

그 소리를 들은 정혁은 심드렁한 목소리로 뒤도 돌아보지 않은 채 말했다.

"영업 끝났어요."

직후 아무런 대답도 들리지 않자, 모두의 시선이 방금 열린 문 쪽으로 향했다.

문 앞에 선 사람은 다름 아닌 서은이었다.

츄리닝 바지에 느슨한 반팔티를 입은 후줄근한 차림새의 서은이 아닌, 공들여 화장을 하고 짧은 치마를 입은 여성스러운 차림새의 서은.

이내 문 밖에서 분 바람에, 서은의 머릿결이 휘날리기를 잠시 그 모습을 바라보던 모든 이들이 자신의 눈을 확인하듯 눈을 비벼 보였다.

"와……. 여자는 화장발이라더니……."

"옷이 날개네……."

경묵만이 무던한 목소리로 말을 이었다.

"자, 그럼 이걸로 회의 끝! 서은씨, 미안해요. 오래 기다렸죠?"

"아니에요, 저도 막 준비 마쳤어요."

경묵은 득의의 미소를 지어보인 후 양 팔로 허공을 한 번 갈라보인 후에 쩌렁쩌렁한 목소리로 외쳤다.

"자, 그럼 다들 해산!"

이내 부러움의 눈길이 경묵에게로 쏟아졌다.

경묵은 자신에게 쏟아지는 눈길에는 아랑곳 하지 않은 채 서은과 함께 가게 밖으로 천천히 나섰다.

이내 정혁이 눈을 질끈 감아 보이며, 짙은 아쉬움이 묻어 나오는 목소리로 말했다.

"하, 저 자식도 연애를 하는데!"

그 모습을 바라보던 형대욱이 배시시 웃음을 지으며 가볍게 정혁의 어깨를 두드렸다.

"뭐에요, 셰프님. 지금 저 동정하시는 거예요?"

이내 정혁이 말을 마치기가 무섭게 전병우 역시 정혁의 어깨를 다독이듯 두드리고는 가게 밖으로 나섰다.

"뭐야? 선생님도 지금 저 동정하시는 거예요?"

이내 정혁이 불안한 눈빛으로 지언을 바라보았다.

지언 역시 씁쓸한 미소를 지어보이고는 정혁의 어깨를 한 번 보듬어 주고는 가게 밖으로 나섰다.

"뭐야? 지언이 너까지 나 동정하는 거야?"

이내 북경각 문 앞에 선 지언이 뒤를 살짝 돌아 정혁을 바라보고는 나지막이 말했다.

"형, 원인은 먼 곳에 있지 않다는 말이 있다더라고요."

"뭐? 이 자식, 그게 무슨 소리야?"

"그러니까……. 아니에요…….."

드르륵!

이내 의자를 박차고 일어선 정혁이 지언에게 달려들자, 지언이 혀를 살짝 내밀어 보이고는 전 속력으로 도망치기 시작했다.

지언을 쫓다가 북경각 문 앞에 잠시 멈춰 선 정혁이 옅은 미소를 한 번 지어보이고는 가게 밖으로 나서기 전에 홀 전등 스위치를 꺼 보였다.

탁-

띠리릭-!

다시금 북경각 문을 잠근 정혁이 지언을 쫓으며 고래고래 소리치기 시작했다.

"야! 박지언 이 나쁜 놈아! 거기 안 서?"

"아, 형! 죄송해요!"

⊛

오늘 하루는 마음 편히 보내기로 작정한 서은과 경묵, 두 사람은 최태룡에게 지급받은 고급 외제차를 타고 신촌 인근에 도착해 있었다.

평일 저녁이라지만, 이 거리의 교통 체증을 피해가는 것은 불가능했다.

앞으로 나아가는 것이 불가능하다시피 보이는 상황이었다.

"차 엄청 막히네요."

경묵의 짜증 섞인 말에 서은이 옅은 미소를 지어보이며 대답했다.

"그러게요. 여기가 맨날 그렇죠, 뭐."

답답한 듯 인상을 살짝 찡그리고 있는 경묵과 달리 서은은 잔뜩 들떠있는 듯 보였다.

사실 오늘 데이트 코스 중 첫 번째로 향하고 있는 장소는 다름 아닌 '백화점' 이었다.

서은이 요 근래 바쁜 일정 탓에 백화점은커녕 동네 마트도 잘 가지 못했다고 칭얼댄 덕분에 정한 행선지였다.

"이야! 쇼핑! 쇼핑!"

"그렇게 좋아요?"

"그럼요, 요 근래 일 때문에 백화점도 못 오고……."

서은이 얼굴을 감싸 쥔 채, 우는 척 어깨를 살짝 들썩여 보이자 경묵이 한숨을 내쉬어보였다.

한편, 신호대기를 하는 와중에도 연신 우렁차게 배기 음을 뱉어대는 이탈리아 산 고급 외제 차 덕분에 행인들의 이목이 두 사람에게 집중되어 있었다.

"와, 저 차 봐."

"인터넷에서만 보던 차인데, 신기하네."

"저런 차를 타는 사람은 대체 뭐 하는 사람일까?"

"뭐하는 사람이긴, 모름지기 각성자 아니겠어?"

몇몇은 사진을 찍기도 했고, 가던 걸음을 멈춰선 채 하염없이 바라보기도 했다.

다만 차 유리창이 새까맣게 선팅이 된 덕분에 차 내부에 오른 두 사람을 볼 수는 없었다.

물론 차 안의 두 사람은 별로 개의치 않는 듯 보였다.

밖에서는 안이 보이지 않기 때문이기도 했고, 이제는 두 사람 모두 함께 다닐 때 쏟아지는 주위에 시선에 어느정도 익숙해진 덕분이기도 했다.

이내 창 너머를 바라보던 경묵이 피식하고 웃음을 지어보이자, 서은이 의아하다는 듯 되물었다.

"왜 그래요?"

"아니, 서은씨. 저기 좀 봐요. 저기 보이죠?"

경묵이 손을 들어 창 너머로 보이는 간판 하나를 가리켜 보이자, 서은 역시 천진난만한 미소를 지어보였다.

"어머!"

경묵이 가리킨 간판은 다름 아니라 두 사람이 처음 만났던 카페였다.

두 사람이 처음 만난 날.

처음으로 요리에 버프 효과를 담아내는 법을 전수받았던 날이자, 화제의 동영상 1위에 올랐던 난해한 상황을 겪었던 날이었다.

또한 처음으로 두 사람이 술잔을 부딪혔던 날이기도 했다.

잠시 회상에 젖어있던 경묵이 다시금 피식하고 미소를 지어보인 후에 조수석에 앉은 서은을 물끄러미 바라보았다.

지금 광경을 상상이나 한 번 했던 적이 있었나?

단언컨대 없었다.

어느덧 이렇게 가까운 사이가 되어, 간만의 휴식시간을 함께 보내고 있다고 생각하다보니 감회가 상당히 새로웠다.

이내 경묵의 시선을 인지한 서은이 아랫입술을 살짝 깨물어보이고는 물었다.

"왜 그렇게 쳐다봐요?"

"아니, 그냥."

신호가 바뀐 것을 확인한 경묵이 다시금 엑셀 페달을 꽉 밟아보이자, 우레와 같은 배기 음이 울려 퍼졌다.

콰과가가가강—!

그러거나 말거나 서은은 여전히 경묵의 옆태에서 시선을 거두지 못한 채로 물었다.

"그냥?"

"이뻐서."

"뭐야! 완전 느끼해."

말이야 이죽거리는 투로 해보였다지만 볼은 이미 발그레 해져 있었고 목소리는 떨리고 있었다.

경묵은 그런 서은이 마냥 귀엽게 느껴진 탓에 입 꼬리를 살짝 말아 올려 보일 수밖에 없었다.

❀

이윽고 두 사람은 역 인근의 백화점 주차장에 들어섰다.

주차장 안에 들어서기가 무섭게 주차요원이 마치 이동을 만류하듯 손바닥을 들어보이자, 경묵이 마지못해 브레이크 를 밟았다.

"설마 주차장이 꽉 찬 건 아니겠죠?"

"글쎄요? 그건 아닌 것 같고, 발렛 파킹 해주려는 것 아닐 까요?"

"에?! 발렛 파킹?!"

발렛 파킹이라는 말에 경묵이 입에 한 가득 미소를 머금었 다.

TV드라마에서 보던 발렛 파킹을 직접 겪어보게 될 줄은 몰랐던 것이었다.

모르긴 몰라도 '발렛 파킹'이라 함은 극진한 대우의 상징이라 할 수 있지 않겠는가?

"그런데 갑자기 발렛 파킹은 왜……."

이내 서은이 옅은 미소를 머금은 채, 차 앞 유리창 모퉁이에 붙어있는 투명스티커 하나를 가리켰다.

"어라, 저게 뭐지? 처음 보는데."

진즉에 붙어있던 스티커였지만, 경묵은 스티커의 존재 자체도 아예 모르고 있는 상황이었다.

"한국백화점 VIP스티커에요. 한국 백화점은 저 스티커가 부착된 차량은 직접 발렛 파킹을 해주고요."

"그… 그럼 그냥 내리면 돼요? 그럼 직원이 알아서 척, 척 주차 해주고 그런 거예요……?"

경묵이 잔뜩 격양된 목소리로 물어보이자, 서은이 입가에 미소를 머금은 채 장난기 어린 목소리로 말을 이어나가기 시작했다.

"네, 경묵씨. 릴렉스. 침착하게."

두 사람이 차에서 내리기가 무섭게, 주차장 안에서 일하는 주차요원들의 시선이 오롯이 경묵에게로 쏠렸다.

저런 차를 타는 사람은 과연 어떤 사람일지에 대한 호기심에 모두들 눈을 떼지 못하고 있던 것이다.

"어 경묵씨 저, 이거 잠깐만요."

서은이 옷매무새를 가다듬으려는 듯 자신의 핸드백을 건네자, 핸드폰을 내려다보던 경묵이 심드렁한 표정으로 서은의 핸드백을 받아들었다.

이내 열린 운전석 문을 못마땅하다는 듯 살피던 경묵이 인상을 살짝 찡그린 채 자신의 양 손을 한 번 번갈아 보았다.

멀찍이 떨어져서 그런 경묵의 모습을 살피던 주차요원들이 수근덕대기 시작했다.

"어? 야, 저 사람 봐. 설마 발로 문 닫으려나······?"

"참나, 야! 말이 되는 소리를······."

이윽고 경묵은 한 치의 망설임조차 없이 구둣발로 운전석 문을 밀어 차 문을 닫아보였다.

"웃차!"

탁─!

"헐, 봤어? 저 사람 지금 발로 문 닫았어······."

"내가 다 마음이 아프다······."

"저 차 사려면 내가 앞으로 8년 동안 하루에 한 끼만 먹으면서 일 해야 하는데······. 역시 부자는 다르다······."

경묵은 자신에게 쏟아지는 시선에는 전혀 아랑곳하지 않은 채, 자신에게 다가선 멋들어지는 제복 차림의 주차요원에게 슈퍼 카의 차키를 건네며 말했다.

"잘 부탁드립니다."

"예, 감사합니다. 즐거운 시간 되십시오."

이내 공손히 고개를 숙여 보인 주차요원이 조심스레 경묵의 차 운전석에 올라탔다.

다른 주차요원들은 슈퍼 카의 운전대를 잡게 된 동료 주차요원에게 부러움의 눈길을 쏟아 내는데 여념이 없었다.

반면 경묵의 관심은 다른 데에 쏠려 있었다.

"서은씨, 어땠어요? 조금 익숙해 보였어요?"

개구쟁이 같은 경묵의 어투에 서은이 자신의 입가를 살짝 가린 채 작은 소리로 대답해 보였다.

"네, 자연스러웠어요. 성공!"

"와, 드라마에서 보던 건데. 발렛 파킹이라, 이거 엄청 근사하네요? 그렇지 않아요?"

두 사람은 이런저런 대화를 나누며 천천히 백화점 안으로 들어섰다.

백화점 안은 가히 인산인해를 이루고 있다 해도 과언이 아니었다.

"와, 사람은 또 왜 이렇게 많은 거야?"

"잠깐만 둘러보고 나가요. 오늘 분명히 같이 쇼핑해주기로 했잖아요."

서은이 살짝 토라진 듯 말해보이자 경묵이 눈웃음을 지어보이며 손사래를 쳐보였다.

"그럼요, 하기로 했죠. 해야죠."

"아! 대체 얼마만이야 이 냄새!"

서은이 양 손을 꼭 마주 잡은 채로 숨을 깊게 들이쉴 때, 경묵은 고갯짓을 해보이고는 짙은 한숨을 내쉬었다.

"자, 출발!"

이내 서은은 척 보기에도 신이 잔뜩 난 듯 가벼운 발걸음으로 명품관 이곳저곳을 둘러보기 시작했다.

뭐, 사실 첫 번째 데이트 장소가 백화점이라는 사실이 그다지 내키지는 않았지만, 그래도 서은이 이렇게나 좋아하는 모습을 보이니 한 편으로는 마음이 가볍기도 했다.

경묵은 몇 걸음 떨어진 곳에서 그런 서은을 바라보며 흐뭇한 미소를 지어보이고 있었다.

그러나 애석하게도 그 미소는 그다지 오래가지 못했다.

"서은씨, 대체 언제까지……."

경묵은 체력의 한계를 느끼고 있었다.

발바닥이 불이 날 것처럼 뜨거웠고, 양 손 가득 서은이 구입한 옷가지며 액세서리들이 들어있는 쇼핑백을 들고 있었다.

서은의 쇼핑이 무려 몇 시간이나 이어진 것이다.

"조금 있으면 폐장 시간이에요."

"알아요! 시간이 없어요! 자, 움직입시다!"

서은은 경묵과는 달리, 여전히 지친 기색 하나 없이 당찬 걸음으로 백화점 이곳저곳을 누비고 있었다.

"어! 경묵씨! 이리 좀 와 봐요."

이내 경묵이 서은의 부름에 터벅터벅 걸음을 옮겨 서은이 바라보고 있는 진열장 앞에 다가섰다.

"이 시계 어때요?"

"시계?"

서은이 손가락으로 가리켜 보인 시계는 투명한 유리알이 아니라, 푸르스름한 알이 끼워진 스위스 산 고급 시계였다.

"오, 알이 파란색이네."

경묵이 저도 모르게 내뱉은 말 한 마디에, 옆에 서있던 명품관 직원이 신이 난 듯 떠들어대기 시작했다.

"오! 탁월한 안목이십니다. 이 시계는 사파이어 코팅이 된 제품으로서, 스위스에서 제작된 SSS급……."

심드렁한 표정으로 이야기를 듣고 있는 경묵과는 달리, 서은은 제법 집중해서 듣고 있는 듯 보였다.

서은이 질문 몇 가지를 던져보이자, 직원은 더욱 더 신이 나서 설명을 이어나가기 시작했다.

"안에 박힌 건 자개에요, 다이아에요?"

"모두 진품 다이아몬드입니다."

"시계 줄은 바꿔낄 수 있는 거죠?"

"그럼요, 물론입니다. 자사에서 내놓은 시계줄 2줄을 함께 드리고 있습니다. 지금 끼워진 시계줄 하나, 가죽 시계 줄 하나 해서 두 개요. 가죽 시계줄은 송아지 가죽으로서……."

한참동안 명품관 직원과 이야기를 나누던 서은이 눈썹을 살짝 꿈틀 해보이고는 말했다.

"저거 한 번 껴볼게요."

"알겠습니다. 잠시만요."

명품관 직원이 조심스럽게 진열장 뒤로 가서는 시계를 꺼내 진열장 위에 올려 두었다.

이내 서은이 경묵에게 살짝 턱짓을 해보이고는 말했다.

"뭐해요? 얼른 껴 봐요."

"예?"

이내 경묵이 진열장 위에 올려진 시계를 한 번 바라보았다.

그러고 보니 줄이 제법 두껍고 알이 큰 것이 여자 시계처럼은 보이지 않고, 남자시계 같아만 보였다.

마지못해 시계를 손목에 껴 보이자, 명품관 직원이 작은 탄성을 내뱉었다.

"오아……."

영업적 의도가 다분하다고 여겨졌지만, 방금의 탄식은 사실 진심에서 우러러 나온 탄식이었다.

경묵의 지속 효과 스킬인 [우아한 움직임] 덕분이었을까?

비싼 시계 덕분에 경묵이 달라 보이는 것이 아니라 경묵 덕분에 시계가 달라 보이는 것 같다는 생각이 들 정도였다.

경묵 역시 제법 마음에 드는 것인지, 아랫입술을 살짝 내민 채로 손목에 감싸져있는 시계를 여러 각도에서 살펴 보았다.

"어때요?"

서은의 물음에 경묵이 무던한 어투로 대답했다.

"그냥, 뭐. 좋네요."

경묵의 대답을 들은 서은이 명품관 직원에게 자신의 카드를 건네며 말했다.

"이거 주세요."

"에? 뭐야, 사주는 거예요?"

"오늘 고생했으니까 선물 하나 해드려야되지 않겠어요?"

이내 경묵이 시계 줄 끝에 살짝 달려있는 가격표를 한 번 확인해 보았다.

[13,850,000₩]

뭐? 천 삼백…… 어?

생각보다 훨씬 더 높은 가격 탓에 깜짝 놀란 경묵이 고갯짓을 해 보였다.

"아냐, 아냐. 됐어요."

카드를 받아든 명품관 직원이 몸둘 바를 모르고 되물었다.

"어떻게…."

"계산 해주세요. 일시불로."

이내 경묵이 양 손으로 손사래를 쳐 보이자, 서은이 미소를 살짝 머금은 채 말했다.

"이게 다 투자에요, 투자."

"무슨 투자요! 아냐, 투자고 나발이고 됐어요. 부담스럽…."

서은이 이내 검지를 입술에 바짝 붙이고는 날이 잔뜩 선 날카로운 목소리로 나지막이 말했다.

"연하남 꼬시려면 누나가 돈 좀 써야하지 않겠어요?"

이내 서은의 기세에 짓눌린 경묵이 말을 잇지 못하고, 짧은 탄식을 내뱉었다.

명품관 직원은 계산을 진행하는 과정에서 경묵에게 연신 부러움의 눈길을 뿜어댔다.

쇼핑을 마친 두 사람은 백화점 내에 위치한 카페에 앉아 커피를 한 잔 마셨다.

경묵은 선물 받은 시계가 내심 마음에 드는 것인지 시계 태엽을 연신 매만지고, 케이스를 살펴댔고 서은은 그런 경묵의 모습을 바라보며 옅은 미소를 지어보이고 있었다.

"마음에 들어요?"

"네, 시계 처음 차보거든요."

경묵의 말을 들은 서은이 놀라 되물었다.

"네?"

"핸드폰 있는데 시계가 왜 필요할까 했었는데 이런 시계라면 나쁘지만은 않네요. 아니, 좋네요. 엄청."

순박한 미소를 지어보이는 경묵을 바라보던 서은이 격양된 목소리로 말을 이었다.

"뭐야, 그럼 이게 첫 시계에요?"

"네, 첫 시계."

이내 서은이 미소를 지어보이고는 말했다.

"그럼 앞으로 손목시계 볼 때마다 내 생각나겠다. 기분 엄청 좋네."

"뭐야, 어디 갈 사람처럼 왜 그래요."

"가긴 어딜가요, 연하남 코 꿰느라 정신 없는데."

이내 경묵이 웃음을 지어보였다.

두 사람의 대화는 스피커에서 폐장 시간 안내 문구가 흘러나올 때 까지 계속됐다.

오랜만에 갖는 휴식은 참으로 달콤했다.

❁

상해에서 치러지는 세계 중식 대회를 위한 출국 당일.

출국 수속을 마치고 비행기에 오른 다섯 사람.

경묵과 정혁, 지언과 형대욱, 그리고 전병우가 승무원의 안내에 따라 걸음을 옮기고 있었다.

한편 경묵은 연신 경직된 표정으로 걸음을 옮기고 있었다.

그런 경묵의 표정을 살피던 정혁이 경묵의 팔을 세게 툭 치고는 물었다.

"뭐야, 천하의 임경묵도 세계대회 때문에 떨고 있는 거야?"

"하, 그런 게 아니라 비행기는 처음 타보는 거라 그런지 엄청 떨리네요."

"너 비행기 처음 타 봐? 이거 완전히 촌놈이네."

이내 정혁이 잔뜩 너스레를 떨기 시작했다.

"자고로 비행기란 말이지, 기내식. 기내식이 나온다고. 그건 알지?"

"알죠, 내가 뭐 바보인가."

"그래, 그럼 다행이다. 그리고 조심해 이게 비행기가 활주로를 달리다가 딱! 뜨는 순간 있지? 귀가 멍멍해질 수도 있어. 조심하라고."

"아, 그 얘기는 들어본 적 있는 것 같은데……. 어라? 그런데 형 비행기 타본 적 있어요?"

정혁은 대답대신 호기로운 미소를 지어보이고는 지정된 자리에 착석했다.

경묵은 정혁의 옆 자리에 앉았고, 정혁은 손가락을 튕겨내 '딱!' 소리를 내보이고는 스튜어디스에게 말했다.

"아가씨, 미안한데 물 한 잔만 가져다줄래요? 목이 말라서."

"네, 잠시만 기다려주세요."

정혁이 능숙한 어조로 말해보이자 경묵이 반짝이는 눈으

로 정혁을 바라보았다.

"와, 형 엄청 멋있네요. 이런 면이 있을 줄이야……"

"기본이지, 기본."

이내 이륙 전, 안내 방송과 함께 승무원들이 짤막한 안전 교육을 실시했다.

귀담아 듣는 경묵과 달리, 정혁은 여유 가득한 표정으로 준비해 온 만화책을 가방에서 꺼내 읽기 시작했다.

얼마 지나지 않아 비행기가 천천히 출발하기 시작했다.

"형, 이제 출발하나 봐요."

"그러게?"

창밖을 내다보던 경묵이 정혁의 짤막한 대답 탓에 고개를 돌려 바라보았을 때, 아랫입술을 질근질근 씹어대고 있는 정혁의 모습이 눈에 들어왔다.

'어디 안 좋은가?'

바로 다음 순간, 비행기가 차츰 떠오르자 정혁이 반사적으로 탄성을 내질렀다.

"오!"

"왜요, 왜 그래요?!"

경묵이 호기심 가득한 목소리로 되묻자, 이번에는 정혁이 잔뜩 격양된 목소리로 말했다.

"와……. 경묵아, 나 사실 비행기 처음 타 봐……."

경묵이 웃음을 잔뜩 머금은 채 고개를 내저어 보였다.

"그럼 그렇지."

이내 고개를 살짝 돌려 창밖을 내다보자, 점점 멀어지는 땅이 눈에 들어왔다.

'우리 집이 어디쯤이려나?'

갑작스레 북경각 주방에 처음 발을 들이던 어린 날의 기억
이 떠올랐다.

처음 주방에 발을 들였던 때, 코 끝을 간질이던 주방의 낯
선 향기가 아직도 코 끝에 아른거리는 것만 같았다.

그렇게 요리에 발을 들였던 어리숙하기 그지없던 어린 경
묵이, 팔뚝이 점점 두꺼워짐에 따라 장족의 발전을 이뤄냈
다.

그리고 이제는 세계무대로 향하고 있었다.

난생 처음 앉아보는 비행기 의자에 앉아서.

36. 너 까불다가 혼난다?

MODERN FANTASY STORY

각성! 북경각

각성!

36. 너 까불다가 혼난다?

북경각

MODERN FANTASY STORY

이윽고 상하이 홍교 공항에 도착한 경묵 일행이 공항 밖으로 나섰다.

찜통더위는 바다건너도 별반 다를 것이 없는 듯 했다.

뜨거운 햇볕 탓에 인상이 절로 구겨지는 날씨였다.

"우선 호텔 체크 인 부터 하고, 짐부터 풀어놓죠."

이내 경묵의 말을 들은 형대욱이 생각을 정리하듯 허공을 응시하다가 말을 이었다.

"그래도 다행히 번거로울 일은 없겠다. 우리가 예약한 그랜드 캠 호텔이 대회가 치러지는 곳이잖아."

젊음을 되찾은 후에도 여전히 나풀거리는 모시옷을 즐겨 입는 전병우가 손으로 연신 부채질을 해대며 물었다.

"내일부터 바로 예선 시작이라고 했나?"

"아, 예. 내일부터 바로 시작입니다."

전병우가 못마땅하다는 듯 인상을 구긴 채 고개를 끄덕여 보이자, 경묵이 말을 이었다.

"다들 아시다시피 내일 오전에 접수 마친 후에, 점심부터 바로 시작이에요. 그래도 진행이 시원시원해서 다행이에요. 점심에 예선 치르고, 합격 팀은 저녁 시간에 바로 16강 시작 한다더라고요."

이미 '3년 이내 국제대회 입상 이력' 이라는 참가 조건이 붙어 있어서 일까?

대회 진행은 말 그대로 속전속결이라고 할 수 있었다.

내일은 경묵이 말한 그대로, 그리고 모레에는 오전에 8강 저녁 시간에 4강이 치러진다.

그리고 마지막 날 저녁, 대망의 결승전을 끝으로 대회는 막을 내린다.

이내 간략하게나마 일정에 대한 설명을 마쳐 보인 경묵이 다시금 입을 뗐다.

"그러니까 오늘은 숙소에 짐 풀어놓고 쉬는 걸로 해요."

"뭐?! 왜?!"

경묵의 말을 들은 정혁이 깜짝 놀라 되묻자, 대욱이 조곤 조곤 말을 이어나가기 시작했다.

"경묵이 말대로 하는 게 나을 것 같은데, 아무래도 내일 이른 시간에 일어나야하기도 하고…… 쟁쟁한 참가자들이 모인 것만큼은 사실이니까."

이런 저런 겹 경사로인해 너무 고무된 탓이었을까?

정혁 역시 생각을 고쳐먹고는 마지못해 고개를 끄덕여보였다.

"하기야, 놀러온 건 아니니까요."

정혁의 말에 실망이 살짝 어려 있었던 탓일까?

이번에는 경묵이 다소 밝은 목소리로 말을 입을 뗐다.

"그래도 대회 끝나고 이틀정도 여유가 있어요. 그 동안에는 마음 놓고 관광도 하고 맛있는 것도 먹는 게 어때요?"

"그래, 그러자고."

이내 경묵 일행은 앞장선 형대욱과 지언을 따라 공항 앞에 길게 늘어선 택시에 올랐다.

짧은 시간이라지만 유학경험이 있는 지언은 물론이고, 형대욱 역시 의사소통이 될 정도의 중국어 실력을 가지고 있었던 탓에 별다른 어려움을 겪지 않을 수 있었다.

"이야, 지언이 너 중국말 잘하네?"

지언은 대욱의 갑작스런 칭찬에 조금 머쓱해진 것인지, 뒤통수를 긁어 보이며 기어들어가는 목소리로 답했다.

"그냥 듣고 말하고 하는 정도에요."

그 때 문득 경묵의 머릿속을 스치고 지나간 생각이 하나 있었다.

'어라? 그러고보니까 이계 언어를 스킬 북으로 습득할 수 있었지?'

이내 경묵이 간만에 상점 창을 한 번 열어보았다.

'상점!'

다시금 잘 정렬된 판매 품목이 눈앞에 쭉 나타나자, 경묵은 검색 기능을 이용하여 '중국어'를 키워드로 삼아 검색을 해 보았다.

[검색을 완료하였습니다.]

[총 1개의 상품이 검색되었습니다.]

아니나 다를까, 블랙 마켓은 정말 없는 곳이 없는 곳이었다.

경묵은 검색된 [중국어] 스킬 북의 효과를 한 번 살펴보았다.

[중국어-(초급)]

아시아에 위치한 '중국'의 언어를 습득할 수 있는 스킬 북입니다.

기본적인 독해 능력을 얻을 수 있습니다.

음성으로 들었을 때에 완벽히 알아듣거나 말할 수 있는 단계는 아니지만, 적혀있는 문장을 천천히 그리고 반복적으로 읽는다면 이해할 수 있는 수준의 언어 능력이 개방됩니다.

※일부 방언과 신조어에도 능통해집니다.

등급 : 일반

가격 : 500GEM

'오호라, 이 정도 능력에 500GEM이면 제법 싸게 먹히는 것 같은데?'

[총 3개의 구입을 완료하였습니다!]

이내 경묵은 [중국어-(초급)] 스킬 북과 함께, 중급, 고급

난이도의 스킬 북을 모두 구입했다.

중급은 1000GEM., 고급은 1500GEM 이었으니 중국어에 무려 3000GEM을 투자한 것이다.

이로서 수중에 남은 GEM은 400GEM뿐이었지만, 마음만은 든든했다.

다름 아닌 [중국어-(고급)]스킬 북의 설명 때문이었다.

'거의 모든 방언 및 신조어에 상당히 능통해집니다. 뿐 아니라 새로이 파생된 단어의 뜻 또한 유추해낼 수 있습니다. 언어 뿐 아니라 문화 및 생활습관에 대해서도 조금 익숙해집니다.'

아니나 다를까 언어와 관련된 스킬 북은 거금을 들일만한 가치가 있는 스킬 북이었다.

이 스킬 북들만 익힌다면 이곳 광활한 중국 땅은 더 이상 바다 건너 타지가 아닌 것이나 다름없었다.

갑작스레 택시기사를 놀라게 할 수는 없는 노릇이었기에, 스킬 북을 꺼내는 것은 잠시 뒤로 보류를 해 두었다.

얼마 지나지 않아 택시는 그랜드 캠 호텔 앞에 멈춰섰다.

"이야, 엄청 크네."

상해 최고 호텔이라고 손꼽히는 그랜드 캠 호텔은 명성에 걸맞게 탄성이 절로 나올 수밖에 없는 규모의 호텔이었다.

호텔 로비 안은 아나나 다를까 인산인해를 이루고 있었고, 모두가 호텔 내부를 둘러보기 바쁘던 때 경묵이 득의의 미소를 지어보이고는 조용히 말했다.

"저, 죄송한데 화장실좀 다녀올게요. 조금 급해서."

이내 전병우가 심드렁한 투로 말했다.

"얼른 다녀와라. 길 잃어버리지 말고."

"스승님도 참, 제가 애인가요?"

옅은 미소를 지어보인 경묵이 천천히 화장실을 향해 걸음을 옮기기 시작했다.

다른 이들은 호텔 내부를 살펴보는 데에 정신이 팔려, 경묵은 신경도 쓰지 않고 있었다.

❁

화장실 안에 들어선 경묵은 빈 칸 안에 들어간 후 인벤토리에 들어있던 스킬 북 세 권을 모두 꺼내었다.

차라라락-!

제법 두께가 있는 책 세 권이 동시에 허공에 나타났지만, 능숙한 손길로 모두 받아내었다.

뭐, 망설이고 말고 할 것도 없었다.

'습득!'

옅은 빛을 뿜어내던 책이 거짓말처럼 사라지는 동시에 다시금 두통이 일었다.

[스킬을 습득하였습니다.]

[스킬을 습득하였습니다.]

[스킬을 습득하였습니다.]

"으으……."

새로운 지식이 파도처럼 밀려오는 기분은 정말 좋았지만,

뒤따라오는 두통은 불쾌하기 그지없었다.

단 번에 여러 권의 스킬 북을 습득할 때면 두통은 배가 되곤 했다.

눈을 지그시 감은 채 천천히 새로이 얻게 된 지식들을 점검해보기도 잠시, 의기양양한 표정으로 화장실 칸을 열고 나섰다.

❀

"기다렸죠?"

"어? 오셨어요?"

지언은 경묵이 그저 잠시 화장실에 다녀왔을 뿐인데도 불구하고, 마치 오랜만에 본 것처럼 반갑게 맞아주었다.

'참 기특하단 말이지.'

이내 전병우가 한껏 이죽거리는 투로 말을 이었다.

"아이고, 얼른 안내양 아가씨한테 말하고 방으로 좀 들어가자. 지친다, 지쳐."

"알았어요. 금방이에요, 금방."

이내 경묵이 득의양양하게 인포메이션을 향해 걸어나가자, 지언이 뒤따라 걸으며 물었다.

"형님, 도와드릴게요."

"어? 아니야. 이 정도는 내가 할 수 있어."

경묵의 말을 들은 정혁이 코웃음을 한 번 쳐보이고는 말했다.

"야, 경묵아. 우스운 꼴 당하지 말고 우리 현지 가이드 지언이한테 권한을 위임하는 게 어때? 한국말도 똑바로 못하는 녀석이."

경묵은 가소롭다는 듯 코웃음을 한 번 쳐보이고는 답했다.

"형, 잘 보세요. 감춰두었던 제 중국어 실력을."

경묵이 인포메이션에 다가서기가 무섭게 호텔 직원이 유창한 중국어로 물었다.

"안녕하십니까? 예약은 하셨습니까?"

외국어 울렁증이 있는 정혁이 침을 삼키는 소리가 울려퍼졌다.

꿀꺽─

일행 모두가 기대가 잔뜩 어린 표정으로 경묵을 바라보았다.

다음 순간, 놀랍게도 옅은 미소를 한 번 지어보인 경묵의 입에서 유창한 중국어가 흘러나오기 시작했다.

"네, 이미 예약 및 요금 지불이 완료된 상태입니다. 제 여권과 결제했던 신용카드입니다. 그리고 이건 *바우쳐(일종의 예약 확인증서)입니다."

"확인 후 도와드리도록 하겠습니다. 잠시만 기다려주시겠습니까?"

"그럼요, 아름다운 아가씨 부탁이라면 들어드려야지요."

이내 호텔 여직원이 수줍은 듯 미소를 지어보이자, 정혁이 지언과 형대욱을 번갈아보며 물었다.

"뭐야? 뭐야? 왜 웃는 거지? 저 자식 되도 않는 말 막 뱉어내고 있는 거 아니에요?!"

이내 지언이 고개를 저어보이고는 말했다.

"와……. 아니에요, 경묵이 형 중국어 실력이 정말 완전히 현지인 급인데요?"

형대욱 역시 지언의 말에 동조하듯 고개를 끄덕여보이고는 말했다.

"그러게, 경묵아. 너 혹시 교포야? 조선족? 정체가 뭐야?"

이내 경묵은 콧잔등을 한 번 쓸어보이고는 답했다.

"그냥 틈틈이 공부 좀 했어요."

잔뜩 너스레를 떨어 보인 경묵이 다시금 호텔 로비 여직원과 몇 마디를 더 나누어보이고는 키를 건네받았다.

얼마 지나지 않아, 일행을 인솔해줄 호텔의 *벨 맨(고객의 짐을 운반하고 안내하는 업무를 맡은 직원)이 모습을 드러냈다.

"안녕하십니까? 객실로 안내해드리도록 하겠습니다."

경묵은 어깻짓을 한 번 해보이고는 일행들이 끌고 있는 캐리어를 손가락으로 가리켜 보였다.

"보시다시피 저희가 짐이 조금 많습니다. 직접 들고 올라가야 하나요?"

"아닙니다, 저희 직원들이 조속히 옮겨드리도록 하겠습니다."

이내 전병우가 함박웃음을 지어보이고는 경묵에게 말했다.

"자식, 이거 보면 볼수록 재주가 많아."

일행들은 벨 맨의 안내에 따라 객실로 향했다.

놀랍게도 객실 내부는 호텔 외관이나 로비 내부와 비교가 되지 않을 만큼 정갈하게 꾸며져 있었다.

"와우……."

방 안에 들어서자마자 모두들 놀람을 감추지 못한 채 짧은 탄식을 내뱉었다.

푹신푹신한 매트리스에 뛰어들어 몇 번이고 몸을 굴리기도 했고, 창 너머를 통해 보이는 상해 풍경을 넋 놓고 바라보기도 했다.

중국에 도착한지 채 몇 시간도 되지 않았지만, 기분 좋은 출발이었다.

❀

다음 날, 아침.

경묵과 대욱은 그랜드 캠 호텔의 연회장 입구에 마련된 부스로 향하고 있었다.

한 편, 그 시각 다른 일행들은 제법 피곤했던 것인지 아직 세상물정 모르고 잠들어 있었다.

그런 덕분에 깨어있던 대욱하고만 동행을 하게 된 것이다.

"다들 이렇게 긴장감이 없어서야……."

경묵이 심드렁한 투로 말해보이자, 대욱이 사람 좋은 미소를 지어보이고는 어깨를 살짝 두드린 후 말을 이었다.

"먼 길 오느라 다들 피곤했나보지. 어쩌겠어? 우리가 조금 더 고생하자고."

"죄송해요, 셰프님은 더 안 주무셔도 돼요?"

"응, 괜찮아. 난 많이 잤어."

두 사람은 얼마 지나지 않아 연회장 앞에 마련된 부스에 도착했다.

진행요원 몇 사람이 접수를 받고 있었고, 끄트머리 쪽 자리에는 제법 익숙한 인물들 몇몇이 앉아 서류를 작성하고 있었다.

바로 정필상 팀의 팀원들이었다.

서류를 작성하고 있는 정필상은 무언가 난관에 가로막힌 듯 볼펜 끝을 잘근잘근 씹어대고 있었다.

이내 형대욱이 어깻짓을 해보이고는 말했다.

"우리가 빨리 온 편은 아닌가보네."

"그러게요? 어디 보자……."

부스를 한 번 살펴본 경묵이 진행요원에게 다가서서 접수 방법에 대해 물었다.

"형대욱 셰프 팀입니다. 참가 접수를 하려는데 절차에 대해 안내해주실 수 있겠습니까?"

"물론입니다, 우선 이 서류를 작성해주시고 참가 신청을 하실 때 안내해드렸던 대로 팀원들의 경력사항이 기록된 서류와 신분증을 함께 건네주시면 됩니다."

경묵이 고개를 살짝 갸웃거려보이고는 다시금 되물었다.

"죄송합니다만 저희는 외국인입니다. 한국 신분증밖에 없는데, 여권을 보여드리면 됩니까?"

진행요원은 놀랍다는 듯 짧게 감탄해보이고는 고개를 살짝 숙여보이고는 사과의 뜻을 전했다.

"죄송합니다. 너무 중국어 실력이 너무 유창하셔서 염두에 두지 못했습니다."

"아닙니다, 괜찮습니다. 여권으로 대체가 가능한가요?"

"물론입니다."

이내 진행요원이 건네준 서류를 받은 경묵이 부스 옆에 놓인 책상 빈자리에 앉아서는 막힘없이 서류를 작성해나가기 시작했다.

그 모습을 바라보던 대욱이 신기하다는 듯 쳐다보기도 잠시, 고개를 내저어보이고는 나지막이 말했다.

"야, 이걸 지언이랑 나랑 둘이 했을 생각하니까 엄청 암울한데? 경묵이 네가 이렇게 중국어를 잘 하는지는 몰랐네."

"아니에요, 사실 이것도 각성 덕분에……. 어라?"

말을 이어나가던 경묵의 얼굴 위에 갑작스레 어두운 기색이 드리웠다.

"왜 그래?"

"이것 좀 보세요."

"뭔데?"

이내 경묵에게서 종이를 받아든 형대욱이 경묵이 가리켜보인 부분을 소리 내어 천천히 읽기 시작했다.

"어디 보자, 팀…. 이름……?"

경묵이 가로막힌 부분은 다름 아닌 팀 이름이었다.

정필상 역시 이 대목에서 가로막혀 애꿎은 볼펜 끝을 잘근

잘근 씹어대고 있던 듯 보였다.

"혹시 생각해 두신 것 있으세요?"

"아니, 없는데. 그냥 대충 적으면 되지 않을까?"

경묵은 심각한 표정으로 고개를 저어보이고는 답했다.

"아니에요, 안 돼요. 뭐가 좋을까나……?"

이내 사색에 잠겨있던 경묵이 입가에 옅은 미소를 지어보이고는 빈 칸에 무어라 적어내려가기 시작했다.

점점 채워지는 글자를 보던 형대욱 역시 박장대소를 해보였다.

❀

호텔 객실에서 잠에 취해있던 팀원들이 간단한 세면을 마친 후에 로비로 와 합류했다.

정혁은 아직 잠에서 덜 깬 듯 퉁퉁 부은 눈을 게슴츠레하게 뜬 채로 주위를 두리번거리고 있었다.

"아, 이거 너무 피곤하네."

이내 경묵이 어깻짓을 해보이고는 말을 이었다.

"그러니까 내가 뭐라고 했어요, 일찍 자라니까."

"야, 원래 이런 데서는 밤늦게 까지 수다 떨면서 맥주라도 한 잔 해야 하는 거야. 뭘 알겠어? 비행기도 한 번 안타본 놈이."

정혁이 이죽거리는 투로 말해보이자, 지언이 말을 받아 이어가기 시작했다.

"정혁이 형, 형도 어제 비행기 처음 타보신 거라면서요."

이내 정혁이 우스꽝스러운 표정을 지어보이며 격양된 목소리로 말을 이었다.

"지언아, 비행기를 타보고 안 타보고가 뭐가 중요하겠어? 중요한 건 우리 대장이 너무 꽉 막혀있다는 것 아니겠어?"

"형이 방금 그러셨잖아요, 비행기도 안 타본 놈이 뭘 알겠냐고……."

"그건 방금이고! 지금은 조금 이야기가 달라졌다, 이거야. 강산도 세월이 흐르면 변하는데 사람이라고 그대로겠어?"

그 모습을 지켜보던 전병우가 혀를 차보였다.

"쯧쯧, 말이라도 못 하면."

이내 경묵이 다시금 말을 이어가기 시작했다.

"어쨌든 지금 바로 연회장 안으로 들어가서 대기 하는 게 좋을 것 같아요. 보니까 대부분 안에 마련된 좌석에서 대기하고 있는 것 같더라고요."

"벌써?"

전병우의 물음이 경묵이 고개를 끄덕여보이고는 답했다.

"네, 아무래도 다들 기합이 바짝 들어가 있는 것 같던데요?"

"허허, 그래. 명색이 세계대회인데 아마 다들 전력으로 경연에 몰두할 게야."

그 때, 대욱이 조심스레 입을 뗐다.

"다들 그래도 오전 경연부터 너무 힘 뺄 것 없어요. 아무리 참가자격이 국제대회 입상 이력이 있는 팀이라고는 하지만 1등하고 2등이 같은 게 아니고, 국제대회도 국제대회 나름이니까요."

이내 전병우가 다시금 말을 덧붙였다.

"그래, 이 놈 말이 맞아. 허울만 번지르르한 놈들도 많을 게다. 더군다나 주최 측에서도 밀어주는 팀이 있다는 사실은 다들 알고 있지?"

다소 민감한 느낌의 이야기가 나오자 모두의 이목이 집중되었다.

특히 정혁과 경묵, 지언.

이 세 사람은 두 눈을 휘둥그레 뜬 채로 전병우의 입이 다시 벌어지기만을 기다리고 있었다.

그 모습을 바라보던 전병우는 피식하고 웃음을 지어보인 후에 되물었다.

"뭐야, 다들 모르는 눈친데?"

이내 정혁이 어깻짓을 해보이고는 물었다.

"부정심사를 공공연하게 하신다는 말씀이신가요?"

"어찌 보면 그런 것인데, 관례야. 관례. 그러니까 사실 이렇게 거창하게 말할 것도 없이 대욱이가 말한 대로 1등 팀하고 2등 팀하고 다르다는 거지."

꿀꺽-

지언이 침을 삼켜보이고는 되물었다.

"그 말은, 국제 대회 1등 이력이 있는 팀을 조금 더 밀어준다는 뜻인가요?"

"그래, 그거야. 만약에 국제대회 1등 이력이 있는 팀이 예선 급의 경연에서 낙제점을 받아도, 심사위원들이 그 팀에 거는 기대치가 크기 때문에 절대 탈락시키지 않을 거다."

이내 대욱이 동조하듯 고개를 끄덕여보이고는 말을 이었다.

"맞아, 어르신 말씀대로야. 이건 불가항력이지. 더군다나 이번 대회 심사위원들 중 경묵이한테 관심을 가진 사람이 아마 한 명 쯤은 있을 거야."

그 말을 들은 경묵이 놀라 되물었다.

"예? 그게 무슨……."

"아니야, 맞아. 한국 중식 거장들 중 한 명도 심사위원 자격을 받아서 이 호텔에 머물고 있으니까."

한국 중식의 거장? 사실상 경묵은 매스컴을 통해서 공공연하게 알려진 이들 말고는 모르고 있는 실정이니, 이 바닥에 대해서 자세히 모르고 있는 편이었다.

"더군다나 그 분은 어르신과 동기쯤 되시는 분이라서 말이야."

이내 경묵이 전병우를 바라보자, 전병우는 능청스러운 표정만을 지어보일 뿐 아무런 말도 하지 않았다.

대욱이 다시금 말을 이었다.

"정혁이도 알 거야, 아마. 그 분 말이야, 엄수환 선생님."

"엄수환……. 엄수환……. 아! 엄수환!"

엄수환.

정혁은 물론이고 이제는 세계무대에서 경쟁을 하게 된 오너 셰프 코리아의 준우승자 정필상과 그 휘하 요리사인 조두현, 그리고 남광민 셰프까지 배출해낸 전설의 중국집 화룡각의 주방장을 제법 긴 시간 맡았던 인물이었다.

이내 정혁이 놀라 되물었다.

"주방장님이…. 아니지, 아니 엄수환 선생님이 이번 대회의 심사위원 중 한 명이라고요?"

이내 전병우가 이가 다 드러나는 환한 웃음을 지어보이고는 말을 이었다.

"그래, 그 놈이 심사위원이라더군. 출세했어."

이내 정혁이 눈을 크게 뜨고는 되물었다.

"어르신, 엄수환 선생님하고 아는 사이신 거예요?"

"그래, 이놈아. 제법 친했지, 속된말로 하면 불알친구고."

그 말을 들은 정혁이 고개를 저어보이며 짧은 탄식을 내뱉었다.

"그런 엄청난 사실을 이제야 듣다니……."

"이 놈아, 전에 조두현이가 트럭에 밥 먹으러 왔을 때 말해줬잖아."

경묵이 생각을 정리하듯 허공을 응시하다가, 다시금 말을 이었다.

"아! 그 때 정혁이형은 주방 칸에서 열심히 일하고 있었잖아요."

"아, 그렇구만. 잘 했어, 모름지기 사람은 일을 해야지."

"뭐에요, 어감이 조금 이상한데요? 것 참 저 빼놓고 이렇게 재미있는 화제로 대화를 하셨다는 겁니까?"

"어쭈? 요 놈 봐라?"

55

두 사람이 시시콜콜한 대화를 주고받는 사이, 자못 심각한 표정으로 생각을 이어나가던 지언이 조심스레 입을 뗐다.

"저, 그런데 국제대회 입상 이력이 1등이 다르고 2등이 다르다고 하셨잖아요. 어떤 국제대회냐에 따라서도 다르다고 하셨고 말이에요."

대욱이 지언을 지그시 바라보며 유한 목소리로 답했다.

"응, 그랬지."

"그럼 저희는 어떤 국제대회에서 어떤 입상이력을 가지고 참가한 거예요?"

지언의 물음에 다시금 모두의 시선이 대욱에게로 향했다.

이내 대욱이 한 번 코웃음을 쳐 보이고는 말을 이었다.

"그거야 당연히 모두 1등이지."

"모두요?"

경묵이 의아하다는 듯 되묻자, 대욱이 다시금 말을 이었다.

"그래, 3년 이내의 국제대회 입상 이력인데 내가 3년동안 입상한 대회가 총 4개 거든."

"그 말은……."

"맞아, 중국에서 개최된 국제대회 1등을 한 게 3번이고 한국에서 개최된 세계 중식 컨벤션에서 한 차례 우승했었고."

이내 정혁이 마치 제 이력이라도 되는 양 너스레를 떨며 말했다.

"오, 그럼 우리는 오전 경연에서 힘 좀 빼고 해도 되겠는데요? 것 참 우리 때문에 다른 참가자들 너무 기죽는 거 아닌가 몰라?"

콩-!

이내 전병우가 정혁의 이마에 꿀밤을 한 대 놓고는 말했다.

"매를 벌어요, 매를. 다른 사람은 몰라도 너는 죽을 힘 다 해서 해야 돼! 이놈아."

"아 것 참, 왜 저만 가지고 그러십니까! 서러워서 진짜! 자꾸 이러다가 제가 짐 싸서 떠나기라도 하면 다들 어떻게 하시려고 그러세요?"

정혁이 거들먹거리는 투로 물어보이자, 경묵이 손가락으로 지언을 가리키며 말했다.

"그럼 성실한 우리 지언이 있잖아요."

"뭐?"

정혁이 놀라 되묻자, 다들 한 마디씩 거들었다.

"그래, 듬직한 지언이 있네."

"지언이 정도면 괜찮지."

모두를 한 번씩 번갈아본 정혁이 다시금 사람 좋은 미소를 지어보이고는 말을 이었다.

"아이고, 다들 정말 농담을 이렇게 진지하게 받아들이시네. 자 다들 연회장으로 가야하지 않겠어요? 자! 갑시다! 출발! 경묵이네 북경각 파이팅!"

이내 모두가 웃음을 지어보이고는 연회실 안으로 천천히 걸음을 옮겼다.

그리고 그렇게 연회실 안으로 들어서는 경묵과 팀원들을 바라보는 이들이 있었다.

"저들입니까?"

57

중국인인 듯, 한 사내가 중국말로 물어보이자 주름이 자글자글한 노인이 천천히 고개를 끄덕여보이고는 유창한 중국어로 대답해 보였다.

"그래, 맞다. 유력한 우승 후보겠지."

"형대욱 한 사람을 빼놓고는 다들 이력이랄 게 거의 없는데요?"

이내 노인이 다시금 사람 좋은 미소를 지어보이고는 되물었다.

"용수면이라고 혹시 아나?"

"예, 압니다. 형대욱 셰프의 주특기지요."

"그럼 용수면을 개발한 이가 누구인지는 알고 있는가?"

이내 젊은 중국인 사내가 고개를 저어보이자, 노인이 다시금 말을 이었다.

"전병우, 내 오랜 친구이자 유능한 요리사지. 그리고 형대욱 셰프는 그의 제자고."

"전병우…. 전병우…… 어라? 지금 이 팀의 참가자로 이름이 등록되어있는 참가자 전병우 말입니까?"

"그래."

친구라고 보기에는 나이차이가 상당해 보였다.

그도 그럴 것이 족히 칠순은 된 노인에 반하여 전병우는 고작 해봐야 사십대 초반 정도 되는 얼굴을 하고 있었다.

뭐, 세상이 하도 좋아지다 보니 이해가 안 가는 것도 아니었다.

요즘엔 마정석이니 뭐니 젊음을 되돌릴 수 있는 물건이며 신비한 힘을 지닌 것들이 많으니까.

그런데, 이 노인이라고 해서 마정석을 사지 않은 것은 아니다.

분명 몇 번이고 마정석을 되찾았을 것이 분명했으니, 더욱더 의아하게만 느껴졌다.

이내 이런저런 생각을 떨쳐낸 사내가 다시금 물었다.

"그럼 형대욱과 전병우 두 사람이 저 팀의 주축이라는 겁니까?"

"아니, 내가 보기엔 임경묵이라는 젊은이야."

임경묵이라.

사내는 손에 쥐고 있는 A4용지를 낱낱이 살펴보기 시작했다.

임경묵, 이 팀의 서브셰프로 등록된 이였다.

이내 그는 임경묵의 경력사항을 한 번 살펴보았다.

– 요리 경력 4년 차.

– 2015년 채널 F&F 요리 서바이벌 프로그램 오너 셰프 코리아 최종 우승.

사실상 그렇게 특출 난 이력사항은 아니기에 고개를 한 번 갸웃할 수밖에 없었다.

그도 그럴 것이 그 이상으로 훌륭한 이력을 갖춘 참가자들로 이루어진 팀이라면 수두룩했다.

그런데 이 팀이 유력한 우승후보인 이유가 용수면 개발자인 전병우도 아니고, 이미 명실상부 세계 중식계의 권위자인 형대욱 때문도 아니고, 이 한국인 꼬맹이 때문이라니.

쉽사리 납득이 가질 않는 부분이었다.

이내 사내가 되물었다.

"이 사내가 대체 왜요?"

노인은 다시금 유창한 중국어로 말을 이어나가기 시작했다.

"이유라면 셀 수 없지."

말을 마친 노인은 뒷짐을 진 채 연회장 안으로 걸음을 옮기기 시작했다.

사내는 미처 풀지 못한 의문을 안은 채로 노인을 따라 연회장 안으로 들어섰다.

이내 앞서 걷던 노인이 바짝 붙어 뒤따라오던 사내에게도 잘 들리지 않을 정도의 작은 목소리로 말했다.

"저 녀석, 말이야. 요리 귀신이 붙은 녀석이거든……."

노인이 목에 걸고 있는 목걸이 끝에 달린 명패엔 이렇게 적혀있었다.

'심사위원 엄수환'

❀

연회장 안으로 들어선 경묵과 팀원들이 주어진 자리를 찾아 주변을 두리번거리기 시작했다.

얼굴 생김새만으로는 이미 중식에 통달한 것 같이 생긴 이들이 몇 보였다.

밀림처럼 자란 턱수염에 굵직한 팔뚝이며, 그 팔뚝에 새겨진 셀 수 없이 많은 화상자국들.

더군다 눈에 띄는 것은 서양인 참가자들이었다.

서양인 참가자들의 수 역시 적지 않은 편이었다.

이미 다들 배정받은 테이블에 앉아 경연이 시작되기를 기다리고 있었고, 그 중에는 정필상 팀도 있었다.

이내 경묵이 반가운 듯 인사를 해보이자, 정필상 역시 미소를 머금은 채 묵례를 해 보이는 것으로 인사에 화답했다.

조두현은 정혁과 눈이 마주치자, 멋쩍은 미소를 지어보이고는 시선을 옮겼다.

"우리가 조금 늦은 편인가 본데?"

정혁이 어깻짓을 해보이곤 말하자, 경묵이 답했다.

"국적별로 자리를 나누어둔 것 같으니까 정필상 셰프님 테이블 근처로 가면 저희 자리가 있을 거예요."

"어! 저기에 있어요!"

지언이 밝게 웃으며 빈자리를 가리켜보이자, 모두들 고개를 돌려 지언이 가리켜 보인 테이블을 바라봤다.

테이블 위에 올려 진 명패에는 태극기 그림과 함께, 형대욱 셰프 외 5인이라는 문구가 영어로 적혀있었다.

"오호."

"자리 깔끔한데?"

이내 자리 앞에 선 지언의 얼굴이 살짝 굳었다.

그도 그럴 것이, 지언은 정식 참가자가 아니었기에 지언이 앉을 의자는 없었던 탓이었다.

그 모습을 본 경묵이 유한 미소를 지어보이고는 제 몫의 의자를 건넸다.

"앉아."

"예? 아니에요, 괜찮아요. 서 있을게요."

"네가 왜 서있어? 앉아. 내가 서 있으면 진행요원이 알아서 의자 가져다 줄 거야. 얼른 앉아."

이내 지언이 아랫입술을 살짝 질끈 깨물어보이고는 고개 숙여 거듭 인사했다.

"감사합니다, 감사합니다."

사실 지언은 지금 뿐 아니라, 경묵의 이러한 사소한 행동에서 자질구레한 감동을 받았던 경험이 수차례 있었다.

돈 많이 버는 요리사가 꿈이었던 지언의 목표는 경묵을 만난 이후로 크게 변했다.

이제 지언의 목표는 우습게도 경묵이형 같은 요리사가 되는 것 이었다.

실력과 인성을 동시에 갖춘 요리사.

그 때, 양 손을 앞에 모은 채 서있던 경묵에게 한국인 요리사 한 명이 다가섰다.

"저, 혹시 임경묵 셰프님 아니십니까?"

"예? 맞습니다."

이내 말을 걸어온 한국인 요리사가 한 손을 경묵에게 건네고는 말을 이었다.

"다름이 아니라, 혹시 사인을 받을 수 있을까 해서요."

경묵이 그 손을 꽉 맞잡아보이고는, 사람 좋은 미소를 지어보인 후에 말했다.

"물론입니다. 얼마든지요."

이내 남자는 종이 한 장과 펜 하나를 건넸고, 종이와 펜을 받아든 경묵이 사내에게 물었다.

"성함이 어떻게 되십니까?"

"김영오라고 합니다."

"잠시만요."

이내 경묵이 성심성의껏 사인을 해서 돌려주자, 사인을 받아든 한국인 요리사가 미소를 살짝 지어보인 후에 말했다.

"본인이 남한테 사인을 해줄 경지에 이르렀다고 생각하십니까?"

이내 그 말을 들은 팀원 모두가 남자를 쏘아보았고, 경묵역시 당황을 감추지 못한 채 눈썹을 한 번 꿈틀해보이고는 되물었다.

"예? 지금 뭐라고……."

"아니, 그러니까 본인이 다른 요리사한테 사인을 해줄 만큼 요리 실력을 자부하시냐는 말씀이시죠. 거품낀 아이돌 요리사라던지, 그런 생각은 전혀 못해보셨나요?"

이내 말을 마친 한국인 요리사가 경묵이 사인을 해서 돌려준 종이를 찢어 보이기 시작했고, 조금 떨어진 테이블에서 조소어린 웃음소리가 들려오기 시작했다.

"크크크큭, 저 자식 봐. 진짜 찢었네?"

"그러게, 진짜 골 까는 녀석이다."

이러한 사내의 돌발 행동 탓에 주변의 공기가 얼어붙기라도 한 듯 싸늘해졌다.

이내 경묵이 화를 감추지 못한 채 물었다.

"이게 대체 무슨 짓입니까?"

"무슨 짓이긴요, 방송으로 뜨고 방송 덕분에 알게 된 스타 셰프랑 세계무대까지 나오니까 뵈는 게 없으신 것 같은데 기분이 영 상해서 말입니다."

경묵의 팀원들 뿐 아니라, 정필상과 그 팀원들도 말을 이어나가는 사내를 뚫어져라 바라보고 있었다.

이내 잘게 조각난 종이를 바닥에 흩뿌려보인 사내가 어깻짓을 해보이고는 말했다.

"화내지 마세요, 우리 아이돌 셰프 이미지 관리도 하셔야 하잖아요?"

형대욱이 자리에서 일어서며 말했다.

"야, 영오야. 못 배운 티 내지 말자."

"돈이 좋긴 좋지? 대욱아, 너도 많이 변했다. 방송 몇 번 타니까 너도 뵈는 게 없지?"

경묵이 두 사람을 중재하듯 무던한 목소리로 말을 이어나가기 시작했다.

"두 분 다 그만하세요, 결과가 말해주겠죠. 결과는 맛이 만들어줄 거고요."

이내 그 말을 들은 사내가 코웃음을 쳐보이고는 경묵이 한 말을 한껏 우스꽝스러운 투로 따라 하기 시작했다.

"결과는 맛이 만들어 줄 거고요! 영화를 찍고 있네."

"돌아가세요."

"그래, 돌아가야죠. 그런데 알아둬. 주방은 너 같은 새끼가 호기심에 발을 들일 곳이 아니다. 아이돌이 되고 싶으면 이런 무대가 아니라 연예기획사를 찾아 가라고. 무슨 말인지 알지?"

이내 경묵이 고개를 끄덕여보이고는 말했다.

"대답은 요리로 하겠습니다."

"끝까지 허세는. 형대욱 이 새끼 같이 돈에 물든, 매스컴에 물든 셰프들이 물고 빨아주니까 좋죠? 당신이·뜨고 싶어서 이용하는 이 바닥에 한 평생을 걸고 목숨을 거는 요리사들이 있어. 알아?"

"잘 압니다. 저도 목숨 내걸 정도로 열심히 하겠다는 각오로 불 앞에 서니까요."

"알아? 알긴 뭘 알아. 그깟 용수면 하나로 무언가 할 수 있다고 착각하는 것 같은데, 큰 오산이라고. 퉤!"

이내 한국인 요리사는 경묵의 발치에 침을 뱉어 보인 후에야 돌아서서 제 자리로 돌아가기 시작했다.

대욱과 정혁이 마치 달려들 기세로 자리에서 일어서려하자 경묵이 두 사람을 말렸다.

"그만, 그만. 괜찮아요."

"야, 저 자식을 가만 두려고? 지금 그런 취급을 받고도 괜찮다는 말이 나와?"

정혁이 격양된 목소리로 물어보이자, 대욱이 말을 받아 이었다.

"그래, 방금 저 자식 행동은 수위를 넘어섰어. 주최 측에 이러한 도발행위에 대해 알리고 조치를 취하던 아니면 우리 선에서 조치를 취하던 해야 한다고!"

그 때 경묵이 능청스러운 투로 답해보였다.

"가만 둔다고는 안했는데요?"

턱을 한 번 쓸어 내려 보인 경묵이 독기가 어려 있는 목소리로 대욱에게 물었다.

"저 사람, 이름이 뭐라고요?"

"김영오. 그래도 업계에선 제법 이름난 요리사인데, 방송 활동은 일체 하지 않는 걸로 유명하지."

대욱의 말을 듣고 나니 상황이 제법 유추가 되는 듯 했다.

그러니까, 스타덤에 오르는 재료로 요리를 사용했다고 생각하는 듯 했다.

사실 김영오처럼 표현만 하지 못할 뿐, 경묵을 안 좋게 생각하는 여론이라면 분명 제법 찾아볼 수 있었다.

다만 이렇게 요리를 재료삼아 스타덤에 오르고자 하는 이들과 경묵에게는 명백한 차이가 있었다.

그것은 바로 스타덤에 오를 수 있는 실력이 경묵에게는 갖춰져 있다는 것.

이내 사내의 뒷모습을 물끄러미 바라보던 경묵이 비릿한 미소를 지어보였다.

'김영오라, 한 번 개 박살을 내줘야겠군.'

그 때 전병우가 자리에 일어서서는 외쳤다.

"야, 김영오."

자리로 돌아가던 한국인 요리사, 김영오가 눈살을 잔뜩 찌푸린 채 전병우를 바라보았다.

"야, 김영오? 저 아십니까?"

이내 김영오가 형대욱을 향해 성큼성큼 다가서기 시작하자, 전병우 역시 두 팔을 걷어 부치고는 김영오를 향해 다가섰다.

"저 아십니까? 많이 컸네?"

"예?"

전병우가 너무 자신감 있는 태도로 일관하자, 김영오가 잠시 수그러드는 모습을 보였다.

"누구……?"

"전병우다."

"예?"

"이 자식 이거, 맛이 갔네. 너 나 기억 안나?"

이내 김영오의 표정이 크게 일그러졌다.

"선생님? 하……. 선생님마저……."

김영오가 탄식하듯 한 손으로 얼굴을 감싸듯 쥐어보였다.

전병우는 혀를 몇 번 차보이고는 말을 이었다.

"네가 보기에 내가 돈 때문에 여기에서 임경묵이 뒷바라지 하는 것 같아?"

"예, 실망입니다."

"실망이라, 나도 네 행동에 실망이다. 저 녀석 말대로 결과는 실력이 점지해줄 게다."

이내 전병우가 뒤돌아서자 등 너머에 선 김영오가 탄식하듯 앓는 소리로 말을 이었다.

"선생님, 잘 생각하셔야 합니다. 저런 자식의 인지도 하나를 위해 몇 년간 이 자리를 준비해온 요리사들의 인생이 산제물로 바쳐져야 합니까?"

전병우가 다시금 뒤돌아서서는 답했다.

"실력이 안 되면 애초에 받을 수 없는 게 1등의 영광이다."

"예?"

"확신컨대, 우승은 우리다. 그리고 그 주역은 저 녀석이고. 네가 함부로 떠들기에 저 녀석의 실력은 아득히 먼 곳에 있다. 네 놈 머리 꼭대기가 아니라 하늘 위에 있다고, 저 녀석 실력이."

이내 김영오가 고갯짓을 해보이고는 말했다.

"지금이라도 잘 생각하십시오. 선생님께서 지금껏 쌓아오신 명예와 업적에 금이가고 해가되는 일이라고요."

그 말을 들은 전병우는 피식하고 코웃음을 쳐 보인 후 답했다.

"아니다. 내가 지금껏 해온 어떤 일 보다도 더 대단한 일일 거야. 저 녀석의 행보에 함께한다는 것 말이야. 너도 너무 늦지 않게 사과해라. 녀석의 실력을 인정해. 애석하게도 녀석은 스타성은 물론이고 실력마저 확실히 겸비한 훌륭한 스타 셰프다. 삼류 연예인이 되고싶은 흉내쟁이 요리사가 아니라. 말이야."

김영오는 동의할 수 없다는 듯 고개를 저어보이고는 다시금 뒤돌아서서 걸음을 이어나가기 시작했다.

이윽고 김영오와 전병우, 둘에게 몰려있던 시선들도 차츰 분산되기 시작됐다.

이내 자리에 돌아와 앉은 전병우가 먼저 입을 뗐다.

"경묵아, 너무 마음에 담아두지 마라. 열정이 뜨거운 놈이라 그래. 말을 막하는 경향이 있어서 그렇지, 나쁜 놈은 아니거든."

"그래요."

"짜식, 심심하기는."

경묵은 게슴츠레하게 뜬 눈으로 앉아있는 김영오를 바라보았다.

요리사로서의 자신을 의심하는 이들이라면 지천에 널려 있었다.

더군다나 아이돌이나 연예인이 되고 싶은 삼류 요리사라는 오명을 벗어던질 수 있는 것은 경묵 스스로의 몫이었다.

그러나 이러한 무례한 행동은 두 눈 뜨고 참아낼 수만은 없었다.

조금 더 괴팍한 방법으로, 저들의 콧대를 꺾어주고 싶었다.

사실 경묵의 스타덤에 잘생긴 외모가 도움이 되지 않은 것이라고는 할 수 없었다.

다만, 적어도 외모에 의지하고자 한 적은 단 한 번도 없었다.

어쨌든 오늘, 그러니까 이제 막 펼쳐질 경연에서 김영오의 콧대를 한 번 꺾어줄 생각이었다.

그리고 머릿속에서 그리던 그림이 완성된 순간, 경묵의 입가에는 옅은 웃음이 떠올랐다.

맨 앞에 선 진행자가 중국어로 무어라 말을 해대기 시작했다.

그럼, 테이블 마다 한 명씩 배정된 통역사들이 그의 말 중 핵심적으로 필요한 말들을 골라내어 번역해 주었다.

"경연은 호텔 내에 마련된 주방에서 진행된답니다. 식당 주방이 아니라 대회를 위해 특별히 마련한 장소라고 하는군요. 수도와 가스가 연결되어있고, 조리를 하며 딱히 불편을 겪을 일은 없을 거라고 합니다."

이내 대욱이 고개를 한 번 끄덕여 보이고는 말했다.

"아무래도 규모가 큰 대회다 보니까 제법 갖춰진 느낌이 나네."

그 때, 통역사가 다시금 말을 이었다.

"호명되는 팀은 무대에 올라서서 인사를 한 후에, 한 차례 포토타임을 가져야 한다고 합니다. 그리고 팀장들은 임하기 전에 각오를 짤막하게나마 말해달라고 합니다."

그 말을 들은 형대욱의 표정이 일그러졌다.

"야, 경묵아 이거 조금 큰일난 것 같은데?"

"어라, 그러게요. 팀 명이 이렇게 호명이 되는 상황은 예상을 못했는데……."

오고가는 두 사람의 대화를 들은 정혁이 호기심을 감추지 못한 채 물었다.

"왜? 왜 그래요? 팀명? 팀명은 뭐야, 그런 얘기 없었잖아요."

대욱이 난처하다는 듯 너털웃음을 지어보이고는 답했다.

"그러니까, 우리도 몰랐거든. 그런데 참가 등록 할 때 보니까 팀명을 기재하는 부분이 있더라고. 그래서 임의로 적어서 냈지."

이번에는 지언이 의아하다는 듯 물었다.

"그런데 왜 큰 일 이에요?"

"그게, 조금……. 아니지, 많이 장난스럽게 적었거든."

"예?"

이윽고 앞에선 진행자가 팀명을 호명하기 시작했다.

중국 팀들부터 시작해서 서양 쪽 참가팀들을 지나 드디어 한국에서 온 참가자들의 팀명이 호명되기 시작했다.

"한국에서 온 '연래춘' 팀 나와 주시겠습니까?"

이내 그 말을 들은 정필상과 팀원들이 무대 위에 올라서서 세 번 정도 각기 다른 포즈를 취해보았다.

앞에 앉은 기자들이 연신 셔터를 눌러대는 탓에, 몇 번이고 플래시가 터져댔다.

찰칵-찰칵-!

이내 마이크를 건네받은 정필상이 한국어로 짤막한 각오의 말을 해보였다.

"어, 저희는 한국에서 온 연래춘 팀입니다. 이번 대회에 참가하게 되어 영광입니다. 저희는 국적을 불문하고, 남녀노소 불문하고 모두가 맛있게 먹을 수 있는 중식을 만들어내기 위해 노력하겠습니다. 감사합니다."

짝짝짝짝-

우레와 같은 박수소리가 터져나옴과 동시에 다시금 기자들이 셔터를 눌러댔다.

팀 '연래춘'의 팀원들이 무대 위에서 내려오기가 무섭게, 사회자가 어색한 발음으로 경묵의 팀명을 호명하기 시작했다.

"자, 그럼 이번에는 '환국솬 쳥앵고츄 다섯 개' 팀 모셔보겠습니다."

사회자의 어눌한 발음 덕분에 더욱 우스꽝스럽게 여겨진 탓일까?

한국인 참가자들이 모여 있는 테이블에서는 웃음소리가 끊이질 않았다.

정혁이 인상을 잔뜩 찡그린 채, 되물었다.

"내가 잘못들은 거 아니지? 팀 이름이 정확히 뭐냐?"

이내 얼굴이 잔뜩 붉어진 경묵이 의자에서 일어서며 답했다.

"하…… '한국산 청양고추 다섯 개' 요. 이럴줄 알았으면 조금 그럴싸하게 짓는 건데……."

이내 다들 얼굴을 붉힌 채로 연단위에 올라섰다.

한국팀 참가자들은 유독 더 큰 호응을 해 주었다.

휘파람을 불어주었고, 더 큰 소리로 박수를 쳐 주었다.

그 때, 경묵이 테이블을 지키고 앉은 지언에게 손짓을 해 보이며 입모양으로 무어라 작게 말해보였다.

"뭐해? 너도 올라와!"

이내 지언이 뻘쭘한 듯 좌우를 둘러보다가 슬며시 일어섰다.

경묵의 행동을 눈여겨보던 사회자가 경묵에게 물었다.

"무슨 일이십니까?"

통역이 번역을 해주기도 전에, 경묵이 유창한 중국어로 대답해보였다.

"한국에서 함께 동행 한 팀원입니다. 비록 이번 대회에 정식적으로 참가등록이 된 참가자는 아니라지만, 참가자 제한이 다섯 명이었다면 아마 함께 참가했을 겁니다."

이내 경묵의 유창한 중국어에 놀란 듯 눈을 동그렇게 떠보인 사회자가 고개를 끄덕여보이고는 지언에게 손짓을 해보였다.

"무대 위로 오십시오."

이내 지언이 얼굴을 살짝 붉힌 채, 밝은 표정으로 무대 위에 올라섰다.

그도 그럴 것이, 분명 이 사진 역시 한국 언론에 기재될 것이 확실하다.

높은 순위로 입상을 거머쥔다면 거의 확실시 되는 대목인데, 경묵 덕분에 이러한 경험을 해볼 수 있게 된 것이다.

이내 밝은 표정으로 웃어 보이며 카메라를 바라보던 형대욱이 입모양을 거의 움직이지 않으며 경묵에게 물어보았다.

"안 된다고 하면 어쩌려고 지언이를 불렀어? 대단해, 역시."

경묵 역시 어색한 미소를 지은 채 카메라를 바라보며, 입은 거의 움직이지 않으며 대답했다.

"안 된다고 하면 어쩔 수 없는건데, 지언이도 먼길 왔는데 사진이라도 그럴싸하게 한 장 남겨야죠."

이내 그 말을 듣던 지언은 하마터면 눈물을 쏟아낼 뻔 했다.

별건 아니라지만 경묵이 계속해서 자신을 생각해준다는 사실이 너무도 고맙게 여겨진 탓이었다.

그 때, 경묵의 눈앞에 한동안 못 보던 상태 창이 하나 나타났다.

띵-!

[김지언의 신뢰도가 100%가 되었습니다.]

어라?

이내 카메라를 바라보던 경묵이 기자들에게 만류하듯 손바닥을 들어보이고는 돌아서서 팀원들에게 말했다.

"지언아, 가운데 서 봐. 우리가 지언이 중심으로 서서 한 장 찍어두죠."

이내 지언이 손사래를 쳐보이며 말했다.

"아니에요, 아니에요. 괜찮아요."

지언이 손사래를 쳐보였기 때문일까? 장난기가 발동한 정혁이 웃음을 지어보이고는 말했다.

"아니야 서 봐! 이왕 팀이름 재미있게 지은거 사진도 기가 막히게 찍어보자고."

이내 지언을 중심으로 선 팀원들이 가운데 선 지언에게 양손을 향하게 하고는 한쪽 무릎을 꿇어보였다.

그 모습을 보던 모든 참가자들은 물론이고, 사회자, 심지어는 심사위원들과 기자들마저 웃음을 지어보였다.

이내 짤막한 포토타임이 끝이 나고, 사회자가 다시금 말을 이었다.

"하하, 유쾌한 팀이군요. 그럼 각오의 말을 짧게나마 들어보도록 하겠습니다."

사회자가 마이크를 형대욱에게 건네자, 형대욱은 고개를 저어보이고는 경묵을 가리켰다.

이내 마이크를 받아든 경묵이 유창한 중국어로 인사의 말을 건넸다.

"안녕하십니까? 저희는 한국에서 온 한국산 청양고추 5개 팀입니다."

경묵의 유창한 중국어에 다들 놀란 것인지, 장내가 순식간에 숙연해졌다.

다시금 정적을 깬 것은 스피커를 통해 흘러나오고 있는 경묵의 굵직한 목소리였다.

"참가에 의의를 두고 있다고 하기엔, 저희 열정과 포부가 너무 큽니다. 저희는 우승을 목표로 이 자리에 섰습니다. 그리고 이 꼬마 요리사는 저희 팀의 마스코트이지만, 참가자 제한이 있던 탓에 미처 출전하지 못했습니다. 그래서 함께 사진을 찍은 것이니 기자분들 께서 너그러이 양해를 해주셨으면 합니다."

기자들은 웃음을 머금은 채로 자신들의 노트에 무어라 적아나가기 시작했다.

경묵은 고개를 살짝 끄덕여 보이고는 말을 이어나가기 시작했다.

"사실 저는 한국에서 제법 인지도가 있는 요리사입니다.

순전히 요리실력 만으로 얻은 인지도가 아니라는 점이 늘 저를 불편하게 합니다. 그렇다보니 저는 이러한 오명을 깨고 싶다는 생각을 달고 살고 있다고 해도 과언이 아닙니다. 그러므로 심사위원 분들께 부탁드리고 싶은 사항이 있습니다."

경묵이 초롱초롱한 눈으로 심사위원석에 앉은 심사위원들을 바라보며 말을 이었다.

"부디 저희 팀에 더욱 더 냉정한 평가를 해주셨으면 합니다. 저희가 부족한 모습을 보였을 때만큼은 말랑말랑한 단어로 호평을 해주시지 않으셔도 됩니다. 그럴 땐 부디 저희의 의지를 밑바닥으로 끌어내리는 독설을 해주시면 감사하겠습니다. 검증하고 싶습니다. 요리사로서의 저희들이 얼마나 대단한 사람들인지 말입니다."

겸손한 듯하면서도 오만한 말이었다.

그럼에도 불구하고 경묵이 고개 숙여 인사를 해보이자, 자리를 매우고 있는 모든 이들이 환호와 박수를 아끼지 않았다.

무대 위에 내리 쬐고 있는 조명 탓에 잘 보이지는 않았지만, 경묵은 발달한 동체시력 덕분에 알 수 있었다.

지금 김영오가 자신을 쏘아보고 있다는 사실을.

아마 통역사를 통해 경묵이 한 말을 그대로 전해들었을 것이다.

이내 경묵은 김영오의 눈을 똑바로 바라보다가 윙크를 한 번 해보였다.

김영오는 잔뜩 분개한 듯 아랫입술을 질끈 씹어보이고는, 테이블을 주먹으로 살짝 내리쳐보였다.

세계무대의 첫 경연 시작이 임박한 순간이었다.

❀

큰 파장을 불러온 경묵의 인터뷰 덕분이었을까?

많은 기자들이 예선이 치러지기 전 경묵을 찾아와 추가 인터뷰를 요청했다.

경묵이 조리복으로 환복을 마친 상태에서 인터뷰를 진행하는 동안, 다른 팀원들은 경연이 치러지는 빈 주방에서 경연 준비에 매진하고 있었다.

"이야, 임경묵 저 놈이 그래도 사람들 관심 불러 모으는 재주가 있긴 하다니까."

전병우가 혀를 내둘러보이며 말하자, 형대욱이 동조하듯 고개를 끄덕여보이곤 말했다.

"어릴 땐 지금처럼 클 줄 정말 몰랐는데 말입니다. 그렇죠? 콧물이나 흘리고 다니고, 까탈스러운 주문이나 할 줄 알고 말이에요."

"하하하하, 그래. 그랬지. 그래도 똘똘한 놈 같기는 했어."

이내 두 사람의 대화를 가만히 서서 듣던 지언이 의아하다는 듯 물었다.

"어라? 그럼 전 선생님하고 대욱 셰프님은 대장님 어릴 때부터 알던 사이신 거예요?"

지언의 물음에 전병우가 고개를 몇 번 끄덕여 보이고는 답했다.

　"그래, 알았지. 저 놈 아주 어렸을 때였어. 우리 가게에 오던 손님이였다. 나랑 대욱이가 하던 중국집 손님 말이야."

　"우와……. 엄청 신기하네요, 그 때의 인연이 지금껏 이어지다니 말이에요."

　*웍(중화 팬)의 상태를 한 번 살펴 본 대욱이 만족스럽다는 듯 옅은 웃음을 지어보이고는 말을 덧붙였다.

　"이 바닥이 좁아서 그래, 아까 경묵이한테 시비걸었던 김영오 말이야. 그 녀석도 나랑 대회에서 몇 번 만났던 적이 있거든. 그리고 스승님 친구분이신 엄수환 선생님 밑에서 일을 했던 게 정혁이고 말이야. 맞지?"

　"그렇죠. 뭐, 그때는 엄수환 선생님 발도 함부로 못쳐다봤지만 말입니다."

　정혁이 코 끝을 훔쳐보이며 말하자, 지언이 신기하다는 듯 입을 반쯤 벌린 채 연신 고개를 끄덕여보였다.

　조리복 차림의 경묵이 안으로 들어서자, 지언이 시간을 한 번 확인하고는 말했다.

　"형님들, 응원하겠습니다. 저는 바깥에서 기다릴게요."

　들어서던 경묵이 지언의 어깨를 가볍게 두드려주고는 말했다.

　"앞에서 기다리지 말고, 위에 올라가서 쉬고 있어. 알았지?"

"네, 알겠어요. 다들 파이팅입니다!"

지언이 주먹을 한 번 쥐어보이자, 다들 웃음을 머금은 채 지언의 동작을 따라해 보였다.

대각선 조리대에서 경연 준비를 하고 있던 김영오는 그 모습을 보며 코웃음을 쳐보였다.

'다들 놀고 있네.'

그 모습을 확인한 경묵이 이내 김영오의 조리대 쪽으로 몇 걸음 다가서기 시작했다.

"저, 영오 셰프님?"

"에? 나?"

"예. 다름 아니라 여쭤보고 싶은 게 조금 있어서요."

김영오는 경묵에게 눈길조차 한 번 주지 않은 채로 식재료를 정리하며 대답했다.

"우리 아이돌 셰프가 나한테는 무슨 볼일일까?"

경묵은 김영오의 부정적인 태도에도 표정 한 번 구기지 않고, 미소로만 일관했다.

단연 김영오뿐 아니라 김영오의 팀원들 전체가 경묵에게 조소 어린 웃음을 흘려보이는 등의 행동을 보이고 있었다.

경묵은 전혀 개의치 않는 표정으로 김영오의 조리대 위에 펼쳐진 식재료들을 한 번 살펴보기 시작했다.

천천히 모든 재료들을 한 번 살펴보던 경묵이 붉은색 가루 분말이 담긴 유리병을 들어 올려 향을 맡아보기 시작했다.

경묵의 다소 무례한 행동 탓에 눈살을 찌푸려 보인 김영오가 입을 뗐다.

"못 배운 게 티가 나네, 남의 조리대 위에 있는 재료를 대놓고 훔쳐보질 않나 제 것 마냥 향을 맡아보질 않나. 가지가지 하네."

이내 경묵이 어깻짓을 한 번 해보이고는 답했다.

"매콤한 향이 일품인데요? 그리고 말입니다만, 제 행동을 지적하시기 전에 본인을 한 번 돌아보셔야 하지 않겠어요? 그런 말 있잖아요, 똥 묻은 개가 겨 묻은 개 나무란다고……."

말을 이어나가던 경묵이 피식하고 웃음을 지어보이자 김영오가 콧바람을 뿜어대며 경묵의 곁에 다가서서는 나지막이 말했다.

"새가 어떻게 돼지랑 마주서서 이야기를 주고받겠어? 안 그래?"

날이 바짝 선 날카로운 목소리였지만, 경묵은 전혀 기세를 굽히고 들어가지 않았다.

아니, 오히려 더욱 짙은 미소를 지어보이고는 한없이 유한 목소리로 말을 이어나가기 시작했다.

"그렇죠, 어떻게 돼지랑 새가 마주서서 이야기 하겠어요? 해봤자 지금처럼 잠깐이겠죠."

경묵은 고개를 몇 번 끄덕여 보이고는 말 한 마디를 덧붙였다.

"걱정 않으셔도 돼요, 이제 날아갈 거라서."

경묵의 돌발 발언 탓에, 김영오 팀의 팀원들이 눈치를 살피기 시작했다.

김영오는 약이 바짝 오른 듯 손에 쥔 *따오기(중화 국자)를 꽉 쥔채 부들부들 떨어대고 있었고, 경묵은 전혀 아랑곳하지 않고 콧노래를 부르며 제 자리로 돌아가기 시작했다.

'별 것도 아닌 게 까불고 있어.'

피식하고 웃음을 지어보인 경묵이 다시금 팀 조리대 앞으로 돌아오자, 전병우가 경묵에게 되물었다.

"무슨 얘기를 하고 오는 거야?"

"아, 딱히 특별한 얘기는 안했어요."

이내 김영오를 한 번 바라본 대욱이 피식하고 웃음을 지어보인 후에 말했다.

"그래? 저 자식한테는 특별한 얘기였나 본데?"

대욱의 말을 들은 경묵이 고개를 돌려 김영오를 바라보았을 때, 김영오는 눈에서 레이져라도 발사할 기세로 경묵을 쏘아보고 있었다.

이내 경묵은 다시금 미소를 지어보인 후에, 윙크를 해 보였다.

"저, 개자식이!"

김영오가 저도 모르게 소리를 내지르자, 장내에 있던 참가자들의 시선이 김영오에게로 집중되었다.

그 모습을 본 김영오 팀 조리대에 선 요리사들 역시 수근덕대기 시작했다.

"야, 영오형이 완전 밀렸는데?"

"그러니까, 저 자식 저거 기세가 완전 장난 아니네?"

"능글능글해갖고 진짜 보통 내기가 아닌 것 같다."

이내 팀 요리사들이 무어라 대화를 주고받는 모습을 본 김영오가 다시금 소리를 빽 내질렀다.

"집중 안 할래? 그 따위로 떠들면서 하면 시간 안에 밑작업 마칠 수 있겠어?"

"죄송합니다!"

이내 인상을 살짝 찌푸려 보인 요리사 한 명이 김영오의 눈치를 한 번 살피고는 중얼거리는 투로 말했다.

"에이 씨, 저 임경묵 개자식 때문에 괜히 우리한테 불똥 튀네."

"어쩌겠냐? 원래 새우들 신세가 그런 거지."

말을 마친 요리사들은 조리대 위에 올려 진 오리고기를 미리 다듬기 시작했다.

김영오 역시 사력을 다해 식재료 밑 작업을 하기 시작했다.

주관적 기준에서, 아이돌 셰프일 뿐인 경묵을 합법적으로 짓밟을 수 있는 방법이라곤 단 하나.

이번 경연에서 '진짜 셰프'의 실력을 보여주는 것뿐이었다.

이내 김영오는 목을 길게 빼고 경묵 팀의 조리대 위를 한 번 살펴보다가 의아하다는 듯 고개를 한 번 기웃거렸다.

꽉 차있는 다른 참가 팀들의 조리대에 비해서 경묵 팀의 조리대는 허술하기 그지없었다.

'뭐야? 고작 버섯하고 새우, 양념들이 다야?'

이내 피식하고 웃음을 지어보이고는 생각했다.

'그래, 해봤자 짜장면 짬뽕이나 만들던 아이돌 셰프가 무슨 레시피가 있어서 예선부터 꺼내겠어.'

전병우 선생님이나, 형대욱 녀석이 준비한 레시피에도 한계가 있을 테니 아마 더 높은 곳에서 시연을 할 셈이고, 그 아래에서는 간단한 요리 몇 개로 때우려는 심산이라고 으레 짐작을 한 것이다.

간단히 생각 정리를 마친 김영오의 입가에 득의의 미소가 떠올랐다.

"자, 다들 힘 내보자고."

이내 자신의 승리를 확신한 김영오가 다시금 부드러운 목소리로 팀원들에게 한 마디를 건네자, 팀원들이 어색한 미소를 지어보이며 일제히 답했다.

"예!"

❀

한 편, 준비 시간이 끝나고 본격적으로 경연이 시작되자 심사위원들 몇이 채점용지가 끼워진 파일과 손을 든 채로 조리대 사이를 거닐기 시작했다.

물론, 경묵의 팀 역시 예외는 아니었다.

그리고 황량하기 그지없는 조리대는 심사위원들의 이목을 집중시켰다.

본래 특별한 경우가 아니면 침묵으로 일관하는 심사위원들이 관심을 숨기지 못한 채 경묵에게 물었다.

"조리대가 황량하군요."

"예, 저도 대충 둘러보았는데 저희 조리대가 유난히 황량하긴 하네요."

중국어로 물었음에도 불구하고 경묵이 유창한 중국어로 대답해보이자, 심사위원이 만족스럽다는 듯 고개를 끄덕여 보이고는 되물었다.

"아, 아까 중국어로 인터뷰한 팀이군요. 현지 사람처럼 잘하십니다. 억양까지 완벽해요. 그런데 지금 우리가 보기에 조리대 위에 양념하고 새우 조금 말고는 아무것도 보이지 않는군요."

"아, 메인 재료는 지금 저희 팀 요리사가 저기서 손질을 하고 있거든요."

경묵이 손가락을 들어 정혁을 가리켜보였다.

이윽고 심사위원들이 다시 한 번 의아하다는 듯 눈썹을 찡그려 보였다.

"아아, 전복 요리군요."

"아닙니다."

"예?"

경묵의 단호한 대답에 심사위원들이 정혁이 손질하고 있는 재료를 유심히 살피기 시작했다.

안경을 쓰고 있던 심사위원은 안경을 살짝 내리고 살피는 등, 사력을 다해 살펴보기 시작했다.

칼집이 난 모습이 영락없이 전복처럼 보였지만, 자세히 보니 전복이 아니라 버섯이었다.

이내 버섯이라는 사실을 간파한 심사위원들이 웃음을 지어보이기 시작했다.

"하하하하, 버섯이었군."

"그러니까 말입니다. 모습은 영락없는 전복인데 말입니다."

이내 경묵이 어깻짓을 해보이자, 심사위원 중 한 명이 경묵의 어깨를 가볍게 다독여보이고는 말했다.

"제일 기대되는군요. 거창한 재료를 사용하는 어떤 요리보다 말입니다."

경묵 역시 목례로 화답을 해보이고는 다시금 조리에 열중하기 시작했다.

자신의 조리대에서 그 모습을 엿보던 김영오는 얼굴을 잔뜩 구긴 채, 자신의 팀원들에게 물었다.

"야, 뭐래?"

"중국어를 제가 어떻게 알겠어요? 한국어도 잘 못하는데."

"아, 것 참. 뭐라는 지 알 수가 있어야지."

김영오가 불안함을 감추지 못하고 입맛을 한 번 다셔보였다.

어쨌든 저렇게 부실한 재료를 사용해서 제대로 된 요리를 만들 가능성이 얼마나 되겠는가?

희박하다.

아니, 희박하다 못해 불가능한 것이나 다름없다고 치부하고 있었다.

적어도 경묵이 준비한 요리의 정체가 드러나기 전까지는
말이다.

⊛

길게 늘어선 심사석에 앉은 심사위원들은 모두 여덟 명이
었고, 이들 모두가 세계 중식 계에서 제법 권위가 있는 인물
들이었다.

이 여덟 명 중에서 현지 요리사들의 힘이 가장 막강한 것
이 사실이라지만, 그들 역시 함부로 대하지 못하는 인물이
한 명 섞여있었다.

바로 전병우의 오랜 벗이자, 남광민과 정필상 그리고 정혁
마저도 일했던 경험이 있는 '화룡각'의 주방장 출신의 엄수
환 셰프였다.

더군다나 그는 한국인 최초로 '중식 마스터 쉐프'의 칭호
를 얻은 바 있었기에, 젊은 현지 요리사들도 엄수환이라면
껌뻑 죽고는 존경을 표하곤 했다.

엄수환 셰프는 턱에 난 수염을 한 번 쓸어내리고는 옆에
앉은 다른 심사위원에게 유창한 중국어로 물었다.

"A라인 심사를 맡으신 분이 누굽니까?"

"A라인이요? '마오 펑 룬' 셰프하고 접니다."

엄수환 셰프의 바로 옆자리에 앉은 사내가 무던한 목소리
로 대답해 보였다.

지금 엄수환 셰프의 물음에 대답한 사내는 방금 전 경묵

86 각성 7
   북경각

팀의 조리대를 살피던 중 경묵과 이런 저런 이야기를 주고받았던 심사위원 이었다.

이내 엄수환 셰프가 다시금 천천히 입을 뗐다.

"허허, A라인 심사를 맡으신 두 분이 진심으로 부럽습니다. 이번 우승팀의 요리를 저희보다 한 번 더 맛을 볼 수 있을 테니 말입니다."

엄수환 셰프의 말을 들은 다른 심사위원들은 의아하다는 듯 크게 뜬 눈을 껌뻑거리며 바라보았지만, 엄수환 셰프는 그저 어깻짓을 해보이고 침묵으로 일관할 뿐 이었다.

그러나 단 한 명, 엄수환 셰프의 바로 옆 자리에 앉은 심사위원은 달랐다.

즉, A라인의 심사를 맡은 심사위원인 그는 무언가 알겠다는 듯 옅은 미소를 머금은 채 동조하듯 고개를 살짝 끄덕여 보였다.

"우승이라, 모르긴 몰라도 기대가 되긴 하네요……"

말끝을 흐려 보인 그가 자신의 손목의 시계를 확인하고는 다시금 밝은 목소리로 말을 이어나가기 시작했다.

"뭐, 어쨌든 얼른 먹어보고 싶긴 합니다. 다들 일어나시죠, 이제 경연 종료 시간이 임박했으니 말입니다."

띵-!

조리실 맨 앞쪽에서 경연 종료를 알리는 벨이 한 번 울렸다.

벨을 누른 진행자는 느슨하게 쥐고 있던 마이크를 손에 꽉 쥐어보이고는 입가에 가져다 댄 후, 엄중한 목소리로 말을 이어나가기 시작했다.

"시간이 모두 초과되었습니다. 모든 참가자 분들께서는 조리를 멈추고 조리대 한 걸음 뒤로 물러서 주십시오."

이내 스피커에서 진행자의 목소리가 흘러나오자, 현지 요리사들은 물론이고 앞에 선 진행자의 말이 무슨 뜻인지 모르는 타국 요리사들도 대충 눈치껏 조리를 멈추고는 한걸음씩 뒤로 물러섰다.

"다들 수고하셨어요."

경묵이 음식이 담긴 접시를 조리대 앞쪽으로 살짝 밀어낸 후에, 한 걸음 물러서며 팀원들을 바라보고는 말했다.

전병우와 형대욱은 정말이지 긴장한 기색이라곤 정말 찾아볼 수조차 없었지만, 정혁은 조금 달랐다.

목소리의 억양도 시시각각 바뀌었고, 아까는 손을 조금 떨기도 했던 것 같았다.

더군다나 눈동자는 마치 전화가 걸려온 휴대전화마냥 세차게 진동하곤 했다.

그러나 우스운 점은 말과 행동이 달라도 너무 다르다는 것.

정혁이 양 손을 허리춤에 얹은 채 잔뜩 너스레를 떨며 말을 이어나가기 시작했다.

"하하, 다들 설마 떨고 있는 것 아니죠? 다들 마음 편하게 생각하세요."

경묵이 개수대 물로 손을 한 번 씻어내고는 손에 묻은 물기를 대충 털어내며 정혁에게 이죽거리는 투로 말해보았다.

"형, 형이나 잘해요. 형이나! 참, 진짜 사람이 처음부터 끝까지 허세라니까."

"사실 아예 떨리지 않는다고 하면 그건 거짓말이겠지. 그래도 허세라니?! 너는 무슨 내가 완전 벌벌 떨고 있다고 생각하고 있는 것 같은데……."

이내 경묵이 말을 자르듯 끼어들어서는 대답했다.

"맞아요."

"하, 것 참……. 이 자식이 형을 뭘로 보고……."

"있다가 지언이한테 어떻게 으스댈 지를 생각하니까, 벌써부터 치가 떨립니다. 치가 떨려요! 지언이는 고스란히 다 믿을 거 아녜요!"

두 사람이 투덕거리는 모습을 바라보던 전병우가 대욱의 어깨에 팔을 두르며 말했다.

"경묵이가 그래도 리더 노릇을 제대로 하네."

대욱 역시 동조하듯 고개를 한 번 끄덕여보이고는 말했다.

"그러니까요. 정혁이 녀석 방금은 긴장해서 손까지 벌벌 떨어대더니 경묵이가 장난 조금 쳤다고 저렇게 변하네요."

"저게 다 저 놈 능력인 게지. 사람 다루는 힘이 있어. 사람 따르게 하는 힘도 있고 말이다."

전병우는 흐뭇한 표정으로 경묵을 바라보다가, 고개를 돌려 조리실 안을 한 번 살펴보았다.

경묵 팀의 조리대처럼 화기애애한 분위기가 감도는 곳은 극히 한정적이었다.

아직 심사는 시작되지도 않았으나 팀장의 입에서 벌써부터 욕설이 나오고 있는 팀도 있었고, 한껏 풀죽은 표정으로 조리대 앞에 서있는 팀도 있었다.

어떤 팀은 주어진 시간이 조금 부족했던 것인지 아직도 조리대 위에 난잡하게 조리도구들이 어질러져있는 팀도 있었다.

어쨌든 지금 경묵 팀처럼 화기애애한 분위기를 이어가고 있는 팀은 가히 손에 꼽을 정도라 해도 과언이 아니었다.

사실상 경묵 팀은 조리 종료시간을 무려 15분이나 앞두고 조리를 마친 덕분에 시간을 맞추어 이미 완성된 음식을 간단히 한 번 데워두는 여유 있는 모습을 보였다.

김이 모락모락 올라오는 접시를 조금 떨어진 거리에서 엿보던 김영오는 의아하다는 듯 눈을 한 번 크게 떠보였다.

아까 분명 경묵의 조리대 위에 있던 새우와 버섯을 봤었는데, 새우와 버섯은 온데간데없이 사라지고 걸쭉한 소스가 끼얹어진 전복 요리만이 접시 위에 담겨있었다.

'뭐야, 전복을 나중에 꺼낸 건가? 그럴 수가 없는데? 뭐지? 새우랑 버섯은 대체 다 어디로 간 거야?'

의구심을 품고 있던 김영오가 이내 고개를 한 번 저어보였다.

이상하다 여겨질 만큼 경묵에게 신경이 쓰였다.

어차피 자신이 신경을 쓰지 않더라도 분명 얼마 못가서 힘을 잃고 떨어져 나갈 것이 분명했다.

물론 신경을 쓴다고 해서 경묵의 탈락이 앞 당겨지는 것도 아니고 말이다.

이내 김영오는 피식하고 웃음을 지어보인 후에 자신의 조리대 위에 올려져있는 오리요리를 한 번 살펴보았다.

야들야들한 오리 살은 지금이라도 한 젓가락 입에 넣고 싶을 만큼 먹음직스러웠고, 위에 끼얹어져 있는 매콤한 향의 걸쭉한 소스는 직접 만든 특제 시즈닝과 간장, 노추를 황금비율로 섞어내 만들어낸 비법 소스였다.

'아무리 해봐라. 너는 내 발밑이다.'

완성된 자신의 요리를 바라보던 김영오가 비릿한 미소를 한 번 지어보이고는, 시선을 옮겨 경묵을 한 번 쏘아보았다.

이내 심사석에 앉아있던 심사위원들이 자리에서 일어서 조리대를 직접 돌아다니며 심사를 진행하기 시작했다.

❀

경묵과 김영오가 속한 A라인의 심사를 맡은 두 심사위원이 한 손에 펜이 끼워진 채점용지를 든 채로 조리실 안을 거닐기 시작했다.

이들은 날카로운 눈으로 참가 팀들의 음식을 한번 씩 살펴보고는, 몇 가지 질문을 던진 후에 맛을 보고 채점을 하곤 했다.

심사석에 앉아 다른 심사위원과 대화를 나눌 때에는 한없이 유한 표정으로 대화를 주고받던 이들이었지만, 지금은 언제 그랬냐는 듯 냉철한 태도로 일관하고 있었다.

즉흥적인 심사평은 없었기에, 심사를 마친 팀들 역시 가슴을 졸인 채로 결과 발표를 기다리는 수밖에 없었다.

그래도 매는 먼저 맞는게 낫다는 말이 있지 않던가?

심사를 마친 팀들은 대부분이 한결 가벼워진 기분으로 뒷정리를 하고 있었고, 심사를 앞두고 있는 팀들은 좌불안석인 양 옴짝달싹 하지 못한 채로 점점 다가오는 심사위원들을 훔쳐보고만 있을 뿐 이었다.

한 편, 김영오의 음식을 맛 본 심사위원들은 통역사를 통해 자신의 의견을 전달했다.

말했듯, 심사위원들이 즉흥적인 심사평을 남기지 않으며 심사를 진행하고 있었으니 제법 이례적인 일이 아니라 할 수 없었다.

"소스가 정말 특별하다고 하시는군요. 다음에도 꼭 맛을 보고 싶다고 하시네요. 다만, 오리고기를 조금 더 오래 삶아 냈더라면 하는 아쉬움이 남는다고 하십니다."

엄청난 극찬은 아니라지만, 어쨌든 호평은 호평이었다.

기대했던 것만큼 뛰어난 평가를 받은 것은 아니라지만, 이번 경연이 고작 해봐야 예선 급의 경연인 만큼 김영오 역시 약간의 완급 조절이 있었다.

사실상 대회에 앞서 준비해 둔 여러 가지 메뉴들 중, 이번에 선보인 메뉴는 다소 약한 편에 속했다.

그러니까, 즉 주력 메뉴를 선보인 것이 아니기에 별로 개의치는 않았다.

어쨌든 심사위원의 다음에도 꼭 맛을 보고 싶다는 말은,

어느 정도는 합격에 대한 암시라고 할 수 있었다.

"다들 짐 챙겨라, 끝나자 마자 올라가서 오후 경연 전까지 푹 쉬자고."

김영오의 말을 들은 팀 서브 셰프가 살짝 미소를 머금은 채 대답해 보였다.

"예? 결과도 안 나왔는데, 김칫국 마시는 건 아닐까 싶은데요?"

"보면 모르냐? 합격이야. 짐 미리 챙겨놔."

확신이 담긴 목소리 탓에, 무어라 반박하지 못하고 다들 펼쳐놓은 짐을 챙기기 시작했다.

미미하게나마 합격에 대한 암시를 받았기 때문일까?

마음은 한결 가벼웠고, 입가에는 옅은 미소가 떠올랐다.

'그래. 첫 경연일 뿐인데, 아직 좋아하기엔 이르지.'

생각을 선회시키듯 고갯짓을 몇 번 해보이고는 경묵 팀의 조리대를 한 번 바라보았다.

임경묵은 손에 묻은 물기를 이름모를 팀원의 얼굴에 튕겨대며 장난을 치고 있었고, 전병우와 형대욱은 그 모습이 마냥 재미있다는 듯 미소를 머금은 채 지켜보고 있었다.

분위기 파악 못하고 장난을 주고받는 모습을 보고 있자니 눈살이 절로 찌푸려졌다.

'대체 뭐가 저렇게 자신 있다고 장난이나 치고 있는 거야?'

그러고 보면, 정말 자신감의 근원을 찾을 수가 없었다.

재료도 참가 팀들 중 가장 부실한 듯 보였고, 심지어는 경연 종료까지 한참이 남은 와중에 조리를 마친 듯 조리대를 정리하고 있었다.

'반응이나 한 번 살펴볼까?'

이내 김영오는 피식하고 웃음을 지어보인 후에 경묵 팀의 최후를 지켜볼 심산으로 제 자리에서 팔짱을 끼고 선 채 대놓고 지켜보기 시작했다.

심사위원들은 한 조리대 위에 오래도록 머무르는 법이 없었다.

더군다나 선보인 요리에 대한 질문 외에는 꼭 필요한 말이 아니라면 좀처럼 입을 떼지도 않았다.

그러나 우습게도 심사위원들은 경묵 팀의 조리대 앞에 이르기가 무섭게 지금까지 고수하던 태도는 잊은 듯, 밝은 목소리로 말했다.

"맙소사, 아까 그 표고버섯이 전복으로 변했군요."

경묵은 긴장한 기색 하나 없이, 다소 상투적인 투로 심사위원의 말에 대답해보였다.

"아마 전복보다 훨씬 더 뛰어난 맛일 겁니다."

"전복보다 뛰어난, 전복인 척 하는 요리라? 하하, 기대 되는 군요."

밝은 표정으로 대답한 뒤, 음식을 유심히 살피던 심사위원이 이내 의아하다는 듯 눈썹을 살짝 꿈틀해보였다.

그도 그럴 것이 분명 아까 새우를 보았었는데, 새우는 온데 간데없이 사라져있었다.

잘게 다져서 소스에 넣었나 싶어 칼집이 난 버섯 위로 흩뿌려진 소스를 한 번 살펴보았으나, 새우로 보이는 입자는 찾아볼 수가 없었다.

'도대체 어디에 간 거지? 새우는 그냥 소스의 맛을 배가시키는 용도로만 사용할 셈이었던 건가?'

그렇다고 생각하기에는 또 의아한 것이, 아까 조리대 위에 놓여져 있던 새우는 분명 깔끔히 손질해둔 새우였다.

만약 육수를 사용하는 데에만 사용할 셈이었다면, 그렇게 깔끔하게 손질을 해둘 필요가 없었다.

더군다나 단순히 해물 육수를 우려내기 위함이라면 새우 말고도 더 훌륭한 식재료들이 많다.

그렇기에 쉽사리 이해할 수 없었던 것이다.

고민에 잠겨있던 심사위원이 이내 천천히 입을 뗐다.

"저, 그런데 아까 분명 새우를 본 것 같은데 새우는 어디에 있습니까?"

이내 경묵이 대답대신 젓가락을 들어 전복의 모습을 쏙 빼닮은 칼집 낸 표고버섯을 집어 들어서는 뒤집었다.

볼록하게 팽창되어있는 표고버섯 뒷면에 다진 새우가 가득 담겨있었다.

이내 심사위원들이 탄식을 내뱉어 보였다.

"이럴수가, 이건 정말 생각지도 못했군요."

옆에 선 채 침묵으로 일관하고 있던 심사위원마저 놀람을 감추지 못한 채로 되물었다.

"어떻게 이런 생각을 하셨습니까?"

이내 경묵이 미소를 살짝 머금은 채 말을 이어나가기 시작했다.

"저희 한국에서는 전복이 상당히 고가의 식재료 중 하나입니다. 콩으로 만든 고기처럼 저가의 재료를 사용하여 고가 식재료의 맛을 내면 재미있을 것 같다는 생각이 들어 한 번 시도해보게 되었던 음식입니다."

"요리의 이름은 무엇입니까?"

심사위원이 흥미롭다는 듯 되묻자, 경묵은 여유 가득한 목소리로 답해보였다.

"전복인척 하는 표고버섯입니다."

평범하기 그지없는 이름 탓에 심사위원들 모두가 저도 모르게 피식하고 웃음을 지어보였다.

경묵이 예선을 위해 준비한 요리는 말 그대로 전복인 듯 보이는 표고버섯 요리였다.

표고버섯의 갓 부분만을 떼어 내서 잘 씻어낸 후에 마치 전복처럼 칼집을 낸다.

칼집을 낸 부분을 손으로 꾹 눌러서 튀어나오게끔 만든다.

그렇게 생긴 부분에 밑간해둔 다진 새우를 채워 넣고 한 번 튀겨내고는 걸쭉한 굴소스를 끼얹는 게 전부인 간단명료한 요리였다.

말 그대로 발상의 전환.

감탄을 연발하며 새우가 가득 담긴 표고버섯의 뒷면까지도 한참을 살펴보던 심사위원들이 이번에는 맛을 보기 시작했다.

젓가락으로 하나씩 집어 들어서는 작게 한 입을 깨문 순간, 다시금 심사위원들의 동공이 확대되었다.

"이럴 수가!"

"전복보다 훌륭합니다."

지금 심사위원들이 하고 있는 말이 무슨 뜻인지 좀처럼 알아듣지 못하는 다른 팀원들이 의아하다는 듯 표정을 구겨보이자, 경묵이 옅은 미소를 지어보이고는 나지막이 말했다.

"표고버섯, 전복, 성공적."

이내 팀원들의 입가에도 미소가 떠올랐다.

맛을 본 심사위원들은 연신 감탄사를 연발하며, 경묵에게 되물었다.

"정말 훌륭한 요리로군요. 어떻게 이런 발상을 했는지 머리를 열어서 보고 싶을 정도로 말입니다! 그런데 전복 특유의 비릿한 내가나요. 전복의 단점이지만, 그 향 덕분에 이게 정말 전복이라는 착각이 듭니다. 이 비릿한 맛은 어떻게 낸 것입니까?"

"새우 삶은 물을 소스의 베이스로 사용했습니다. 그리고 소스에 비린내를 잡을 수 있는 식재료를 일체 첨가하지 않음으로서 새우 육수 특유의 고소한 향과 비릿한 향을 동시에 살렸습니다. 말씀하신대로 전복이라는 착각을 불러일으키기 위해서요."

이제야 이해가 간다는 듯 고개를 끄덕여 보인 심사위원이 다시금 말을 이었다.

"이건 의심의 여지가 없이 최고의 요리입니다. 사실 기발하다고는 생각했지만 맛 또한 특별할 것 이라고는 기대하지 않았어요. 그런데 맛마저도 특별합니다. 오늘 심사를 보며 맛 본 A라인 조리대 위에 있던 요리 중 단연 최고라고 할 정도로 맛이 좋다는 이야기입니다. 앞으로 선보일 음식이 궁금해서라도 당신들은 합격일 겁니다."

지극히 주관적인 발언이었음에도 불구하고, 옆에 선 다른 심사위원은 이 주관적인 발언을 만류하기는커녕 동조하는 듯 고개를 끄덕여 보이기까지 했다.

다름 아니라 맛을 보았기 때문이었다.

사실상 이미 창의성만 놓고 보더라도 합격점 이상이었다.

그런데 지금 경묵 팀이 조리한 이 '전복인척 하는 표고버섯'은 창의성은 물론이고 특출 난 맛까지 지닌, 가히 팔방미인 같은 요리라 칭할 수 있을 정도였다.

더군다나 짧은 조리시간에서 또 한 번 호평을 받고, 위생적이고 치밀하게 조리해낸 조리 과정에서 다시 한 번 호평을 받았으니 합격은 따 놓은 당상이라고 해도 과언이 아니었다.

조금 떨어진 조리대에서 경묵 팀의 심사 장면을 팔짱 낀 채 지켜보고 있던 김영오는 저도 모르게 욕지거리를 뱉어내고 말았다.

"씨발…… 뭐야? 왜 이렇게 분위기가 좋아?"

그 말을 들은 서브 셰프가 화들짝 놀라서는 다른 팀원들에게 호통치듯 말했다.

"야! 니들 다 놀러 왔어? 얼른 짐 챙겨!"

김영오는 그런 서브 셰프를 바라보고는 암담한 표정으로 고개를 저어보였다.

"어휴, 됐다. 됐어."

그리고는 말을 마치기가 무섭게 짐을 챙기고 있는 경묵 팀의 조리대 앞으로 성큼성큼 걸음을 옮기기 시작했다.

여러 가지 가능성이 머릿속을 맴돌고 있었다.

첫 번째 가능성은 현재 치러지고 있는 세계대회의 심사 진마저도 돈으로 매수했다.

두 번째 가능성은 경묵의 요리가 정말 맛있다.

얼마나 맛있냐면, 냉철하기 그지없는 심사위원들이 배시시 웃음을 흘릴 만큼이나 맛있다.

사실상 아이돌 셰프의 요리 실력을 어느 정도 인정한다고 하더라도, 바보가 아닌 이상 첫 경연부터 임팩트 있는 요리를 선보였을리는 만무했다.

'대체 뭐지……?'

고민을 거듭하는 와중에도 경묵의 조리대로 향하는 김영오의 발은 멈추지 않았고, 김영오는 얼마 지나지 않아 경묵 팀의 조리대 앞에 섰다.

"잠깐 나 좀 봅시다."

갑작스레 불쑥 나타난 김영오가 한껏 힘이 실린 목소리로 한 마디 건네자, 경묵은 피식하고 웃음을 지어보였다.

"예?"

"잠깐 보자고."

김영오가 한껏 무게를 잡으며 말하자, 전병우가 말없이 음식이 담긴 접시를 들어 건넸다.

얼떨결에 접시를 받아든 김영오가 잠시 주춤하자, 전병우가 이가 다 드러나는 미소를 지어보이고는 말했다.

"이게 이 녀석이 만든 요리다."

그 말을 들은 김영오가 잠시 요리를 살피고는 코웃음을 쳐 보이며 말했다.

"예? 흔한 전복 요리지 않습니까? 선생님도 감을 잃으셨나봅니다."

"흔한 전복 요리라……. 그래서 이 녀석이 대단한 거다."

전병우가 젓가락 한 쌍 까지 집어서 건네자, 김영오는 곧장 접시에 담긴 전복(?)을 하나 집어 들어서는 입 안에 넣었다.

사실 그 음식의 정체가 전복이 아니라 버섯이라는 사실을 알아채는 데 까지는 그리 오랜 시간이 걸리지 않았다.

한 입 깨물기가 무섭게 김영오의 표정이 크게 일그러졌고, 그 모습을 바라보던 전병우가 나지막이 한 마디를 건넸다.

"허허! 너 인마, 이 녀석한테 까불다가 혼난다. 이놈은 진짜배기들도 가짜로 만드는 진짜배기야."

지금 입 안에서 느껴지는 것은 전복의 맛이 아니었다.

그러나 전복의 맛이었고 또, 전복의 맛보다 뛰어난 맛 이었다.

"누가 창안한 요리입니까? 대욱이? 선생님? 아니면 저 이름모를 요리사?"

김영오의 물음에 전병우는 어깻짓을 해보인 후에 느긋한 표정으로 말을 이었다.

"내가 보기에 너는 이 녀석이랑 견주기에 십 년은 이르다."

그리고는 다시금 자신의 조리도구를 가방에 챙겨넣으며 말을 이었다.

"물론 이 녀석이 앞으로 십 년 동안 숨만 쉰다는 전제하에 말이야."

"뭐요? 이 늙은이가 진짜……."

김영오가 악에 받친 표정으로 전병우에게 성큼성큼 다가서기 시작했다.

전병우는 신경도 쓰지 않는다는 듯, 무던한 표정으로 아직 미처 챙기지 못한 조리도구들을 가방에 쑤셔넣고 있었고 김영오는 씩씩거리며 전병우의 앞에 다가서서는 말했다.

"다시 한 번 말해보쇼. 십 년? 누가 누굴 따라잡는데 십 년?"

지이익-

전병우가 조리도구를 담은 가방 지퍼를 닫는 소리가 장내에 은은하게 울려퍼졌다.

이내 전병우가 고개를 휙 들어 올리고는 물었다.

"영오야, 세상 많이 좋아졌지? 대가리 크니까 뵈는 것도 없고 말이다."

"미안한데, 나는 돈에 눈 멀은 뒷방 노인한테 선배 대접해줄 생각 없수다."

"쯧쯧, 안목이 이렇게 없어서야……."

전병우의 말이 끝나기도 전에 벌어진 일이었다.

팟-!

악에 받친 김영오가 전병우의 한 쪽 어깨를 세게 밀쳤고, 그런 탓에 전병우가 두세 걸음 정도를 뒷걸음질을 치고 만 것이다.

"이 봐, 영감님. 우리가 선생님 선생님 해주니까 정말 뭐라도 된 줄 알아?"

갑작스럽게 벌어진 상황 탓에 형대욱이 놀람을 감추지 못하고 김영오에게 고함치듯 말했다.

"너 이 새끼 뭐하는 짓이야!"

한껏 고조된 분위기 속에서 먼저 입을 뗀 것은 우습게도 전병우였다.

"이 놈 봐라?"

전병우는 피식하고 웃음을 지어보인 후에 김영오가 밀쳤던 어깻죽지를 가볍게 툭툭 털어내며 김영오에게 다가섰다.

막상 두 사람이 마주선 모습을 보자니 전병우의 덩치가 김영오보다 훨씬 더 컸다.

이내 형대욱이 상황을 중재하려는 듯 황급히 두 사람들 사이에 섰다.

"그만, 그만. 영오야, 무슨 오해를 하고 있는지는 모르겠는데 선생님께 사과 올려라. 그게 대체 뭐하는 짓……."

그 때, 전병우가 어깨를 살짝 들썩여보이고는 무던한 목소리로 말했다.

"됐다. 말아라."

입술을 앙 다문 김영오의 어깨는 거친 숨 덕분에 연신 들썩거리고 있었고, 눈동자 역시 미세하게 떨리고 있었다.

고갯짓을 몇 번 해보인 경묵이 김영오의 곁에 다가서서는 입을 뗐다.

"대체 무슨 오해를 하고 계신 겁니까? 말이라도 한 번 들어봅시다. 아니다, 아니다. 내가 한 번 맞춰볼까요?"

김영오는 대답은커녕, 입술을 앙 다문 채 경묵을 뚫어져라 바라보고 있었다.

물론 경묵은 전혀 아랑곳하지 않는 듯 보였다.

유한 미소를 한 번 지어보이고는 고개를 천천히 까딱거리며 말을 이어나가갔다.

"그러니까, 일단 임경묵은 실력 없는 아이돌 셰프고 요리를 유명세를 얻는 도구로 사용한다. 그리고 대욱 셰프님과 스승님은 돈에 매수 되서 대회 우승을 돕기 위해 동행했다?"

경묵의 말을 들은 김영오의 미간에 자리한 주름이 더 짙어졌다.

경묵은 눈을 크게 뜬 채로 자신의 얼굴을 조심스레 매만지기를 잠시, 이내 천연덕스러운 투로 김영오에게 물었다.

"이 봐, 김셰프. 솔직히 나 정도면 조금 생긴 거 아닌가?"

"뭐? 이게 무슨 헛……."

갑작스러운 질문 탓에 김영오가 의아하다는 듯 눈썹을 꿈틀해보이고는 신경질적인 목소리로 되물으려던 찰나, 경묵이 말을 자르고 들어왔다.

"아니, 내가 왜 요리를 도구 삼아서 유명해지려고 마음을 먹겠냐는 거지. 내가 지금까지 거절한 방송 출연 제의가 몇 개 인줄 알아요? 그럼 엔터테인먼트에서 온 컨택이 몇 갠 줄은 알아요?"

"……뭐?"

김영오가 놀람을 감추지 못한 채 눈을 크게 떠 보이자, 경묵이 날이 바짝 선 날카로운 목소리로 물었다.

"그리고 당신, 먹어본 적 있어?"

"뭐?"

갑작스레 극도로 싸늘해진 경묵의 음성 탓에 김영오 역시 적잖이 당황한 듯 보였다.

"내가 한 요리 먹어본 적 있냐니까? 뭐라고 떠들고 손가락질 하려면 적어도 한 번은 먹어보고 해야 하는 것 아니야?"

"이 자식이!"

김영오의 외침 덕분에 장내가 정적에 휩싸였다.

이내 김영오는 주변에서 쏟아지는 따가운 눈총을 감지한 것인지 한 번 주위를 둘러보기 시작했다.

제법 큰 소리로 대화가 오가다보니 짐을 챙기고 있던 다른 요리사들 역시 경묵 팀의 조리대를 힐끔힐끔 훔쳐보고 있었다.

김영오 스스로도 이런 공석에서 괜히 말 한두 마디 잘못했다가 매장 당하는 것은 정말 순식간이란 사실은 잘 알고 있었기에 화를 조절하려 심호흡을 하기 시작했다.

한국 요리계는 정말 좁고, 금세 소문이 퍼진다.

더군다나 지금 까지의 부주의한 행동만으로도 아마 구설수를 피할 수 없을 것 같다는 슬픈 예감이 들어 저도 모르게 작은 소리로 욕지거리를 내뱉을 수밖에 없었다.

"제기랄……."

고개를 반대편으로 돌려 살펴보니 A라인의 심사를 맡았

던 두 심사위원 역시 제법 떨어진 자리에 서서 옆에 붙은 통역사에게 오고간 대화 내용을 전해 듣고 있는 듯 했다.

김영오가 주변의 눈치를 살피는 사이, 다시금 경묵이 입을 뗐다.

그런데 경묵은 김영오가 아니라 심사위원을 바라보며 말을 이어나가기 시작했다.

"심사위원님들, 부탁이 하나 있습니다."

갑작스레 호명된 심사위원들이 당황을 감추지 못한 채, 눈을 크게 떠보이자 경묵이 고개를 살짝 끄덕여보였다.

이내 심사위원들이 경묵의 조리대를 향해 천천히 다가왔다.

김영오는 경묵의 의도를 알지 못한 덕분에 속으로 오만가지 생각을 다 해볼 수 있었다.

'뭐야? 심사위원들한테 고자질이라도 하겠다는 거야?'

이마 끝에 식은땀이 살짝 맺히는 것이 느껴졌다.

그도 그럴 것이, 사실상 지금 분쟁을 조장한 것은 명백히 김영오였고, 그렇다보니 만약 사태가 붉어져서, 도마 위에 올랐을 때 불리할 것은 당연히 김영오였다.

혹 팀원들한테까지 해를 끼치는 것은 아닐까 싶은 우려 탓에 가슴이 세차게 뛰기 시작했다.

저도 모르게 아랫입술을 질근질근 씹어대며, 몇 걸음 떨어진 곳에서 다가오고 있는 심사위원들을 바라보았다.

모르긴 몰라도 지금 이 순간만큼은 심사위원이 아닌 저승사자처럼 섬뜩하게만 느껴졌다.

이내 바로 곁에 선 심사위원이 의아하다는 듯 눈썹을 한 번 꿈틀거려보이고는 경묵에게 물었다.

"예, 무슨 일이시죠?"

"부탁을 하나 드리고 싶습니다. 어려운 건 아니고 A라인 심사점수를 혹시 지금 알려주실 수 있을까 해서요."

이내 경묵에게 질문을 건넨 심사위원이 옆에 선 다른 심사위원을 한 번 바라보고는 곤란하다는 듯 입 꼬리를 살짝 말아 올리며 답했다.

"불과 몇 분 후에 연회실 입구에 공개가 될 텐데요, 조금만 기다려 주시겠어요?"

"몇 분만 앞당겨서 알려주실 수 없으시겠습니까?"

중국어를 모르는 김영오와 다른 한국인 요리사들은 대화에 열중하고 있는 경묵과 다른 심사위원들을 둥그렇게 뜬 눈으로 바라보는 것 말고는 아무것도 할 수 없었다.

도둑이 제 발 저린다고 했던가?

지은 죄가 있는 김영오로서는 정말이지 속이 타들어가는 것만 같았다.

'아, 성질을 잠깐 못 참아서⋯⋯.'

대화를 나누는 경묵과 심사위원들의 표정이 마냥 밝은 것으로 미루어보아서는 통 짐작이 불가능했다.

심사위원이 숨을 길게 내쉬고는 나지막이 말했다.

"원래는 안되는 거예요."

"알다마다요, 감사합니다."

화기애애한 분위기 속에서 대화를 이어나가던 심사위원이

끝내 한 손에 들고 있던 서류철을 조리대 위에 올려두었다.

이내 경묵이 김영오에게 손짓을 해보이고는 말했다.

"이리 와서 봐요."

그 모습을 바라보던 김영오가 못이기는 척 무심한 표정으로 다가서서는 종이에 기재된 사항들을 살펴보기 시작했다.

'뭐지? 서류?'

살펴보니 서류의 정체는 다름 아닌 심사위원들의 채점용지였다.

그것도 경묵과 김영오가 속해있는 A라인의 채점용지.

일전에 들은 바에 의하면 이번 대회의 주최 측은 공정성을 강조하기 위해 선택한 조항으로 심사용지를 오픈한다고 했었다.

생각보다 많은 항목에서 채점이 이루어지고 있었지만, 표 위에 채점항목이 중국어로 기재되어있었기에 정확히는 알 수 없었다.

다만, 표의 맨 오른쪽에 적혀있는 것이 총점인 듯 했다.

경묵은 채점용지에 빠져들기라도 할 기세로 집중해서 천천히 채점내역을 살펴보고 있었고, 김영오는 그런 경묵을 바라보며 조소 어린 웃음을 흘려보이고는 말했다.

"아니, 점수로 경쟁해보자는 겁니까?"

"물론 채점 결과가 다는 아니더라도, 어쨌든 판단할 수 있는 척도 쯤은 되지 않겠어요? 왜요? 자신 없어요?"

이열치열이라 했던가? 김영오의 도발에 경묵 역시 도발적인 태도로 일관했다.

그 모습을 바라보던 전병우와 대욱, 정혁이 혀를 내둘렀다.

아무래도 김영오가 경묵의 승부욕을 건드린 듯 보였다.

사실상 경묵 팀 입장으로서 선보인 요리가 제법 훌륭한 요리라는 자부는 할 수 있었지만, 채점 결과가 무조건적으로 김영오 팀보다 좋으리라는 보장은 없었다.

그러나 경묵은 마치 자신의 승리를 확신하기라도 하듯 의기양양한 표정으로 채점 용지를 살피고 있었다.

자신의 요리에 대한 자신(自信)이 없다면 절대로 보일 수 없는 태도였다.

이내 바로 곁에 서서 함께 용지를 살피고 있던 경묵이 시선에 따라 천천히 손가락을 옮기다가 작은 탄성을 내뱉었다.

"아! 여기 있다."

이내 득의의 미소를 지어보인 경묵이 다시금 말을 이었다.

"자, 이게 김셰프님 팀 점수네요."

김영오는 경묵이 손가락으로 가리킨 부분의 맨 오른쪽으로 시선을 옮겨서는 점수를 한 번 살펴보았다.

총점 447

최고점이 500점이라는 것을 감안해보면 상위에 속하는 상당히 높은 만족스러운 점수였다.

점수를 확인한 김영오는 옅은 미소를 지어보이고는 한껏 의기양양한 목소리로 경묵에게 물었다.

"뭐, 나쁘지는 않네. 과연 우리 아이돌 셰프 팀은 몇 점이나 받았으려나?"

도발의 의도가 다분히 느껴지는 말이었음에도 불구하고, 경묵은 어깨를 살짝 들썩여보이고는 무던한 목소리로 답했다.

"글쎄요?"

말을 마친 경묵은 다시금 천천히 시선을 따라 손가락을 움직이기 시작했다.

한 발 뒤에서 상황을 지켜보던 대욱 역시 조금은 가슴 졸이고 있었다.

'혹시 김영오한테 진 건 아니겠지?'

사실상 김영오가 받은 447점은 상당히 고득점인 편에 속한다.

더군다나 대충 살펴보니 대부분의 팀들이 간단히 300점 대 후반에 머무르고 있었다.

상황이 그렇다보니 좀처럼 쉽게 불안을 떨칠 수 없었다.

그리고 그 때, 경묵이 다시금 나지막이 말했다.

"어, 찾았네요."

이내 김영오가 목을 길게 빼서는 경묵이 손으로 가리켜 보이고 있는 부분의 맨 오른쪽 칸을 한 번 살펴보았다.

약간의 불안도 있었지만, 사실상 자신의 승리를 거의 확신시 하고 있었다.

'해봤자 400점 간신히 넘었겠지.'

그러나 다음 순간 비릿한 미소를 지은 채 천천히 시선을 옮기던 김영오의 표정이 돌처럼 딱딱하게 굳을 수밖에 없었다.

그 모습을 바라보던 경묵은 마치 위로라도 하듯, 김영오의 어깨를 가볍게 몇 번 다독이며 말했다.

"너무 낙심하지는 마요. 질 수도 있지."

"어떻게……?"

입을 다물지 못하는 김영오의 모습을 바라보던 대욱이 의아하다는 듯 고개만 기웃거리길 잠시, 이내 다시금 성큼성큼 다가서서는 자신의 팀이 받은 점수를 한 번 살펴보았다.

경묵 팀이 이번 경연에서 받은 점수의 총합은 무려 480점이었다.

이내 대욱의 입가에도 득의의 미소가 천천히 번지기 시작했다.

김영오의 반응을 살피는 것으로 팀의 승리를 점치기는 했었다.

그러나 이 정도의 압승을 거두었으리라고는 전혀 예상치 못했기에, 대욱 역시 김영오의 표정 못지 않게 놀람이 잔뜩 묻어난 표정을 지어보일 수밖에 없었다.

만점에서 불과 20점 밖에 차이가 나지 않는 만점에 가까운 점수이자, A라인을 통틀어 가장 높은 점수였다.

사실상 A라인 뿐 아니라 오전 경연에서 최고점이라 해도 과언이 아닐 정도의 점수였다.

이내 경묵이 짙은 미소를 지어보이고는 심사위원에게 가벼운 묵례와 함께 서류철을 건넸다.

그리고는 김영오 쪽으로 몸을 휙 돌린 후, 다시금 날카로운 목소리로 말을 이어나가기 시작했다.

"아까 스승님께서 말씀 하셨듯이 이번 요리의 조리 총괄을 제가 맡았음은 물론이고, 레시피 또한 제가 만든 레시피입니다. 김셰프께서도 아시겠지만, 예선전에서 힘 잔뜩 주고 달려든 것도 아니고요."

경묵의 말을 듣던 정혁이 피식하고 웃음을 지어보였다.

그도 그럴 것이 어느 순간부터는 경묵의 말에서 김영오에 대한 존칭이 사라져있었다고 해도 과언이 아니었다.

정혁은 경묵이 평소 예의를 얼마나 중요시하는지를 알고 있기에, 지금 얼마나 화가 나 있는 것인지 그 척도를 알 수 있었다.

'저 양반 호된 꼴 좀 당하겠구먼.'

정혁은 양 손을 뒤통수 위에 올려놓은 채, 입맛을 살짝 다셔보였다.

어쨌든 경묵은 계속해서 말을 이어나가기 시작했다.

"그러니까, 말하고자 하는 게 뭐냐면, 이번 대회에서 우리 팀이 선보일 레시피는 모두 제가 고안해낸 레시피라는 거예요."

경묵이야 무던한 투로 말해보였다지만, 듣는 입장에서는 그렇지 못한 듯 했다.

아니나 다를까 김영오의 눈동자는 세차게 흔들리고 있었고, 경묵은 사람 좋은 미소를 지어보인 후에 다시금 나지막이 말을 이었다.

"그러니까 일단 무작정 손가락질하지 말고 먹어보기라도 하고 말해요. 어디 가서 말 하더라도 싫으면 어떤 점이 싫은

지, 부족했으면 어떤 점이 부족했는지 말은 할 수 있어야 할 거 아냐. 뭐, 먹어볼 기회도 없는 사람이라면 어쩔 수 없겠지만, 김셰프는 아니잖아."

김영오는 고개를 살짝 숙인 채, 넋이 나간 표정으로 꽉 쥔 두 주먹을 부르르 떨기만 할 뿐 무어라 대답을 하진 않았다.

망신도 이런 망신이 없었다.

결과를 근거로 해서 경쟁을 했는데 졌으니, 입이 두 개라도 할 말이 없는 것이다.

사실상 김영오에게 경묵 팀이 앞으로 남은 경연에서 누가 만든 레시피를 선보일 지는 중요한 사항이 아니었다.

전병우나 형대욱이 만든 레시피를 자신이 만들었다고 속여서 선보일 지도 모르는 노릇 아니겠는가?

그런 김영오의 생각은 아는 지 모르는 지 경묵은 그저 무심한 태도로 천천히 말을 이어나가기 시작했다.

"아, 그리고 그거. 그러니까 요리사들이 무작정 나한테 손가락질하는 거 사실 다 피해의식이에요. 솔직히 내가 잘생겨서 시샘하는 거 아닌가?"

경묵이 연신 피식대며 뱉은 말에 반응한 것은 김영오가 아니라 정혁이었다.

"어유, 재수없어."

정혁이 보인 뜻밖의 반응 덕분에 분위기가 차츰 누그러지는 듯 보이던 찰나, 경묵이 다시금 말을 이었다.

"그리고 김셰프, 걱정은 말아요. 다행히도 내가 고자질 하는 성격은 못되거든요. 아까 김셰프가 한 행동이면 사실상 제명감이잖아. 그건 걱정 마요. 그런데……."

경묵이 말 끝을 흐려보인 탓에 호기심을 억누르지 못하고 숙이고 있던 고개를 들려던 순간이었다.

탁—!

가벼운 타격음이 울려 퍼짐과 동시에 김영오가 중심을 잃고 바닥에 세게 나자빠졌다.

쾅—!

갑작스레 울려 퍼진 굉음 탓에 분산되었던 시선이 다시금 김영오와 경묵에게로 향했다.

경묵이 김영오를 있는 힘껏 뒤로 밀친 것이다.

그저 밀친 것이 전부라지만, 갑작스럽게 뒤로 고꾸라지는 바람에 허리가 지면에 정통으로 닿은 것 같았다.

"으……."

김영오가 고통에 신음하고 있을 때, 바로 앞에 서서 자신을 내려다보고 있던 경묵이 말을 이었다.

"내가 천성적으로 고자질은 안하는데, 그래도 받은 건 꼭 돌려줘야 직성에 풀려서."

37. 왜 그랬어?

MODERN FANTASY STORY

각성!
북경각

각성!

북경각

MODERN FANTASY STORY

　　어안이 벙벙해진 김영오가 인상을 잔뜩 구긴 채로 땅을 짚고 몸을 일으켜 세우기 시작했다.

　　"으……."

　　신음이 절로 나왔다.

　　뿐 아니라 온 등허리가 욱신거렸고, 어찌나 빠르게 고꾸라진 것인지 몸을 일으켜 세우고 나서도 저도 모르게 휘청거릴 만큼이나 머리가 어질어질했다.

　　경묵은 마치 아무 일도 없었다는 듯 다시금 조리대 위에 펼쳐져있는 자신의 짐을 한데 추스르고 있었고, 주변에 서있던 이들은 경악을 금치 못한 채 그런 경묵을 바라보고 있었다.

　　그러나 정작 당사자인 김영오는 쉽사리 말을 잇지 못하고 붉어진 얼굴로 앞에 서서 연신 우물쭈물 대고만 있었다.

조리실 안을 빠져나가던 심사위원들도 김영오가 자빠지며 낸 소리 탓에 걸음을 멈추고 서서 상황을 분간하기 위해 고심하고 있는 듯 보였다.

"애도 아니고…… 이…… 이게 무슨 짓입니까?"

김영오가 신음 섞인 말을 건네자, 경묵은 코웃음을 쳐 보이고는 답했다.

"애가 아니니까 이 정도에서 끝난 게 아닐까요?"

"허……."

김영오는 허리 뒤쪽에 양 손을 괜 채로 인상을 잔뜩 찡그리고만 있을 뿐, 쉽사리 말을 잇지 못했다.

그도 그럴 것이 괜스레 늘어져서 문제를 야기해 봤자, 애초에 먼저 분쟁을 유도한 것이 자신이었기에 남는 장사는 아닐 것이라는 계산이 섰기 때문이었다.

다만 눈앞에 서서 비릿한 미소를 지은 채 눈썹을 꿈틀거리는 경묵을 보고 있자면 판단이 흐려졌다.

'이…… 개 같은 자식이…….'

물론 애꿎은 입술만 질근질근 씹어대고, 두 주먹만 꽉 말아 쥘 뿐 할 수 있는 것은 아무것도 없었다.

지난 일 년 동안 죽어라 준비한 팀원들을 위해서도 참아야만 했다.

이내 숨을 길게 내쉬어 보인 김영오가 등을 돌리고 서서는 이를 악 문채 자신의 조리대를 향해 성큼성큼 걸음을 옮기기 시작했다.

그제야 다시금 집중되어있던 시선이 분포되었고, 쥐 죽은 듯 고요하던 조리실 안 곳곳에서 수군거리는 소리가 들려오기 시작했다.

걸음을 멈춘 채 상황을 판별하기 위해 고군분투하던 심사위원들도 마지못해 다시금 옮기던 걸음을 옮기고 조리실 밖으로 빠져나갔다.

경묵은 길게 한숨을 한 번 내쉬고는 웃음을 머금은 채 나지막이 말했다.

"에휴, 나도 양반은 못 된다니까. 자! 다들 얼른 짐 챙겨서 올라갑시다."

한 편 김영오가 자신의 조리대에 도착하기가 무섭게 서브 셰프를 비롯한 김영오의 팀원들이 걱정스러운 듯 물어댔다.

"괜찮으십니까?"

"형님, 괜찮으세요?"

"저, 저 개자식……."

김영오는 그런 그들을 한 번씩 쏘아보고는 파리 쫓듯 세차게 손짓을 해보인 후에 짜증이 잔뜩 섞인 목소리로 말했다.

"짐이나 마저 챙겨! 이 자식들이, 빠져가지고 말이야."

김영오는 말을 마치기가 무섭게 자신의 짐 가방만 한 손에 든 채 혼자 조리실 밖을 향해 걸음을 옮겼다.

덩그러니 남겨진 팀원들 중, 서브 셰프가 입맛을 한 번 다셔 보이고는 나지막이 말했다.

"어휴, 개자식."

서브 셰프가 시작을 끊자, 곳곳에서 불만 사항이 터져 나오기 시작했다.

"진짜 완전 똘아이 아니에요?"

"그러니까 말이다. 저 개 자식, 진짜 상종하기도 싫다."

"왜 괜히 우리한테 화풀이래? 어쩌겠어, 짐이나 챙기자. 대회 끝나고 우리끼리 술이나 한 잔 하자."

주거니 받거니 대화를 나누던 팀원들이 다시금 짐을 챙기는데 열중하기 시작했다.

❀

오후 경연은 오전 경연이 종료되고 몇 시간 지나지 않아 시작되었다.

오전 경연 때와는 다르게 조리실 내의 조리대 몇 개가 주인을 잃고 텅 비어 있었다.

오후경연까지 성공적으로 마무리 지은 경묵 팀은 숙소로 돌아와 꿀 같은 휴식을 맛보고 있었다.

정혁이 속옷 바람으로 아직 물기가 뚝뚝 떨어지는 젖은 머리를 탈탈 털어대다가 손에 쥔 캔 맥주를 한 모금 들이키며 말했다.

"히야, 이제야 긴장이 좀 풀리네."

정혁의 육중한 몸을 넋 놓고 바라보던 지언이 난해하다는 듯 눈썹을 몇 번 꿈틀거려 보이고는 힘겹게 입을 뗐다.

"형……. 옷이라도 걸치고 마시면 안 될까요?"

"왜? 나 정도면 그래도 제법 괜찮지 않아?"

이내 정혁은 화장대 거울 앞 선반 위에 마시던 맥주 캔을 올려둔 채로 보디빌더라도 된 양 이런저런 포즈를 취해보였다.

"일단은 샤워 가운이라도 걸치시는 게 어떠시겠어요? '괜찮다' 의 범주가 어디까지인 줄 모르겠어서 선뜻 대답해드리기엔 조금 어렵네요⋯⋯. 만약 그 괜찮다가 엄청나게 관대한 단어라면⋯⋯."

정혁의 눈치를 살피던 지언이 말끝을 흐려보이고는 배시시 웃음을 흘려 보였다.

이내 정혁이 입가로 가져다대려던 맥주 캔을 다시금 선반 위에 올려둔 후에 지언을 바라보며 짙은 미소를 한 번 지어 보이고는 말했다.

"이 녀석!"

콧김을 한 번 길게 뿜어 보인 정혁이 손뼉을 한 두어 번 쳐 보이고는 지언에게 갑작스레 달려들기 시작했다.

"뭐, 뭐, 뭐하는 거예요!"

마치 던전 안의 괴수가 달려든다면 이런 공포를 느낄 수 있을까?

자신에게 달려드는 정혁의 흔들리던 뱃살을 바라보던 지언이 체념한 듯 눈을 질끈 감았다.

그 때였다.

"어?! 형, 지금 뭐하는 거예요?"

방금 막 샤워를 마치고 욕실에서 나온 경묵이 심드렁한 투로 정혁과 지언에게 말했다.

지언은 마치 경묵이 자신의 어미라도 되는 양 등 뒤에 숨어 얼굴을 빼꼼 내밀어 정혁을 살펴보고는 안도의 숨을 내 쉬었다.

"후아……. 죽는 줄 알았네……."

지언의 진심 가득한 어조 탓에 피식하고 웃음을 지어보인 경묵이 지언을 감싸듯 어깨에 팔을 두르며 말했다.

"애 좀 그만 괴롭혀요, 형."

"경묵아 아직 네가 세상 이치에 무디구나, 자고로 박수소리가 나려면 손이 맞닿아야 하는 것 아니겠어? 내가 아무런 이유 없이 저 어린양을 괴롭히려 들었겠느냐?"

이내 피식하고 웃음을 지어보인 경묵이 다시금 말을 이었다.

"형이라면 충분히 그러고도 남죠."

"하긴, 그건 그래. 인정한다."

정혁이 옅은 미소를 머금은 채 고개를 끄덕여보이자, 경묵 역시 밝은 표정으로 잔뜩 젖은 머리칼을 몇 번 손으로 비벼 털어냈다.

지언은 아직 물기가 가시지 않은 경묵의 몸을 한 번 살펴 보았다.

꿀꺽-

경묵 역시 정혁과 마찬가지로 속옷차림이었지만, 두 사람의 몸은 너무도 다른 느낌을 갖고 있었다.

인간미가 잔뜩 느껴지는 정혁의 몸과는 달리 경묵의 몸은 과하지 않은 근육들이 오밀조밀하게 자리잡아있었다.

길게 뻗은 팔다리에, 조각 같은 얼굴, 군살 하나 없는 비인간적인 몸매까지.

경묵을 바라보고 있자니 어디 하나 빠지는 부분이 없는 사람이라는 생각이 들어 절로 혀를 내두를 수밖에 없었다.

외모도 외모라지만, 지언이 존경심을 품게 된 이유는 사실상 리더십과 결단력 때문이었다.

아까 오전 경연을 마친 후 김영오와 작은 마찰이 있었던 때의 이야기를 듣고나니 경묵이 어찌나 자신의 사람들을 챙기는지에 대한 확신이 선 것이다.

이내 지언의 노골적인 시선을 의식한 경묵이 무심한 표정으로 뒤를 돌아보고는 물었다.

"왜?"

갑작스런 경묵의 물음 탓에 지언이 살짝 얼굴을 붉히며 기어들어가는 목소리로 답했다.

"아, 아니에요."

"싱겁긴."

이내 경묵은 미소를 살짝 머금은 채 선반 위에 놓인 맥주 캔을 검지로 가리켜 보이고는 정혁에게 말했다.

"형, 오늘은 정말 술 조금만 드세요."

"야! 어차피 한두 캔 마시고 그만 마시려고 했었거든? 그리고 오늘 같은 날은 조금 더 마시면 좀 어떠냐?"

경묵이 고갯짓을 해보이고는 근심 가득한 목소리로 답했다.

"오늘 오전 오후 경연은 사실상 거의 예선 급이에요, 축배를 들기에는 이른 시기잖아요. 안 그래요?"

"진짜 꽉 막혔다니까."

지언은 두 사람이 주거니 받거니 대화를 주고받는 와중에도 연신 반짝이는 눈으로 경묵만을 바라보고 있었다.

'꼭 나중에 경묵이 형 같은 멋진 사람이 돼야지.'

그런 지언의 생각은 아는지 모르는 지, 경묵이 능글맞은 표정을 한 번 지어보이고는 화제를 돌리듯 말을 꺼냈다.

"어? 그런데 스승님하고 대욱 셰프님은요?"

"아아, 두 사람 뭐 좀 사러 간다고 하더라고."

마지못해 고개를 한 번 끄덕여 보인 경묵이 잠시 생각을 정리하듯 허공을 응시하다가 냉장고를 열어 맥주 캔 하나를 꺼냈다.

경묵은 캔을 따기 전에 지언을 힐끔 쳐다보고는 손에 쥔 캔 맥주를 흔들어 보이며 물었다.

"지언아, 너도 한 잔 마실래?"

"에? 예! 예!"

지언이 화색을 하며 대답해보이자, 경묵이 손에 쥐고 있던 맥주 캔을 지언에게 가볍게 던졌다.

허공에서 포물선을 그린 캔이 지언의 손에 안착하자, 지언이 미소를 가득 머금은 채 캔을 땄다.

챠아악-!

가슴이 시원해지는 것 같은 소리가 울리기를 한 차례, 정혁이 혀를 내둘러 보이며 말했다.

"이 자식 이거, 줏대가 없어가지고 말이야. 아까 내가 물어볼 땐 안 먹는다더니 너 경묵이가 주면 양잿물도 마시는 거 아니냐?"

"그럼요, 물론이죠."

이내 맥주 몇 모금을 들이켜 보인 지언이 인상을 잔뜩 구겨 보이자 경묵이 흐뭇한 미소를 지어보이고는 말했다.

"자, 아쉬운 대로 세 사람끼리라도 건배 한 번 해야 하지 않겠어요?"

"좋지, 좋지, 자! 다들, 위하여!"

그 때였다.

철컥-!

세 사람이 캔을 맞대려는 순간, 호텔룸의 문이 열리고 양 손에 비닐봉투를 잔뜩 쥐고 있는 대욱과 전병우가 안으로 들어서며 물었다.

"뭐야?"

"지금 우리 빼놓고 마시려는 거야?"

이내 경묵이 배시시 웃음을 흘려보이고는 말했다.

"무슨 말씀이세요, 완전 기다리고 있는데. 그런데 손에 들고 있는 건 뭐에요?"

이내 대욱이 비닐 봉투를 살짝 열어 보이며 답했다.

"아, 이거 다른 게 아니라 길거리 음식 조금 사온 거야."

그 말을 들은 경묵과 대욱의 표정이 급격히 밝아졌다.

이내 정혁이 호기심 가득한 목소리로 물었다.

"길거리 음식이요? 이 근처는 번화가라 찾기가 힘들지 않나요?"

"응, 이 근처에서는 완전 길거리 음식은 못 찾겠더라고. 그래서 소규모 점포 같은 곳 몇 군데 들러서 사왔어."

대욱과 전병우가 손에 들고 있는 봉투들 안에서는 오묘한 향들이 뒤죽박죽 섞여 올라오고 있었다.

한 편 그 와중에 경묵의 표정이 단연 심각해졌다.

지언이 의아하다는 듯 바라보며 고개를 살짝 기울이자, 경묵이 천천히 입을 뗐다.

"아, 이거 다들 또 술 너무 많이 마시는 거 아니에요?"

이내 대욱과 전병우가 들고 있던 봉투를 모두 받아든 정혁이 잔뜩 너스레를 떨며 답했다.

"야, 야. 나이가 자명종이야 인마. 요즘엔 때 되면 몸이 알아서 나를 깨운다. 일어나라, 정혁아. 나는 더 이상 못자겠어! 하고 깨운다니까?"

능글능글한 모습에 혀를 내둘러보인 경묵이 옅은 미소를 머금은 채 이죽거리는 투로 답했다.

"어제 보니까 고장 난 자명종 같던데, 나이를 허투루 드셔서 그런 것 아니에요?"

"이 자식이! 걱정 말고 우선 먹자고. 적당히만 먹으면 돼지. 적당히만."

정혁 뿐 아니라 이번에는 대욱과 지언까지 가세하여 경묵을 설득하기 시작했다.

"그래, 경묵아. 오늘 기분도 좋은데 한 잔 하자고."

"경묵이 형, 본토 음식이 호불호가 조금 갈리기는 해도 맛있는 건 정말 맛있어요. 더군다나 이 일대가 관광객이 많아서 그렇게 호불호가 갈리는 음식이 많은 것도 아니고요. 위생상태도 걱정 않으셔도 돼요."

이번에는 동조하듯 고개를 끄덕여 보인 전병우 역시 합세했다.

"최고의 경험은 직접 먹어보는 것 아니겠어? 더군다나 경묵이 너는 오죽하겠냐. 미각이 살아서 꿈틀거리는데 말이야. 우선 오늘은 걱정 말고 먹자고."

경묵 역시 마지못해 고개를 끄덕여보이고는 답했다.

"에라, 좋습니다. 그럼 일단 오늘은 재미있게 놀자고요. 대신 내일은 안 돼요."

정혁이 경묵의 팔을 가볍게 툭툭 건드리며 물었다.

"내일? 내일은 왜? 왜 안 돼?"

"모레가 결승전이잖아요."

"오, 결승은 무조건 진출하겠다는 뜻으로 들린다?"

언뜻 조소가 담긴 듯 들리는 정혁의 말에 경묵이 봉투 안에 담긴 포장용기를 하나씩 풀어헤치며 심드렁한 투로 대답했다.

"1등 못할 것 같았으면 애초에 출전도 안했어요."

이내 그 말을 들은 정혁이 흐뭇한 미소를 지어보이고는 경묵의 머리칼을 잔뜩 헝클어트려 보였다.

"아! 형도 진짜! 저도 짬이 있지, 이제 이런 장난은 삼가주셔야 돼요. 사실상 잘 따져보면 제가 형을 고용한 고용주 아니겠어요?"

반쯤은 협박이라고 봐도 무방한 경묵의 농담에도 불구하고 정혁은 연신 경묵의 머리칼을 헝클어 트리며 말했다.

"어쭈, 이 자식이. 옛날 생각 안 나지? 따오기로 맞으면서 요리 배울 때는 다 까먹었어?"

말이야 이죽거리는 투로 해보이고 있다지만, 정혁의 표정은 절대 그렇지 못했다.

다름이 아니라 경묵에게 처음 요리를 알려주겠다고 마음 먹었던 날, 잔뜩 주눅들어있던 모습과는 너무도 극명한 차이가 나는 경묵의 모습이 너무도 보기에 좋았던 탓이었다.

단연 각성 때문일까?

아마 아닐 것이다.

각성자들의 태반이 양질의 삶을 살고 있긴 하다지만, 모두가 그런 것은 아니니까 말이다.

잠시 생각에 젖어들려는 무렵, 대욱과 전병우가 맨주 캔을 따는 소리가 울렸다.

촤악- 촤악-!

"자, 일단 건배 한 번 하자고!"

간만에 신이난 듯 보이는 전병우가 웃음을 머금은 채 말하자, 팀원 모두가 잔뜩 펼쳐져있는 음식을 축으로 하여 둥글게 모여 앉았다.

"우승을 위하여!"

이내 경묵이 큰 소리로 외치자, 모두가 따라 외쳤다.

"위하여!"

고급 객실의 통유리 벽 너머로 보이는 상해의 야경, 잔뜩 놓여있는 먹음직스러운 중국 음식들과 좋은 사람들.

더군다나 오늘은 불과 몇 달 전만 하더라도 상상도 하지 못했던 세계 대회 첫날이었고, 나름 괜찮은 성과를 거두기까지 했다.

말 그대로 절로 웃음이 지어지는 자리였다.

새벽 세시, 모두가 잠들었을 때였다.

누군가가 경묵 팀의 객실 앞에 서서는 문을 살짝 두드렸다.

똑-똑-!

"뭐야, 다 자나?"

술에 조금 취한 듯 볼이 발그레해진 불청객이 조심스레 문고리를 손에 쥔 순간 잠겨있지 않던 객실 문이 소리 없이, 그리고 천천히 열렸다.

스으으윽-

이내 의아하다는 듯 고개를 기울여보인 그가 피식하고 웃음을 지어보인 후에 옷에 달려있는 모자를 더욱 깊게 뒤집어 썼다.

그리고는 소리를 죽인 채 경묵 팀의 객실 안으로 발을 들였다.

적어도 문은 잠가 뒀어야지.

이내 음흉한 미소를 지어보인 사내가 최대한 아랫입술을 살짝 깨문 채 천천히 거실 안으로 발을 들였다.

이렇게 까지는 안 하려고 했는데, 한 번 당해봐라.

이내 사내가 경묵 팀의 객실 안에 발을 들이고, 신발장 앞에 선 순간 득의의 미소를 한 번 지어보였다.

신발장 바로 앞에 놓여있는 캐리어 3개를 발견한 것이다.

"뭐, 이 정도면 딱이겠는데?"

이내 모자를 다시금 더 깊게 뒤집어 쓴 사내는 세 개의 캐리어중 두 개만을 살짝 들고는 다시금 객실 문 밖으로 나섰다.

형대욱과 정혁의 조리도구가 담겨있는 캐리어였다.

❀

띠리리리리리링-

"으으……."

경묵이 지끈거리는 머리를 손에 쥔 채로 핸드폰 알람을 꺼 보였다.

위장 안에 아직도 맥주가 넘실거리는 듯 했고, 누군가 이마를 바늘로 콕콕 찌르기라도 하는 듯 옅은 편두통에 신음해야 했다.

게슴츠레하게 뜬 눈으로 핸드폰을 들어 시간을 한 번 확인해 보았다.

현재 시각은 아침 9시 40분경.

다행히 오전 경연까지는 아직 한참이나 남아있었다.

"후아……."

긴 숨을 내쉬어 보인 경묵이 아직 세상모르고 잠들어있는 팀원들을 한 번 바라보았다.

지언은 대욱의 팔을 베고 잠들어있었고, 전병우는 쇼파에 목을 뉘인 채 입까지 벌린 채 잠들어있었다.

이내 정혁을 바라보았을 때는 저도 모르게 웃음소리를 흘릴 수밖에 없었다.

정혁의 얼굴에는 마카 펜으로 흘려쓴 낙서가 가득했다.

"크크큭……."

숙취는 잠시 잊은 채 옅은 웃음을 흘리던 경묵이 옷을 추스르고는 잔뜩 어질러진 거실을 천천히 정리하기 시작했다.

비닐 봉투가 바스락 댈 때마다 잠귀가 밝은 대욱이 인상을 찡그렸지만, 깨어나지는 않았다.

가장 먼저 깨어난 것은 놀랍게도 정혁이었다.

"으……. 뭐야, 경묵아 너 혼자 정리한 거야?"

"아, 네. 괜찮아요."

"깨우지그랬어?"

경묵은 옅은 미소를 지어보이고는 쓰레기가 잔뜩 담긴 봉지를 깔끔하게 묶으며 답했다.

"혼자해도 금방해요, 아직 경연까지 시간도 한참 남았는데 다들 조금이라도 더 자는 게 좋을 것 같아서요."

정혁이 진지한 표정으로 고개를 끄덕이고는 말을 이었다.

"그건 그렇고 오늘 선보일 요리 말이야……."

물론, 정혁이 진지한 어조로 말을 이어가면 이어갈수록 경묵의 얼굴 근육이 요동쳤다.

얼굴에 잔뜩 낙서가 된 채로, 한껏 무게를 잡고 이야기를 하니 웃음이 나오지 않으래야 않을 수 없었다.

경묵이 연신 키득거리는 웃음을 꾹 눌러대자, 정혁이 의아하다는 듯 되물었다.

"왜 그래?"

"아, 아니 어제 재미있었던 것 같아서요."

"그러게, 어제 정말 재미있었지."

경묵 역시 장난기가 발동한 탓에, 정혁의 얼굴에 잔뜩 수 놓아진 낙서에 대해서는 언급하지 않았다.

정리를 대충 마친 경묵이 겉옷을 대충 걸치고는 현관을 향해 걸음을 옮기자 정혁이 다소 다급한 목소리로 물었다.

"야, 어디가?"

"아아, 잠깐 바람 좀 쐬고 오려고요. 통화도 조금 할겸."

"통화? 누구랑?"

이내 경묵이 씨익 하고 미소를 지어보이고는 말했다.

"누구긴요, 서은씨요."

떨리는 눈으로 경묵을 바라보던 정혁이 비릿한 미소를 지어 보이고는 말을 이었다.

"그래? 그래. 알았다."

"다녀올게요."

경묵은 말을 마치기가 무섭게 신발을 대충 구겨 신고는 문고리를 손에 쥐었다.

이내 문고리를 손에 쥐고 아래로 살짝 내려보인 경묵이 인상을 살짝 찡그렸다.

'어라? 문이 열려있었네?'

허나 대수롭지 않게 여기고는 반바지 주머니 안에 들어있던 휴대폰을 꺼내 액정을 응시하며 문을 열어 밖으로 나섰다.

띠리릭—띠—!

호텔룸 도어락이 자동으로 잠기는 소리가 난 후에야 정혁이 참고 있던 웃음을 터트렸다.

"푸하하하하하!"

눈가에 눈물이 그렁그렁 맺힐 정도로 박장대소하던 정혁이 간신히 입을 떼고는 나지막이 말했다.

"어후, 누구 작품인지 진짜 웃기네……."

그도 그럴 것이 경묵의 얼굴에도 정혁의 얼굴 위에 그려진 낙서들 못지않게 우스꽝스러운 낙서가 한가득 그려져 있었다.

한편 경묵이 호텔 복도 끝에 있는 테라스로 향하는 동안, 제법 많은 사람들과 마주쳤다.

그 중에는 경연이 치러지던 조리실에서 마주친 이력이 있는 요리사들도 몇 섞여 있었다.

그런데 희한하게도 마주친 이들 모두가 경묵에게 미소를 머금은 채 묵례를 건넸다.

'다들 친절하네.'

그들이 웃음을 머금은 채 고개를 숙여 보일 때면 경묵 역시 질세라 밝은 미소를 지어보이고는 묵례를 해보였다.

이내 테라스에 선 경묵이 서은에게 전화를 걸었다.

잠깐의 수화음을 끝으로, 수화기 너머에서 반가운 목소리가 들려왔다.

"여보세요?"

간만에 듣는 서은의 목소리 덕분에 저도 모르게 웃음을 지어보인 경묵이 반가움이 가득 묻어나는 목소리로 답했다.

"어! 여보세요?"

"경묵씨! 왜 이렇게 늦게 연락했어요?"

"미안해요. 어제 종일 정신이 없어서. 자고 있었어요?"

이윽고 경묵은 연신 입이 귀에 걸릴 듯 웃어대며 소소한 대화를 주고받기 시작했다.

서은 역시 별반 다를 것은 없는 듯 보였다.

간략할 통화를 마친 경묵이 흐뭇한 미소를 머금은 채 다시금 객실 안으로 돌아왔을 때, 팀원 모두가 잠에서 깨어나 한바탕 난리를 벌이고 있었다.

"경묵아! 큰 일 났어!"

맨 발로 신발장까지 달려 나온 정혁이 아직도 얼굴에 그려진 낙서를 지우지 않은 채 말하자, 피식하고 미소를 지어보인 경묵이 되물었다.

"왜요?"

"캐리어, 우리 캐리어가 사라졌다."

"캐리어?"

사태의 심각성을 인지한 경묵이 눈썹을 한 번 꿈틀거려보이고는 되묻자, 정혁이 다시금 다급한 목소리로 말했다.

"그래, 내 거랑 대욱 셰프님꺼. 두 개가 딱 사라졌어."

이내 경묵이 신발을 대충 벗어던지고는 객실 안으로 들어섰다.

경묵이 안으로 들어서기가 무섭게, 대욱이 쇼파에 앉아 침울한 표정으로 경묵을 바라보며 말했다.

"미안하다, 경묵아."

"아니에요, 셰프님이 뭐가 미안해요. 미안할 사람이야 따로 있죠."

"응?"

대욱이 의아하다는 듯 되묻자, 경묵이 피식하고 미소를 지어보인 후에 말했다.

"혹시 도난 신고라던가, 주최 측에 알렸다던가, 조치를 취한 부분 있나요?"

"아니, 아직 못했어. 우리도 없어진 걸 방금 알았거든."

"그럼 아직 하지 말아봐요."

이내 정혁이 경묵의 옆에 다가서서는 의아하다는 듯 물었다.

"응? 한 시라도 빨리 하는 게 낫지 않을까?"

"누가 가져갔을지 너무 뻔하지 않아요?"

이내 정혁이 의아하다는 듯 대욱과 경묵을 번갈아 바라보자, 경묵이 어깨를 한 번 들썩여보이고는 말했다.

"다들 조금만 기다려요, 아침이나 먹고 있어요. 캐리어는 금방 다시 가져올 테니까."

경묵의 지극히 초연한 모습에 다들 쉽사리 말을 잇지 못한 채 눈만 깜빡이고 있었다.

경묵은 그런 두 사람을 바라보며 한 번 씽긋 웃음을 지어보이고는 천천히 화장실 안으로 걸음을 옮겼다.

탁—

이윽고 화장실 문이 닫히기가 무섭게, 화장실 안에서 우스꽝스러운 경묵의 목소리가 들려왔다.

"아, 진짜! 내 얼굴에 낙서한 거 누구야?!"

⊛

잠에서 깨어난 김영오는 자신의 호텔룸 쇼파 앞에 놓인 캐리어 두 개를 바라보며 연신 손톱을 질근질근 씹어댔다.

캐리어에 적힌 이름으로 보아, 임경묵 팀의 요리사들의 캐리어였다.

기억에는 없었지만, 짚이는 부분이 있었다.

아마도 고질병인 술버릇 탓에 되도 않는 짓을 벌이고 만 것이리라 짐작하고 있었다.

"아……. 내가 미쳤지……."

이내 양 손으로 머리를 잔뜩 헝클어트려 보였다.

분명 호텔 룸 복도에는 CCTV가 있을 것이다.

엘리베이터에도 마찬가지 일 것이고, 만약 캐리어 두 개를 임경묵 팀의 객실에서 방으로 곧장 가져온 것이라면?

이내 탁상 위에 올려져있던 애꿎은 핸드폰을 TV수납장을 향해 거세게 던졌다.

쾅-!

갑작스레 울린 굉음 탓에 침실 안에 있던 서브 셰프가 잠에서 덜 깬 눈으로 거실로 나왔다.

"왜 그래요?"

이내 서브셰프의 눈에 퀭한 모습으로 자신의 머리칼을 싸매고 있는 김영오의 모습이 들어왔다.

의구심도 잠시, 곧장 그의 앞에 놓인 캐리어 두 개를 확인하고는 천천히 다가서 캐리어를 살폈다.

이내 손잡이 옆에 적힌 이름을 확인한 서브 셰프의 표정이 돌처럼 굳었다.

"어……. 이거……?"

김영오는 서브 셰프에게는 눈길 한 번 주지 않은 채로 나지막이 말했다.

"조용히 좀 해 봐……."

"아니, 형 이거 임경묵……."

서브 셰프가 말을 마치기도 전에 쇼파에 앉아있던 김영오가 자리에서 벌떡 일어서서는 서브 셰프의 멱살을 한 손으로 꽉 잡으며 외쳤다.

"조용히 좀 해보라고!"

서브 셰프가 떨리는 눈으로 바라보기만 할 뿐, 아무런 말도 잇지 못하자 김영오는 꽉 쥐고 있던 멱살을 밀치듯 놓으며 말을 이었다.

"나도 뭐가 어떻게 된 건지 모르겠으니까, 조용히 좀 하라고."

서브 셰프 역시 망연자실한 표정으로 자신의 머리칼을 마구 헝클어트리기 시작했다.

"흐아……."

이내 서브 셰프는 원망 섞인 눈으로 김영오를 쏘아보기 시작했다.

"대체 무슨 짓을 하신 겁니까?"

"뭐? 이 자식이……."

"아, 지금 대체 무슨 짓을 하신 거냐고요!"

김영오가 무어라 말을 잇기도 전에 서브 셰프가 나지막이 말을 이었다.

"망했다고……. 망했다고, 제기랄……."

거실에서 갑작스레 일어난 소란 탓에 다른 팀원들도 하나둘 거실로 나오기 시작했다.

"왜 그래요?"

"무슨 일 있어요?"

의구심 가득 담긴 물음에도 불구하고, 김영오와 서브 셰프는 대답은커녕 허공만 바라보고 있었다.

이내 김영오가 방금 침실에서 나온 막내 요리사의 어깨를 잡아 쥐고는 다그치듯 물었다.

"어제 어떻게 된 거야?"

막내 요리사는 눈을 이리저리 굴리다가 기어들어가는 목소리로 되물었다.

"어제요?"

"그래, 어제."

이내 막내 요리사가 떨리는 목소리로 말을 이어나가기 시작했다.

"어제……. 셰프님 잠시 밖에 다녀오신다고 하시고 나가셨다가 잔뜩 취해서 들어오셨잖아요."

"그리고?"

"나가셨어요……."

김영오가 눈썹을 한 번 꿈틀거려 보였다.

"나갔다고?"

"네, 임경묵 어디에 있냐고 데려오라고 고래고래 소리 지르시다가 나가셨어요."

이내 김영오가 탄식을 내뱉으며 자신의 얼굴을 몇 번 쓸어 보였다.

"안 말렸어?"

막내 요리사가 우물쭈물 대기만 할 뿐 무어라 말을 잇지 못하자, 김영오가 다시금 다그치듯 물었다.

"야! 내가 너 잡아먹어? 말 하나 똑바로 못해? 안 말렸냐고!"

이내 넋 놓고 서있던 서브 셰프가 김영오에게 성큼성큼 다가서서는 밀치며 말했다.

"뭐하자는 겁니까? 지금 장난해요? 얘가 무슨 잘못을 했다고, 지금 얘한테 이러냐고요. 평소 행동을 생각해 보십시오, 말 잘하는 게 이상하지."

"너, 너 이 자식이 진짜……."

쉽사리 말을 잇지 못하는 김영오를 연신 째려보던 서브 셰프가 뒤늦게 나온 두 요리사에게 침실로 들어가라는 듯 손짓을 해보였다.

이내 두 요리사가 고개를 숙여보이고는 다시금 침실 안으로 도망치듯 들어갔다.

문이 닫히는 것을 확인하고 나서야 서브 셰프가 천천히 입을 뗐다.

"형님, 생각을 해 보세요. 어떻게 말려요? 술에 잔뜩 취해서 들어오셨으면서."

"하……. 내가 미쳤지, 미쳤어."

"그래요, 미쳤죠. 완전히 미쳤다고요. 얼른 가서 돌려주고 사과하고 끝내요."

서브 셰프가 캐리어 손잡이를 손에 쥐고 들어올리려던 찰나, 김영오가 다급한 목소리로 외쳤다.

"안 돼!"

"뭐가? 대체 뭐가 안 돼요?"

"일단 내려놔 봐. 다른 방법 좀 생각해 볼 테니까."

피식하고 웃음을 지어보인 서브 셰프가 김영오에게 바짝 다가서서는 말했다.

"형, 정말 왜 그래요. 한 시라도 빨리 가져다주고 사과하는 게 맞는 거예요. 알아차리고 주최 측에 신고라도 하면 어쩌려고 그래요?"

"그래서, 벌써 조치를 취했으면?"

"형이 벌린 일이잖아요. 왜 우리까지 피해를 입어야 하는 건데요? 우리가 얼마나 열심히 했는지 잘 알잖아요."

김영오가 고개를 한껏 위로 젖혔다가 신음하듯 말했다.

"알아, 안다고……."

"아는데 대체 왜 이런 짓을 한 거예요?"

김영오의 물음에, 서브 셰프가 옅은 탄식을 내뱉고는 말을 이었다.

"어쨌든 아직 모르고 있을 수도 있잖아요. 찾아가서 잘 말하면, 경묵씨랑 저희 선에서 좋게 끝낼 수도 있을 거예요."

"너 같으면?"

"예?"

서브 셰프가 되물어보이자 김영오가 다시금 떨리는 목소리로 말을 이어나가기 시작했다.

"너 같으면 그렇게 해주겠냐고. 어제 그런 일이 있었는데 찾아가서 미안하다 사과하고 캐리어 돌려주면? 안 그래도 눈엣 가시일 텐데 그렇게 하겠어?"

이내 서브 셰프가 얼굴을 양 손으로 감싸 쥔 채 고개를 푹 숙이고는 되물었다.

"그럼 다른 방법이라도 있어요?"

다른 방법? 있을 리가 없었다.

지푸라기라도 잡는 심정으로 던진 물음과 동시에 눈을 가리고 있던 손가락을 살짝 벌려 벌어진 틈새로 김영오의 모습을 바라보았다.

그 때였다.

쾅쾅쾅-!

누군가가 문을 두드리는 소리에 두 사람이 하얗게 질린 얼굴로 문을 바라보았다.

"설마……."

김영오가 손톱을 깨물어대며 속삭이듯 말하자, 서브 셰프가 천천히 문가로 다가서며 물었다.

"누구세요?"

꿀꺽-

서브 셰프는 긴장을 숨기지 못한 채, 신발장에 맨발로 서서는 굳게 닫힌 문을 뚫어져라 바라보고 있었다.

짧은 정적의 시간이 마치 억 곱절의 시간처럼 길게만 느껴졌고, 손 안은 땀 덕분에 축축히 젖어있었다.

이내 문 너머에서 대답이 들려왔다.

"임경묵입니다. 잠시 문 좀 열어 주시겠어요?"

서브 셰프가 떨리는 눈으로 생각을 정리하기도 잠시, 곧장 김영오에게 지시를 내렸다.

"하……. 제기랄……. 우선 캐리어 좀 방 안으로 들여놔 봐요."

"어? 어."

김영오가 다급한 듯 고개를 끄덕여 보이고는 캐리어를 든 채 뒤뚱뒤뚱 침실 안으로 들어섰다.

서브 셰프는 김영오가 들어서는 것을 확인한 후, 몇 번이나 심호흡을 한 후에 문을 열어주었다.

철컥-!

"어쩐 일로?"

나름 준비를 한답시고, 몇 번 숨을 고르기는 했지만 튀어나온 목소리는 정말이지 어색하기 그지없었다.

그의 어색한 물음에 경묵이 웃음을 한 번 지어보이고는 나지막이 말했다.

"어쩐 일이라……."

말끝을 대충 얼버무려 보인 경묵이 무섭게 마치 제 집이라도 되는 양 신발을 대충 벗어던진 후에 김영오의 객실 안으로 들어섰다.

그리고는 천천히 거실 안을 살피듯 둘러본 후에 쇼파에 털썩 주저앉으며 장난기 가득한 목소리로 말했다.

"우리 방이 더 좋네."

서브 셰프는 발등에 불똥이라도 떨어진 양 발끝만 살짝 살짝 들었다 놓았다 반복하며 다시금 되물었다.

"저, 셰프님. 그런데 어쩐 일로 오셨나요?"

"뭐 돌려 말할 필요 있나요?"

"아, 아……."

"캐리어 가져와요. 김영오도 내 앞에 데려다 놓고."

경묵의 직설적이기 그지없는 말 덕분에 정적이 잠시나마 객실을 집어 삼킨 듯 했다.

서브 셰프가 떨리는 눈으로 바라보자 경묵은 눈을 크게 뜬 채 어깨만 한 번 들썩여보였다.

마치 모든 것을 알고 있는 듯 보이는 경묵의 태도 덕분에 자포자기 상태에 이른 서브 셰프가 고개를 살짝 숙여 보이고는 짙은 한숨을 내쉬어 보였다.

"알겠습니다, 이야기가 길어질 것 같은데 마실 것이라도 가져다 드릴까요?"

"뭐, 다른 건 됐고……. 혹시 물 있습니까? 시원한 걸로."

경묵은 고개를 끄덕여 보인 후에 축 늘어진 걸음으로 냉장고를 향해 걷는 서브 셰프의 등에 대고 말을 덧붙였다.

"아, 침은 빼고."

이죽거리는 듯 들린 경묵의 어투 탓에, 서브 셰프가 잠시

나마 고개를 돌려 자신을 바라보고 있는 경묵의 표정을 응시했다.

그가 바라보았을 때 경묵은 분명히 웃고 있었다.

그래, 분명 웃음을 짓고 있기는 했는데, 어째서 이렇게나 섬뜩하게만 느껴지는 것인지는 정말이지 통 알 수가 없는 노릇이었다.

이내 서브 셰프가 유리컵에 물을 따라내며 침실에 대고 외치듯 말했다.

"영오 형, 나와요. 캐리어 들고."

이윽고 서브 셰프가 잔뜩 낙심한 표정으로 물 컵을 건네자, 경묵이 씽긋 웃음을 지어보이고는 물 컵을 받아들었다.

"고마워요."

"아닙니다, 정말 죄송합니다."

물을 한 모금 들이켜 보인 경묵이 되물었다.

"뭐가 죄송해요? 그쪽이 캐리어 가져갔어요?"

툭 던지는 말 한 마디, 한 마디에서 위압감이 느껴졌다.

분명 생김새로만 미루어 본다면 자신보다 어려도 한참은 어려 보였음에도 불구하고 온 몸의 털이 곤두서는 것만 같은 가공할 위압감에 힘겹게 다시금 입을 뗐다.

"예? 아니, 그건 아니라지만……."

"그럼 됐어요. 걱정 마요. 그쪽들한테는 아무 피해도 안 줄 테니까."

이내 서브 셰프가 의아하다는 듯 짧게 되물었다.

"예?"

경묵은 물 컵을 한 손에 말아 쥔 채, 태연하기 그지없는 어조로 말을 이어나가기 시작했다.

"그 쪽이 가져간 것도 아닌데 피해를 줄 순 없죠. 나머지 뜨내기 요리사들이 그런 일을 벌였을 리도 없고, 방 안에 숨어있는 쥐새끼 혼자 벌인 일 아닙니까?"

"아……."

서브 셰프가 쉽사리 말을 잇지 못하자, 경묵이 팔을 길게 뻗어 서브 셰프의 어깨를 살짝 다독이듯 두드려 보이고는 말했다.

"그러니까 걱정 마세요. 주최 측에 연락을 취한 것도 아니고, 도난 신고를 한 것도 아니니까. 이번 일은 모처럼 개인적으로 처리를 하려고 하거든요."

그 말을 들은 서브 셰프가 떨리는 눈으로 경묵을 응시하기 시작했다.

도대체 무슨 꿍꿍이가 있기에 선뜻 이런 호의를 베푸는 것인가 싶은 의문이 가슴속에서 모락모락 피어오르려던 찰나, 침실 문이 열리는 소리가 들려왔다.

끼이익-

이내 침실 안에서 잔뜩 긴장한 듯 보이는 표정의 김영오가 양 손에 캐리어를 든 채로 다시금 뒤뚱뒤뚱 걸어 나오기 시작했다.

경묵은 다시금 비릿한 미소를 지어보이고는 말했다.

"피해자 입장에서 생각했을 때, 처벌을 오롯이 공권력에만 맡기자니까 영 내키지가 않아서 말이에요."

경묵은 말을 마친 후, 물 컵에 담겨있던 물을 모두 비워내고는 빈 컵을 다시금 서브 셰프에게 내밀었다.

그리고는 뒤뚱대며 걸어 나오고 있는 김영오를 바라보며 손을 흔들어보였다.

"안 좋은 일로 보니까 더 반갑네."

이내 경묵과 눈이 마주친 김영오가 시선을 살짝 떨구어 보였다.

몇 발자국 떨어진 위치에 서서 뒷짐을 진 채 고개를 숙이고 있는 김영오의 모습을 바라보던 경묵이 웃음기 가득한 목소리로 말을 이었다.

"아니, 어제 기세등등하던 모습은 다 어디로 가시고 그러고 서 계십니까? 더 가까이 좀 와봐요."

이내 김영오가 고개를 살짝 든 채 경묵을 바라보았다.

경묵이 그런 김영오에게 손짓을 해보이며 한 마디 더 덧붙여보였다.

"캐리어도 들고 오고."

김영오가 다시금 내려놓았던 캐리어를 든 채로 몇 걸음 다가섰다.

경묵은 그런 김영오를 바라보며 무표정한 얼굴로 천천히 생각을 정리해나가기 시작했다.

우선 첫째론 무고한 김영오의 팀원들에게까지 피해를 주고 싶지는 않았다.

두 번째, 그렇다고 해서 김영오에게 선처를 베풀고 싶지도 않았다.

뾰족한 수가 없을까 하고 고민을 하기도 잠시, 이내 경묵이 입가에 옅은 미소를 머금은 채 주머니에서 핸드폰을 꺼냈다.

잠시동안 핸드폰을 매만지던 경묵이 김영오에게 손짓을 한 번 해보이고는 말했다.

"앞에 앉아 봐요. 그래도 선배신데 앞에 세워두기가 뭣 해서 그래요."

"어? 응."

이내 김영오가 경묵이 앉은 쇼파에 앉으려던 찰나, 경묵이 다시금 유해보이기 그지없는 미소와 함께 말 한 마디를 건넸다.

"그래도 옆에 앉을 상황은 아닌 것 같은데, 아닌가?"

가시가 잔뜩 돋아있는 것 같은 말 탓에 김영오가 마지못해 경묵이 앉은 쇼파 앞에 엉거주춤한 자세로 앉자, 경묵이 만족스럽다는 듯 고개를 한 번 끄덕여보였다.

이내 김영오는 수치심에 얼굴을 살짝 붉힌 채, 고개를 푹 숙여 바닥에 깔린 카페트만 뚫어져라 바라보기 시작했다.

쇼파 위에 앉아 뭐라도 된다는 양 자신을 내려다보는 경묵을 쳐다볼 엄두가 나질 않았다.

우선 이런저런 잡다한 감정들은 다 배제하고, 지금 가슴에서 들끓고 있는 것은 단순한 수치심이었다.

잔뜩 어린놈이 훨씬 높은 눈높이에서 자신을 내려다보고 있는 기분은 정말이지 말로 형언할 수 없을 만큼 불쾌했다.

김영오가 엉거주춤한 자세로 앉아있자, 말 없이 김영오를 내려다보던 경묵이 다시금 날이 바짝 선 날카로운 목소리로 말했다.

"그런데, 선배님 앉은 자세가 별로 죄송해 보이지는 않네요."

경묵의 말 한 마디에 김영오가 표정을 잔뜩 구기고는 되물었다.

"그, 그럼?"

"글쎄요? 그냥 그런 생각이 들었다는 것 뿐이에요. 혹시 도움이 될까 해서 말씀드린 거지, 다른 의도가 있는 것도 아니고."

말을 마친 경묵이 미소를 머금은 채 고개를 살짝 기웃거려 보이자, 서브 셰프가 눈을 부릅떠보인 채로 김영오를 노려보았다.

이내 김영오가 아랫입술을 세게 깨문 채 경묵이 앉은 쇼파 앞에 무릎을 꿇고 앉았다.

'그래, 자존심이고 뭐고 일단은 빌고 보자⋯⋯.'

이쯤 되고 나니 수치심이고 뭐고, 우선 지금 상황부터 타개해야겠다는 생각만이 머릿속에 가득했다.

김영오는 자신을 억누르듯 깊은 숨을 한 번 내쉬고는 경묵에게 떨리는 목소리로 말했다.

"정말 잘못했어."

"뭐라고요?"

경묵이 한 손으로 귀를 후비는 시늉을 해 보이며 되묻자,

김영오가 다시금 아랫입술을 질근질근 씹어대다가 힘겹게
말을 이었다.

"잘못했어, 용서해 줘."

"흠……."

경묵은 팔짱을 낀 채 고개를 한껏 뒤로 젖혔다.

그 자세로 말없이 내려다보기를 잠시, 이내 피식하는 웃음
을 지어보이고는 물었다.

"지금 한국에 본인 명의로 된 식당이 있다고 들었습니다
만?"

"식당? 두 개……."

갑작스러운 질문에 김영오가 의구심을 가득 품은 채 대답
해보였다.

이내 경묵이 만족스럽다는 듯 비릿한 미소를 지어보인 후
에 천천히 입을 뗐다.

"무릎까지 꿇으셨는데, 애꿎은 사람들한테까지 피해를 줄
순 없지. 그렇죠?"

경묵이 다소 섬뜩한 듯 느껴지는 목소리로 묻자, 김영오가
마지못해 고개를 한 번 끄덕여보이고는 말했다.

"그렇지……."

"역시 선배님 멋지십니다. 정말 본받고 싶어요. 그, 도벽
말고 이렇게 희생하겠다는 자세 말입니다. 훌륭하네요."

경묵이 손뼉까지 마주쳐 보이며, 한껏 비아냥거리는 투로
말해보였음에도 불구하고 김영오는 애써 비굴한 미소만 지
어보일 뿐 아무런 말도 하지 못했다.

또한, 지금 머릿속에 맴도는 단어 몇 가지가 김영오의 심장 박동을 점차 빨라지게끔 만들었다.

'희생? 대체 무슨 희생? 이 자식, 정말 뭐라는 거지?'

이내 김영오가 불안을 감추지 못한 표정으로 되물었다.

"용서해 주는 거야?"

김영오뿐 아니라, 서브 셰프까지 경묵의 얼굴을 뚫어져라 바라보고 있었다.

더군다나 침실 문 너머에 있는 두 요리사들도 거실에서 들려온 대화만으로 상황을 으레 짐작하고는, 문에 귀를 바짝 붙여댄 채 오고가는 대화를 엿듣고 있었다.

팀의 사활이 어쩌다보니 경묵의 손에 쥐어져있는 상황이었다.

"용서라……."

경묵은 자리에서 일어선 채 뒷짐을 진 채로 통유리 벽 너머로 보이는 상해 시내를 눈에 담았다.

이내 경묵은 피식하고 웃음을 지어보인 후에 김영오를 돌아보고는 입을 뗐다.

"용서는 없습니다."

날이 바짝 선 목소리 탓에 움츠러들기도 잠시, 이내 속에서 무언가가 부글부글 끓어오르는 것이 느껴졌다.

치솟는 분노는 잠시 넣어둔 채, 김영오가 애절한 목소리로 말을 이어나가기 시작했다.

"술김에 그랬어, 정말 미안해."

"술김이라고만 하면 다 감형인 줄 아십니까?"

경묵이 조소어린 웃음을 지어보이자, 김영오의 목소리가 점점 더 격양되었다.

"우리 팀원들 생각해서라도 한 번만 봐주게. 다들 정말 열심히 대회를 준비했는데, 나 때문에 아무런 성과도 거두지 못하고 다시 한국 땅 밟게 하면 다시는 볼 면목이 없어. 정말 한 번만 부탁하네. 미안해, 정말로."

김영오의 애절함과 절박함이 잔뜩 담긴 목소리와 떨리는 눈을 바라보던 경묵은 일말의 동정을 느꼈지만, 이내 고개를 짧게 흔들어 얄팍한 생각을 모두 떨구어냈다.

다음 순간, 경묵은 대답 대신 주머니에서 스마트 폰을 꺼내어 들어 보이고는 손에 쥔 스마트 폰을 한 번 흔들어 보이며 김영오에게 물었다.

"마지막으로 묻겠습니다. 그럼 혼자서 희생을 감수하시겠다는 의지는 확고하신 거죠?"

꿀꺽-

김영오가 다시금 침을 삼켜내 보였다.

지극히 함축적인 의미가 담긴 물음이었지만, 마치 본능이 위험을 말해주고 있는 듯 했다.

'도대체 무슨 꿍꿍이인 거지?'

우선 경묵의 입에서 흘러나온 몇 마디 말로 미루어 보건데 주최 측에 알려 탈락을 시키거나 하려는 의도는 없는 듯 보였다.

잠시 고민에 빠져있던 김영오가 사색에 잠겨있는 서브 셰프의 표정을 한 번 살펴본 후에 힘겹게 입을 뗐다.

"그래, 내가 지은 죄니 벌을 받는다면 나 혼자 받아야 마땅하겠지. 이 친구들은 죄가 없지 않나? 한 번만 용서해 줘."

경묵은 천천히 고개를 끄덕여 보인 후에 말했다.

"좋습니다. 한국에 점포 두 곳이 있다고 들었는데, 각각 위치가 어디 입니까?"

"어? 압구정에 하나, 청담동에 하나 있네. 그런데 그건 왜……?"

김영오가 불안을 감추지 못한 채로 말끝을 흐려 보이자, 경묵이 천천히 걸음을 옮겨 어제 새벽에 도난당했던 캐리어 두 개의 앞에 서서는 양 손을 각각 캐리어 손잡이 위에 올렸다.

"캐리어 두 개 값으로 가게 하나 정도면 괜찮을 것 같은데, 어떠십니까?"

이내 서브 셰프와 김영오가 눈을 크게 뜬 채로 경묵을 바라보았다.

"뭐, 뭐, 뭐야?!"

어찌나 당황한 것인지 숙연한 표정으로 꿇어앉아 있던 김영오가 자리에서 벌떡 일어서며 되묻자, 이번에는 경묵이 고개를 살짝 숙인 채 손에 쥔 핸드폰을 매만지며 물었다.

"혼자 희생하시겠다고 하시지 않으셨습니까? 마음이 바뀌신 겁니까?"

이내 객실 안에 싸늘한 정적이 맴돌기 시작했다.

가게 하나? 가게 하나를 내 놓으라는 말인가?

어이가 없어서 입가가 파르르 떨리는 것이 느껴졌다.

'이 자식, 도대체 무슨 미친 소리를 하는 거야?'

이내 김영오가 힘이 잔뜩 들어간 어색한 표정으로 천천히 되물었다.

"자네 이야기는 가게 하나를 내놓기라도 하라는 말인가?"

정말 말 그대로 말도 안 되는 소리였다.

식은땀이 얼굴 능선을 따라 천천히 흐르기 시작했고, 꿇어 앉은 무릎은 슬슬 아려오기 시작했다.

아무런 대답 없이 핸드폰만 뚫어져라 바라보던 경묵이 이내 창 밖 먼 곳으로 시선을 옮겨 넋을 놓은 채 바라보기 시작했다.

김영오는 생각을 천천히 정리해나가기 시작했다.

우승이 확정된 것도 아닌 대회의 탈락을 면하기 위해 한국에 있는 가게 중 하나를 경묵에게 지불한다?

어떻게 생각을 해보더라도 무조건 밑지는 장사이다.

그도 그럴 것이 소유하고 있는 압구정 매장과 청담동 매장둘 다, 개업 당시 일반적인 중국집 매매가와는 비교가 되지 않는 막대한 금액을 투자했었다.

터무니없는 제안 탓에 당황을 면치 못한 것은 단연 김영오만의 이야기는 아니었다.

두 사람 사이에 오고가는 대화를 바로 옆에서 엿듣고 있던 서브 셰프의 얼굴에도 근심이 가득해졌다.

지금 객실 안, 수많은 사람들 중 오직 경묵 만이 여유 가득한 표정을 유지하고 있었다.

이내 경묵이 고개를 돌려 김영오를 살짝 내려다보며 천천히 입을 뗐다.

"대답을 확실히 해주셔야 할 것 같습니다."

김영오는 경묵의 말을 듣자마자 반사적으로 고개를 살짝 쳐들고는 경묵의 표정을 한 번 살펴보았다.

결연한 의지가 담겨 있는 경묵의 두 눈은 조금도 떨리고 있지 않았다.

"이 봐, 가게 하나를 통째로 넘기라니 그건……."

김영오가 힘겹게 꺼낸 말이 허공에 퍼지기가 무섭게 경묵이 한껏 유한 목소리로 말을 이었다.

"역시 그건 힘드시겠죠? 내키지 않으신다면 저희 캐리어만 주셔도 됩니다. 저는 상관없어요."

이내 김영오가 의아하다는 듯 고개를 살짝 기웃거려 보이고는 말했다.

"그럼 이걸로 용서해주는 건가?"

김영오의 떨리는 목소리를 비웃기라도 하듯, 한 번 밝은 웃음을 지어보인 경묵이 단호한 목소리로 말을 이었다.

"네, 적어도 저는요. 주최 측은 어떤 결단을 내릴지 모르겠지만 말입니다."

경묵이 말을 마치기가 무섭게 김영오가 경묵의 발목을 양손으로 꽉 부여잡고는 애절한 목소리로 말했다.

"알았네, 알았어. 생각할 시간을 줘. 잠깐이면 돼."

경묵은 그제야 만족스럽다는 듯 고개를 한 번 끄덕여 보이고는 천천히 입을 뗐다.

"5분."

김영오는 다시금 비릿한 미소를 머금은 채 자신을 내려다보고 있는 경묵을 슬며시 올려다보았다.

유하기 그지없는 표정과는 반하게, 말로 형언할 수 없는 위압감이 느껴지는 듯 했다.

이내 김영오는 천천히 머릿속 계산기를 두드리기 시작했다.

우선 면죄부의 값으로 지불하기에 가게 하나는 너무 비싸다.

생각을 정리해나가기도 잠시, '설마' 라는 의구심이 천천히 가슴 속에서 피어오르기 시작했다.

경묵이 건넨 제안 자체가 너무도 터무니없었기에 오히려 희망을 품게 된 것이다.

'설마 정말 가게 하나를 통째로 받겠어?'

그래, 만약 이걸 받는다면 협박이다. 협박.

우선 탈락부터 면하고, 후에 다시금 이야기가 나오면 무슨 일이 있었냐는 듯 입 한 번 싹 씻으면 되는 노릇 아니겠는가?

더군다나 후에 일이 불거지면, 지금은 초연한 척 뒷짐 지고 서있는 임경묵의 바짓가랑이를 잡고 함께 늘어질 수도 있는 노릇이었다.

물론 잘못 한 것은 맞다지만 경묵이 건넨 요구 자체가 불합리한 축에 속하기 때문에, 도리어 이 허무맹랑한 제안을 빌미로 발목을 잡을 수 있을지도 모른다.

생각을 대충 정리해낸 김영오가 숨을 길게 한 번 내쉬어 보이고는 결연한 목소리로 천천히 입을 뗐다.

"확고하네, 내가 독선적으로 벌인 일이니……."

경묵은 김영오의 말이 끝나기도 전에 만류하듯 손바닥을 들어 보이는 것으로 김영오의 말을 잘라보였다.

그리고는 비릿한 미소와 함께 천천히 말을 이어나가기 시작했다.

"좋습니다,"

이내 경묵이 다시금 쇼파에 몸을 뉘이듯 앉히고는 손에 꼭 쥐고 있던 스마트폰을 매만지기 시작했다.

그 모습을 바라보던 김영오가 다시금 말을 이었다.

"압구정 매장을 자네한테 넘기도록 하지."

정말 두 매장 중 하나를 넘겨야 한다면 고민의 여지가 없는 것이나 다름이 없었다.

사실상 압구정 매장이 청담동 매장보다 값이 배는 덜 나가기 때문이었다.

아, 물론 진짜로 넘기거나 할 생각은 추호도 없었다.

그러나 다음 순간, 경묵의 입에서 나온 대답은 너무도 의외였다.

"저한테 넘기겠다고요? 왜요?"

"자네가……."

이내 경묵은 김영오에게 눈길 한 번 주지 않은 채로 다시금 손바닥을 들어보였다.

김영오는 가슴 속에 자리한 의문은 접어둔 채, 눈만 깜빡이며 경묵을 바라보는 것 말고는 아무것도 할 수 없었다.

아니, 분명 불과 몇 분 전에 자신에게 매장을 넘기라는 식으로 이야기하지 않았던가?

경묵은 김영오의 복잡한 머릿속은 아는지 모르는 지, 그 와중에도 핸드폰을 매만지던 손은 멈출 줄을 몰랐다.

이내 경묵이 핸드폰을 귓가에 가져다 대보이고는 다리를 살짝 꼬아 보였다.

앉은 자세가 정말이지 거만하기 그지없었고, 표정은 여유가 가득하다 못해 넘쳐흐르고 있었다.

이윽고 경묵이 수화기 너머 의문의 상대에게 상당히 우호적인 목소리로 말을 건넸다.

"여보세요? 아, 예. 회장님. 접니다."

— 어, 그래. 무슨 일로 전화했지?

의문의 통화상대의 정체는 다름 아닌 유니언 컴퍼니의 전 회장 최태룡 회장이었다.

경묵은 비릿한 미소를 머금은 채 김영오를 한 번 내려다본 후에 천천히 말을 이었다.

"다름이 아니라 부탁이 하나 있어서 연락드렸습니다."

— 부탁이라……. 자네가 나한테 부탁을 다 하는 날이 오는군. 그래 어떤 부탁인가?

애석하게도 김영오는 통화내용을 듣는 것만으로는 도저히 대화 상대가 누구인지를 유추해낼 수가 없었다.

누구지? 전담 변호사인가?

의문도 잠시, 이윽고 다음 순간 경묵의 입에서 흘러나온 말이 김영오와 서브 셰프 두 사람을 모두 경악케끔 만들었다.

"가게 하나 간판 좀 내려 주셨으면 해서요. 압구정에 있는 중식당입니다. 수단이나 방법은 중요치 않고, 간판 좀 내려 주셨으면 합니다."

말은 마치 몇 번 정도 곱씹어보기라도 했던 듯 막힘없이 흘러나왔다.

더군다나 수화기 너머 상대의 반응은 더욱 더 의외였다.

그 전까지의 대답은 거리가 조금 있었던 탓에 잘 들리지 않았지만, 지금은 달랐다.

호쾌한 웃음소리가 수화기 너머에서 터져나오기 시작한 것이다.

─ 푸하하하하하하하, 그래 알겠네. 내 그렇게 해주도록 하지.

"감사합니다, 이 은혜 잊지 않겠습니다."

─ 은혜는 무슨, 종종 이렇게 부탁도 좀 하고 그러란 말야. 그래야 나도 어디 가서 자네와 한 배를 탔다고 떠벌리고 다니지 않겠나? 그런데 자네가 이런 부탁을 하다니, 무슨 일인가?

의구심 가득한 최태룡의 목소리에 경묵이 김영오와 서브 셰프의 얼굴을 한 번씩 번갈아 바라본 후 천천히 말을 이었다.

"음, 우선 저녁 중으로 다시 연락드려 자초지종을 설명해 드리도록 하겠습니다."

- 그래, 말하기 곤란한 상황인가 보군. 알겠네. 기다리고 있겠네.

"감사합니다, 일과 마무리 되는 대로 곧장 연락드리겠습니다."

- 알겠네.

이내 경묵이 최태룡의 대답을 끝으로, 통화 종료 버튼을 눌렀다.

그리고는 손에 꼭 쥐고 있던 핸드폰을 다시금 바지주머니에 넣어보였다.

그리고는 도무지 마음을 읽을 수 없는 무표정한 얼굴로 턱을 한 번 쓸어 보인 후에 천천히 입을 뗐다.

"됐습니다. 그럼 이걸로 끝이군요."

황당하다는 표정으로 경묵을 올려다보던 김영오가 조심스레 말을 꺼냈다.

"이, 이게 무슨 일인가?"

허무맹랑한 상황이었으나, 경묵의 표정과 태도로 미루어본다면 절대로 허세가 아닌 듯 했다.

경묵은 정말 모든 상황이 끝났다는 듯 가볍게 목례를 해보인 후에, 캐리어를 들고 객실 밖으로 걸음을 옮기기 시작했다.

현관에 다다른 경묵은 고개를 살짝 돌려 김영오를 바라보고는 말했다.

"곧 오전 경연이 시작될 텐데, 멍하니 계시지들 마시고 준비라도 하셔야 하지 않겠습니까?"

경묵은 그 말을 끝으로 객실 밖으로 나섰다.

띠리릭-틱-!

갑작스레 마무리 된 상황 덕분에 어안이 벙벙해져있던 김영오가 이내 자리에서 일어섰다.

"저 새끼, 도대체 뭐라는 거지……."

서브 셰프 역시 좀처럼 이해할 수 없다는 듯 미간을 살짝 좁힌 채로 경묵이 나선 객실 문을 멍하니 바라보기만 할 뿐 쉽사리 말을 잇지 못했다.

김영오는 찜찜한 마음을 어찌하지 못한 채로, 입맛을 한 번 다셔보았다.

간판 문을 닫게 해달라고 부탁하면, 간판 문을 닫을 수 있다?

말도 안 되는 이야기라지만, 가슴 속에서 일렁이는 불안은 좀처럼 쉽게 떨쳐낼 수가 없었다.

"후……."

다시금 숨을 한 번 내쉬어 보인 김영오가 말을 이었다.

"준비하자."

"예."

그 한 마디 대답을 끝으로 멍하니 거실에 서있던 두 사람이 다시금 분주히 움직이기 시작했다.

잠시 후, 다시금 자신의 객실로 돌아온 경묵이 캐리어 두 개를 거실 바닥에 내려놓으며 말했다.

"자, 여기요."

탁-!

이내 정혁과 대욱 두 사람이 두 눈을 크게 뜬 채로 되물었다.

"와, 이렇게 쉽게 찾아 올 줄은 몰랐는데?"

"경묵아, 어떻게 찾아 온 거야? 찾아가서 달라니까 선뜻 돌려줬을 리는 없고⋯⋯."

두 사람이 호들갑을 떨어대며 묻자, 경묵은 유한 미소를 한 번 지어보이고는 말했다.

"뭐, 다 방법이 있죠. 자초지종은 있다가 말씀 드릴 테니 우선 다 챙겨서 조리실에 내려가 있자고요."

정혁이 마지못해 고개를 한 번 끄덕여보이고는 자신의 캐리어를 열어 조리 도구들을 한 번 살펴보았다.

혹시라도 빠진 것은 없는지 확인을 해 본 것이었다.

형대욱도 뒤따라 자신의 캐리어를 열어 조리도구를 한 번 살펴보았다.

당연한 이야기라지만 두 사람의 캐리어에 담겨있던 조리 도구 중, 사라진 것은 단 한 가지도 없었다.

정혁이 자신의 캐리어를 천천히 닫아 보이며, 의아하다는 듯 되물었다.

"그런데 주최 측에 신고는?"

"안 하기로 했어요."

정혁이 그럴 줄 알았다는 듯 반쪽짜리 미소를 지어보이고는 고개를 끄덕여 보이며 말했다.

"역시 천사 임경묵, 내 그럴 줄 알았다."

정혁의 바로 옆에 앉아있던 대욱 역시 한 마디를 거들었다.

"경묵아, 아무리 그래도 이번 일 같은 경우에는 그냥 넘어가서는 안 되지 않을까? 사실 녀석이 조금 괘씸하기도 하고 말이야."

경묵은 어깨를 한 번 들썩거려 보이고는 유한 목소리로 말을 이었다.

"다들 걱정은 마세요, 아무래도 공적인 처벌로는 만족할 수 없을 것 같아서 내린 결론이니까."

의미심장한 말 탓에 객실 내에 유래 없던 침묵이 찾아들자, 경묵은 분위기를 환기시키려는 듯 손뼉을 한 번 쳐보이고는 호쾌한 목소리로 말을 이어나가기 시작했다.

"자! 어쨌든 이제 다들 내려갑시다. 경연까지 한 시간도 안 남았으니까 말이에요."

경묵의 목소리가 객실 안에 울리자, 침실 안에 있던 지언과 화장실 안에서 옷매무새를 가다듬던 전병우도 거실로 나와 얼굴을 비추었다.

이내 경묵이 밝은 미소를 지어보이고는 자신의 손목 위에 자리한 시계를 내려다보았다.

상해에 오기 전, 서은이 선물해주었던 고가의 시계.

초침소리에 맞추어 초침이 움직이는 것인지, 아니면 초침이 움직이는 모양새에 맞추어 초침 소리가 나는 것인지는 알 수 없는 노릇이었다.

이내 푸르스름한 사파이어 재질의 유리알에 언뜻 비친 자신의 모습을 바라본 경묵이 비릿한 미소를 지어보였다.

사실 방금 전 자신이 김영오에게 내린 처벌 자체가 어쩌면 과한 처벌일지도 모르겠다.

생각에 잠겨있기도 잠시, 아직 살짝 젖은 머리칼을 털어내던 전병우가 경묵의 어깨를 가볍게 두드리며 말했다.

"뭐해?"

그 묵직한 음성 덕분에 정신을 차린 경묵이 천천히 고개를 돌려 객실 안의 모두를 바라보았다.

정혁과 대욱, 지언과 전병우.

단연 이들 뿐 아니라 제법 많은 이들이 생각 언저리에 자리를 튼 채 경묵의 가슴을 두근거리게끔 만들곤 했다.

이내 경묵이 생각을 떨쳐내려는 듯 고개를 한 번 저어보이고는 씨익 웃어보였다.

'이제 남을 위해서는 희생하지 않아. 나한텐 이들만 있으면 돼니까.'

이윽고 경묵은 두툼한 손으로 몇 번 자신의 얼굴을 쓸어내려보인 후, 다시금 바지 주머니에 양 손을 꽂아넣고는 말했다.

"갑시다, 이기러."

38. 코리안 레전드 셰프

MODERN FANTASY STORY

각성! 북경각

38. 코리안 레전드 셰프

북경각

MODERN FANTASY STORY

한 편, 자신의 서재에 앉아 한가한 오후시간을 보내고 있
던 최태룡은 갑작스런 경묵의 부탁 덕분에 사뭇 분주해질 수
밖에 없었다.

'어디보자, 지금 중국에서 무슨 일이 있는 건가?'

하기야, 무슨 일이 있는 것이 아니고서야 경묵이 다짜고짜
이런 부탁을 했을 리가 없다.

최태룡은 경묵과 알게 된 이래로 필요한 것이 있으면 자신
에게 언질이라도 해달라는 식으로 몇 번이고 말했었으나, 경
묵은 여태껏 단 한 번도 그렇게 해주었던 적이 없다.

평상시의 경묵을 토대로 으레 짐작컨대 분명 중국에서 무
언가 일이 있었을 것이다.

똑똑―

문을 두드리는 소리에 최태룡이 앉은 자세를 바르게 고치고는 옷맵시를 한 번 가다듬었다.

입고 있는 푸른색 셔츠의 깃을 빳빳하게 세운 후, 시계 알이 제대로 위쪽을 향하도록 한 번 고쳐 쥐고는 나지막이 말했다.

"어, 들어와."

이내 문 너머에 있던 상윤이 천천히 문을 열고 안으로 들어섰다.

"부르셨습니까?"

검은 정장을 차려입은 덩치 좋은 사내가 고개를 숙여 보이며 엄숙한 목소리로 묻자, 최태룡이 씨익 미소를 지어보이고는 말했다.

"그래, 유PD한테는 연락 넣었고?"

"아, 예. 지금 사옥 직원 한 명이 직접 모시러 갔습니다."

사내의 대답을 들은 최태룡이 만족스럽다는 듯 고개를 한 번 끄덕여 보이고는 쇼파에서 몸을 일으켰다.

끼이이익—

쇼파는 움푹 파여 있던 가죽이 제 자리로 돌아오기 시작하자, 앓는 소리를 한 번 내보였다.

최태룡은 뒷짐을 진 채 서있는 사내를 날카로운 시선으로 한 번 스윽 훑어보고는 말을 이었다.

"준비는 잘 되어가고 있나?"

앞 뒤 다 자르고 준비라고만 뭉뚱그려 표현한 탓인지, 사내가 단번에 알아듣지 못하고 되물었다.

"어떤……?"

이내 최태룡은 혀를 한 번 차보이고는 천천히 말을 잇기 시작했다.

"어떤 준비겠어? 임경묵이 건(件) 말이야."

사내는 그제야 또랑또랑한 목소리로 최태룡의 물음에 대한 답을 내놓았다.

"아, 예. 물론입니다. 현재 수도권 지역 현장은 거의 완공 직전이라고 봐도 과언이 아닐 정도입니다. 나머지 업장들도 이미 중반기 이상을 지난 상태이며, 짧게는 한 달 길게는 한 달 반 정도의 시간이면 모든 업장이 완공될 것 같습니다."

예상했던 것 보다 진행이 훨씬 더 빠르게 되고 있는 듯 했다.

이내 최태룡이 눈썹을 한 번 꿈틀거려보이고는 말했다.

"음, 만기가 신경 좀 쓰고 있나 보군."

사내는 침을 한 번 삼켜내 보인 후에, 기다렸다는 듯 말을 이어나가기 시작했다.

"아! 예, 그렇습니다. 회장님께서는 수시로 일정 및 자재들에 대한 보고서를 꼼꼼히 검토하시는 것은 물론, 직접 현장에 방문하셔서 살펴보시기까지 하시니까 말입니다."

"그래? 의외군."

입맛을 한 번 다셔 보인 최태룡이 스탠딩 옷걸이에 걸린 자신의 외투를 집어 들었다.

손목 시계를 한 번 내려다본 최태룡이 이내 쓴 웃음을 지어보이고는 말했다.

"유PD랑은 어디서 보기로 했지?"

"자주 가시는 청담동 일식집에서 보기로 했습니다."

"그래, 가지."

최태룡이 앞장 서 자신의 서재 문 앞에 다가섰다.

문고리를 잡고 돌리기 직전, 최태룡이 자신에게만 들릴 만큼 작은 소리로 무어라 웅얼대듯 말해보였다.

"주제 모르고 사람을 문 개미는 밟혀야지."

바짝 붙어 서있었으나 그 말을 듣지 못한 사내가 되물었다.

"죄송합니다만, 잘 못들었습니다."

"아닐세, 가자고."

최태룡은 그 말을 끝으로 서재 밖으로 나섰다.

✹

청담동 일식집 안, 유승우는 비오듯 흘러내리는 땀을 식탁 위에 놓여 있던 휴지로 연신 훔쳐대고 있었다.

'이런 씨발, 누군 한가한 줄 아나……. 왜 불러놓고 오지를 않아?'

유승우는 현재 새롭게 계획 중인 프로그램들 탓에 눈코 뜰 새 없이 바쁜 일상을 보내고 있었다.

이번 오너 셰프 코리아를 기점으로 F&F 내에서의 입지가 굳건해 졌고, 그 덕분에 새롭게 기획하는 프로그램 역시 재정적으로 만큼은 큰 어려움 없이 계획할 수 있었다.

어쨌든 이번에 유승우가 새로이 계획한 프로그램의 주연은 경묵이었다.

물론 경묵이 출연 제의를 수락한 것은 아니었고, 머릿속으로 점지 해둔 것이 전부였다.

사실상 수락은커녕 오너셰프 코리아가 마무리 된 이후로 경묵과 말 한 마디 나누어 본 적이 없었다.

상황이야 이렇다지만, 유승우는 마음속으로 나마 이미 경묵의 출연을 굳혀둔 상태라고 해도 과언이 아니었다.

애초에 바쁜 와중에 수고를 감수하면서까지 이 자리에 온 까닭 중 하나가 다름 아닌 경묵 때문이기도 했다.

모르긴 몰라도 최태룡 회장이 아무런 이유도 없이 자신을 보자고 하지는 않았을 것이다.

분명 자신에게서 무언가를 취하기 위하여 보자고 했을 가능성이 농후하다.

그러니 그 부탁을 들어주고, 경묵의 출연의사를 확실시 해두는 것.

모르긴 몰라도 최태룡에게는 그럴 만한 힘이 있을 것이라고 생각한 것이다.

'임경묵한테 직접 제안을 하면 거절할 게 뻔하기도 하고……'

이내 비릿한 미소를 지어보인 유승우가 미닫이 문 너머에서 들려오는 발소리를 의식하고 자세를 한 번 고쳐보였다.

드르륵–!

"오셨습니까?"

유승우는 머릿속에 떠도는 수 백 가지 사념들은 뒤로 한 채, 해보일 수 있는 선에서 가장 밝은 미소를 지어보였다.

최태룡은 입 끝을 살짝 말아 올려 보이고는, 손바닥을 한 번 들어보였다.

이내 유승우의 맞은편에 편히 앉은 최태룡이 천천히 입을 뗐다.

"자네도 바쁘고, 나도 바쁜 사람이야. 우리 서로 본론만 이야기 하자고."

자신의 입에서 나온 말과는 달리 한없이 선해 보이는 능글맞은 웃음을 지어보이고 있는 최태룡.

그런 그에게서는 말로 형언할 수 없는 일련의 위압감이 뿜어져 나오고 있는 듯 했다.

"큼, 흠……."

목을 한 번 가다듬어 보인 유승우가, 눈을 게슴츠레하게 떠 보인 후에 다시금 천천히 입을 뗐다.

"예, 안 그래도 그냥 식사 한 끼를 함께 하시려고 부른 것은 아니라고 생각하고 있었습니다."

솔직한 말이 나오자, 비릿한 미소를 한 번 지어보인 최태룡이 말을 이었다.

"시원시원하니 좋군. 부탁하나 하지. 가게 하나 간판을 내려주었으면 좋겠군."

툭 내던지듯 말해보였다지만, 오늘 만남의 근본적인 이유였다.

더군다나 이처럼 쉽게, 또 가볍게 툭 내던질 만큼의 가벼운 일도 아니었다.

당황을 감추지 못한 유승우가 어색한 미소를 한 번 지어보이고는 다시금 되물었다.

"아, 조금 더 구체적으로 말씀을 해주시면……."

"뭐, 어려운 일 아니야. 내가 지금 간판 하나를 내려야 해.
그런데 자네 도움이 조금 필요하다는 거지."

이내 유승우가 마지못해 고개를 한 번 끄덕여보이고는 되
물었다.

"간판을 내린다……. 그런데 아쉽게도 저한테는 그럴만한
힘이 없는 것 같습니다."

"아니야, 충분해."

최태룡이 확신에 가득 찬 목소리로 답해보이자, 유승우가
눈썹을 한 번 꿈틀거려보였다.

'뭐라는 거야? 내가 멀쩡히 영업하는 가게 간판을 어떻게
내려…….'

의아하다는 듯 눈만 끔벅거리고 있는 유승우를 바라보던
최태룡이 턱짓을 한 번 해보이고는 말했다.

"자네 핸드폰은 그런 힘이 있을 거야."

"예?"

"기자들은 내 선에서 알아서 마련하지. 명색이 전문가들인
데 말이야, 전문가끼리 이쯤 하면 알아들어야지. 안 그래?"

꿀꺽—

최태룡의 말뜻을 이해한 유승우가 분주한 손길로 바지주
머니 안에 들어있던 자신의 핸드폰을 꺼내들었다.

그리고는 엷게 떨리는 목소리로 천천히 되물었다.

"언제쯤…….."

최태룡은 유승우가 말을 꺼내기가 무섭게 잘라내 보이며
단호한 목소리로 되물었다.

"자네, 시간 많은가?"

"아……."

"지금 바로 부르게."

최태룡은 지금, 단 말 몇 마디로 위압감을 뿜어내며 상황을 주도하고 있었다.

유승우는 분주한 손길로 자신의 핸드폰을 어루만지던 도중, 슬며시 고개를 들고는 엷게 떨리는 목소리로 되물었다.

"저, 회장님. 실은 그 전에 여쭙고 싶은 게 있습니다."

최태룡은 코웃음을 한 번 쳐보이고는 손짓을 해 보이며 말했다.

"그래. 말 해 봐."

유승우는 불편을 감추지 못한 채, 말까지 더듬어가며 천천히 속내를 털어놓기 시작했다.

"우, 우, 우선 원하시는 프로그램 관계자들이야 얼마든지 접선 시켜드릴 수 있습니다. 그건 아마 제가 아니라 다른 방송관계자들도 마찬가지겠지요."

"그래, 그래서?"

최태룡이 날카로운 눈빛으로 쏘아보길 한 차례, 유승우가 컵 안에 담긴 물을 한 번 들이켜 목을 축인 후에 천천히 입을 뗐다.

"저보다 잘난 놈들이야 넘쳐흐르는 게 사실이다 보니 추측을 한 번 해봤습니다. 왜 많고 많은 PD들 중에 저를 부르셨을까 하는 추측 말입니다."

최태룡은 재미있다는 듯 웃음을 지어보이는 것으로 대답을 대신해보였다.

최태룡의 밝은 표정에서 용기를 얻은 것인지, 유승우는 계속해서 말을 이어나가기 시작했다.

"제가 천천히 생각을 해보니까, 사실상 연락이 가장 빨리 닿기 때문이라는 가능성 말고는 뭐가 없는 것 같더군요."

유승우가 쓴 웃음을 지어보이며 말하자, 최태룡이 박장대소를 해보인 후에 나지막이 답했다.

"똑똑하군."

"뭐, 어쨌든 좋은 게 좋은 것이라는 말도 있으니 제안 하나 드릴까 합니다. 뭐 돈이라던가 그런 물질적인 보수를 바라는 건 아닙니다."

최태룡은 팔짱을 낀 채 몸을 살짝 뒤로 젖혀보이며 되물었다.

"지금 나랑 거래를 하자는 건가?"

물론 그 전에도 계속해서 위압감을 뿜어내고 있었지만, 지금은 마치 말 한 마디로 사람을 쥐락펴락 하는 법을 알고 있기라도 한 듯 전과 겨룰 바가 못 될 만큼의 짙은 위압감을 뿜어대고 있었다.

놀라운 것은 그에 대응하는 유승우의 태도였다.

연신 저자세를 취하고 있던 유승우가, 제법 강경한 태도를 유지하며 답해보였다.

"예, 맞습니다. 실은 그럴 생각으로 나왔으니까요."

"허허허허, 그래?"

최태룡은 한 손으로 자신의 턱을 쓸어내려 보인 후에 천천히 말을 이었다.

"무언가를 취할 때만큼은 전혀 다른 사람 같군. 좋아. 내 힘닿는 곳이라면, 그리고 너무 터무니없는 제안만 아니라면 어떻게든 들어주도록 하지. 말해보게."

참으로 매력적인 말이었다.

힘닿는 곳 까지는 어떻게든 들어주겠다고?

아마 최태룡 회장의 힘이 닿지 않는 곳을 물색하는 것이 더 힘든 일일지도 모른다.

유승우가 득의의 미소를 지어보이고는 반문했다.

"아닙니다, 우선 회장님께서 진정으로 원하시는 것에 대해서 먼저 말씀해주실 수 있으시겠습니까?"

"별 거 없어. 소비자 고발 같은 프로그램의 관계자들과의 만남을 접선해주게. 그 뒤는 내가 알아서 하도록 하지."

순간, 유승우의 얼굴 위로 여러 가지 의문이 떠올랐다가 사라진 듯 보였다.

마지막으로 남은 것은 옅은 미소.

어쨌든 밑지는 장사는 아닐 것이라는 생각이 든 것이다.

후에 문제가 불거지더라도 만남을 주선해주었다는 것만으로는 큰 타격을 받지 않을 것 같기도 했고, 프로그램 관계자들을 구워삶는 것도 알아서 하겠다니 생각보다 쉬운 조건임이 분명했다.

이내 유승우가 고개를 한 번 끄덕여 보이고는 말했다.

"좋습니다, 그럼 제 조건을 말씀드려 봐도 되겠습니까?"

"그래, 말해보게."

"제가 이번에 새롭게 계획 중인 프로그램에 임경묵씨를 출연시킬 수 있게 해주십시오."

그러나 다음 순간, 전혀 예상치 못한 그림이 그려지기 시작했다.

유승우가 말을 마치기가 무섭게 최태룡의 표정이 딱딱하게 굳어버리고 만 것이다.

순간, 모락모락 피어오른 불안이 머릿속을 잠식하기 시작했다.

'뭐야, 설마……?'

최태룡은 유승우가 지금 느끼고 있는 불안이 사실이라는 낙인을 찍듯, 무거운 목소리로 답했다.

"그건 힘들겠군."

이내 유승우가 당황한 듯 되물었다.

"회장님, 분명 힘닿는 곳 까지는 도와주시겠다고……."

"그래, 그랬지. 힘닿는 곳 까지는 도와주겠다고 말이야. 임경묵이 관련된 일은 내 영역 밖의 일인 것 같군."

그 말을 들은 유승우의 입이 쩍 벌어졌다.

"예? 그럼……?"

최태룡은 멋쩍은 듯, 한 번 웃음을 지어보이고는 나지막이 말을 이어나가기 시작했다.

"허허, 말한 그대로야. 그 친구와 관련된 일은 아쉽게도 내 영역 밖의 일일세."

천하의 최태룡 회장의 힘으로 안 된다면?

이내 허탈함이 가득 담긴 쓴 웃음이 저도 모르게 새어나왔다.

여태껏 함께 오너 셰프 코리아를 진행하며 경묵의 당돌한 모습을 수차례 목격한 바 있었다지만, 심사위원들에게 보이던 당당함을 최태룡에게까지 고수하고 있다는 것은 가히 충격이라고 할 수 있었다.

"허, 생각보다 더 대단한 친구로군요."

"그래, 내 언질은 한 번쯤 해줄 수 있다네. 근데 내가 할 수 있는 건 딱 거기까지야. 결정은 늘 그 친구가 하거든."

최태룡은 게슴츠레하게 뜬 눈으로 피식하고 웃음을 지어 보인 후에 말을 한 마디 덧붙였다.

"적어도 자기 자신과 관련된 일이라면 말이야."

"보통내기는 아닐 것이라 생각만 했었습니다만, 회장님께도 그렇게 강건한 태도를 예상하고 있었을 줄은 정말 꿈에도 몰랐습니다."

유승우가 고개를 살짝 치켜든 채 그간 보았던 경묵의 당당한 모습들을 한 번 되짚어 보았다.

처음 보았을 때만 하더라도 그는 한낱 푸드 트럭의 점주일 뿐이었다.

그리고 그 사실은 적어도 경연이 끝날 때 까지는 조금도 변함이 없었다.

중요한 사실은 경묵은 시종일관 그렇게 당당한 태도를 유지했다는 점.

경묵의 명쾌한 언변과 품행을 다시 한 번 되짚어 보는 것만으로도 입가에 옅은 미소가 떠올랐다.

"사실 저도 명실상부 국내 최고의 요리채널이라 불리는 채널 F&F에서 수년간 일하면서 수많은 셰프들과 요리사들을 만나봤는데, 그렇게 기억에 남는 친구를 꼽자면 아마 세 명도 채 꼽지 못할 것 같습니다."

"당연하지, 난 한 평생을 살았는데도 그런 녀석을 본 적이 없어."

제법 짙은 동질감을 느낀 것인지, 말을 뱉어내는 최태룡의 표정이 한없이 밝아보였다.

경묵의 이야기 탓에 분위기가 환기된 것도 잠시, 연신 웃음만 지어보이던 최태룡이 다시금 말을 이었다.

"음, 우선 일 이야기를 간략하게나마 마무리 지었으면 좋겠는데 말이야."

"사실 경묵씨, 아니지. 경묵 셰프를 제 다음 프로그램에 끌어들이는 것 말고는 제가 원하는 것이 별로 없습니다."

"하하하하, 그런데 말이야 자네가 임경묵이를 끌어들이려는 이유도 사실은 단순하지 않은가?"

언중유골(言中有骨).

말 그대로 말 안에 뼈마디가 있는 말이었다.

경묵은 하나의 머니코드로서 통하고 있었고, 이미 문화평론가들은 경묵과 관련된 논문을 제출한 이력이 있었다.

그렇다보니 유승우는 최태룡이 입에 담아낸 말의 의미를 생각보다 간략하게 간파한 듯 보였다.

"그렇죠, 이제 경묵 셰프는 요리 프로그램에 한해서는 거의 보증수표라고 말해도 과언이 아닌 인물이니까요."

최태룡은 사실 이미 이쯤에서 일이 긍정적인 방향으로 일이 진행되리라는 것을 어느 정도 눈치 채고 있었다.

그도 그럴 것이 일단 유승우는 금전적인 부분에 대해서 언급함에 있어서 조금도 망설임이 없는 듯 보였다.

'그래 얌전한 고양이인척 하는 속물들보다 이렇게 시원시원 말 하는 것들이 더 낫지.'

더군다나 경묵에 관한 이야기가 나온 이후로, 유승우의 표정이 눈에 띄게 밝아져 있었고, 지금 유승우가 지어보이고 있는 표정은, 최태룡이 경묵과 처음 협탁에 마주앉아 이야기를 나누었던 때 지어보였던 표정과 동일했다.

이내 고개를 살짝 쳐든 채로 맞은 편에 앉은 유승우를 살짝 내려다보던 최태룡이 피식하고 미소를 지어보였다.

뭐, 비웃음이 아니라 동질감이었다.

'그 느낌 내가 잘 알지.'

경묵에게서 느껴지는 무궁무진함이 호기심을 간지럽 태우는 것만 같은 느낌.

무언가 좋은 생각이라도 난 듯 '아!' 하고 짧은 탄식을 내뱉어 보인 최태룡이 준비된 말을 입에 담아냈다.

"아! 그래, 그럼 이렇게 하지. 자네가 생각하는 예상 수익을 내가 이 자리에서 지급해 주겠네. 자네는 내가 말한 조건들을 이행해주면 돼."

달콤하기 그지없는 제안이었다.

말 한 마디로 유승우의 손에 백지수표를 쥐어준 것이나 다름이 없었으니 말이다.

10억 정도의 순 수익을 예상했다고 하면, 10억을.

100억 정도의 순 수익을 예상했다고 하면 100억을 지급해 주겠다는 말이나 다름 없으니 말이다.

물론 정말 말도 안 되는 금액을 제시한다면 조금의 절충은 해볼 셈이었지만, 최태룡이 이처럼 파격적인 제안을 할 수 있었던 이유는 따로 있었다.

다름 아니라, 최태룡은 유승우가 이 제안을 거절할 것이라고 으레 짐작하고 있었기 때문이었다.

지금 유승우를 미소 짓게 하는 것은 백지수표나 다름없는 파격적인 제안이 아니라, '임경묵'이 자극한 호기심일 것이다.

그러나 최태룡의 예상을 뒤엎기라도 하듯 바로 다음 순간 유승우가 의아하다는 듯 물었다.

"만약 제가 회장님께서 쥐어주신 백지수표에 1000억을 적어 돌려 드린다면 어떻게 하실 겁니까?"

정말 한 몫 챙기겠다고 마음이라도 먹은 듯 진지하기 그지 없는 어조에 최태룡이 코웃음을 쳐 보였다.

진심 가득한 물음에, 최태룡이 미간에 내 천(川)자를 그려 보이고는 되물었다.

"왜? 내가 1000억이 없어 보여? 있네, 1000억이라는 돈도 그리고 자네가 원한다면 그 금액을 지불할 의사도 말이야."

찰나의 순간, 지독한 정적이 방 안을 가득 메웠다.

그리고 그 정적을 깬 것은 얄궂은 웃음이 어린 유승우의
말 몇 마디였다.

"하하하, 아닙니다. 농담이었습니다. 회장님, 그렇다면 차
라리 이렇게 하시는 건 어떠시겠습니까?"

"어떻게 말인가?"

"백지수표는 과분하고, 경묵 셰프가 한 번이나마 신중하
게 고려해볼 수 있도록 언질이라도 한 번 해주시는 게 어떠
시겠습니까?"

이내 최태룡이 만족스럽다는 듯 고개를 크게 끄덕여 보이
고는 되물었다.

"백지수표는 과분하다?"

"예, 사실 이 자리에 동기들 몇 명 부르는 게 1000억을 받
을 만큼 대단한 일은 아니지 않습니까?"

기름기가 쫙 빠진 듯 담백한 대답에, 최태룡이 걸걸하고
호쾌한 웃음을 한참동안 지어보였다.

한참을 웃어 재끼던 최태룡이 정신을 추스르기라도 하듯
몇 번 고갯짓을 해보이고는 다시금 물었다.

"재미있어, 지금 자네가 정말 원하는 게 뭔가?"

몸 쪽으로 확 당긴 돌 직구 마냥 날카롭고 직설적인 질문
이었음에도 불구하고 유승우는 당황하기는커녕 도리어 미소
까지 지어보이고는 답했다.

"글쎄요? 적어도 돈은 아니겠지요."

"그럼?"

"돈 너머에 있는 것들이겠지요. 예를 들면 경묵 셰프의 눈

에 든다던지, 그리고 또 혹시 알겠습니까? 다음번에는 회장님 밑에서 정말 1000억 원의 가치가 있는 일을 하게 될지 말입니다."

숨을 잘게 쪼개어 몇 번 흘려내 보인 최태룡이 다시금 웃음을 주체하지 못하고 한바탕 웃어재껴댔다.

그리고는 유승우의 눈을 뚫어져라 바라보며 말을 이어나가기 시작했다.

"돈 너머에 있는 것을 보았다? 좋아. 아주 마음에 드는군."

난데없는 칭찬 덕분에 멋쩍은 듯 뒤통수만 긁적이던 유승우가 무어라 답을 하기도 전에, 다시금 미닫이 문 너머에서 발소리가 들려왔다.

딱히 남들이 들어서는 안 되는 못할 말을 하려던 것은 아니었으나, 문 너머에서 들려온 발소리를 의식한 유승우가 꺼내려던 말을 한 번 삼켜내 보였다.

드르르륵-!

다시금 미닫이문이 열리고, 음식을 잔뜩 실은 카트가 방문 앞에 멈춰 섰다.

카트를 끌고 온 젊은 여직원이 천천히 음식이 담긴 접시들을 상 위로 나르기 시작했고, 최태룡 회장 덕분에 제법 긴장을 한 것인지 부자연스러운 몸짓을 몇 번 보였다.

접시 안에 담긴 음식들은 대충 한 번 훑어보기에도 먹음직스러워 보였고, 높은 가격을 짐작케 했다.

우습게도 방 안을 가득 메운 어색한 정적을 깬 것은 유승우의 침 삼키는 소리였다.

꼴깍-

그 적나라한 소리를 제대로 엿들은 최태룡이 걸걸한 웃음을 한 번 지어보이고는 친근한 목소리로 되물었다.

"자네 식사도 못했나보군."

갑작스런 물음에 화들짝 놀란 듯 보이는 유승우가 사람 좋은 미소를 지어보이고는 말했다.

"아, 예. 아직 못했습니다."

유승우의 대답을 들은 최태룡이 만족스럽다는 듯 고개를 한 번 끄덕여 보이고는 다시 말을 이었다.

"이제 우리는 한 배를 타게 된 거야. 우리가 한 배를 타게 된 기념으로 내가 도움이 될 이야기를 하나 해주도록 하지."

가자미눈으로 힐끔힐끔 상 위에 내려놓아지던 음식들을 바라보던 유승우가 시선을 오롯이 최태룡의 미간에 두었다.

숨소리만 들리던 방 안에 다시금 최태룡의 굵직한 목소리가 울려 퍼지기 시작했다.

"내가 젊었을 때 자네처럼 그랬어. 어째서 사람은 허기를 느낄 수밖에 없는가 하는 쓸데없는 고민을 할 만큼 밥 먹는 시간을 아까워했었지."

뭐, 유승우는 최태룡의 사뭇 비장한 어투 탓인지 아니면 대한민국 국민이라면 누구나 알고 있는 최태룡 회장의 자수성가 이력 탓인지 이야기에 절로 집중이 되었다.

유승우는 살에 파묻힌 두 눈을 최대한 크게 뜬 채 말을 이어나가는 최태룡 회장을 바라보았고, 음식을 천천히 상 위로 나르던 여직원도 내색은 하고 있지 않지만, 최태룡 회장의 말에 귀를 기울이고 있는 듯 보였다.

"젊은 시절의 나는 매일 같이 잠도 자는 둥 마는 둥, 밥도 먹는 둥 마는 둥 하며 일을 하곤 했었네. 뭐, 조금은 흔한 이야기일지도 모르겠군. 그러다보니 어느 날 갑작스레 건강에 적신호가 들어왔음을 깨달은 거지."

유승우는 콧잔등 위에 아슬아슬하게 걸쳐진 자신의 무테 안경을 한 번 치켜 올려 보이고는 되물었다.

"어떤 적신호 말씀이십니까?"

"어느 날 아침부터 갑작스레 객혈을 하기 시작했어. 눈만 떴다 하면 피를 한 움큼씩 뱉어댔었지. 더군다나 머리카락도 빠지기 시작했고, 눈 밑에 진 그늘이 가실 줄을 몰랐네. 뿐만 아니라 잠들고자 몸을 뉘여도 가슴이 콩닥거리는 탓에 통 잠을 이루지 못하곤 했지."

최태룡은 장난기 가득 어린 미소를 지어보인 후에 말을 덧붙였다.

"그 당시에 나 스스로 내게 지어준 별명이 뭐 였는 줄 아는가? 하하하, 종합병원이었어. 종합병원."

유승우는 무어라 말을 잇지 못하고 억지웃음만 크게 지어 보였다.

"하하하하하!"

그 모습이 마치 처량한 회사원 같았다.

직장 상사의 비위를 맞추느라 썰렁하기 그지없는 농담에 없는 힘까지 쥐어짜며 억지웃음을 짓는 회사원.

최태룡은 그런 유승우의 반응이 썩 마음에 들었던 것인지, 한층 더 격양된 목소리로 다음 말을 이었다.

"그때 깨달았네. 모든 건 다 '영'(0)이야."

"예?"

최태룡은 잠시 고민하듯 눈을 지그시 감아 보인 후, 다시금 입을 뗐다.

"음…… 그러니까 말 일세, 자네가 100억 원의 유동자산을 가지고 있다고 가정해 보도록 하지."

백 억 원이라, 생각만 해도 입가에 미소가 절로 지어지는 꿈만 같은 액수의 돈 이었다.

유승우가 헤벌쭉 웃음을 지어보이고는 고개를 한 번 끄덕여 보이자, 최태룡이 말했다.

"백 억 뒤로 영(0)이 몇 개나 붙지?"

유승우는 눈을 살짝 치켜뜬 후 암산을 해나가기 시작했다.

'어디 보자, 백 억 이면… 10,000,000,000'

"총 열개 아닙니까?"

"그렇지. 맞아. 열 개야. 그럼 우린 이제 그 열 개의 0이 모두 자네에게 소중한 것이라고 가정을 해 볼 거야."

"소중한 것들이요?"

"그래, 첫 번째 영은 우선 자네의 가족일세. 두 번째 영은 뭐가 좋을까? 자네에게 주어진 젊음이라고 해두지. 세 번째 영은 자네의 직업, 네 번째 영은 자네의 사회적 위치 이런 식으로 말일세."

이내 유승우가 고개를 살짝 갸웃거려 보이고는 되물었다.

"아아, 이제 알겠습니다. 그런데 소중한 것들이 모두 0이라면 맨 앞에 붙은 1은 무엇입니까?"

최태룡은 핵심을 찌르는 유승우의 물음에, 기다렸다는 듯 흐뭇한 미소를 지어보이고는 답했다.

"그 일(1)이 바로 자네의 건강일세. 자, 생각해 봐 뒤에 영이 몇 개가 있던 일이 없어지면 그건 영(0)일 뿐이야. 마찬가질세. 결국 건강을 잃으면 그 모든 것을 다 잃는 것이나 마찬가지라는 거지."

유승우는 망치로 뒤통수라도 세게 때려 맞은 양, 어안이 벙벙해져 입을 쩍 벌린 채 최태룡을 지그시 바라보았다.

연륜 탓인지, 경험 탓인지 같은 말을 하더라도 사람을 매료시키는 것만 같은 마법같은 힘이 있었다.

이윽고 최태룡은 사람 좋은 웃음을 한 번 지어보인 후에 자신 앞에 놓인 젓가락을 집어 들고는 살짝 흔들어 보이며 말했다.

"그러니 들자고. 다 먹고 살자고 하는 거 아니겠나? 우린 남들보다 조금 더 야망이 있는 거야. 더 잘 먹고 더 잘 살자고 노력하는 거지. 그래도 돈 위에 사람 있지, 사람 위에 돈 있는 건 아니지 않겠나?"

이내 유승우가 고개를 살짝 숙여보이고는 답했다.

"좋은 말씀 정말 감사합니다. 새겨듣겠습니다."

평소와 다르게 전혀 상투적이지 않은 어조로 말을 꺼내 보인 유승우가, 작위적이지 않은 미소를 한 번 지어 보였다.

최태룡 역시 유승우의 반응이 나름 만족스러웠던 것인지

눈웃음을 한 번 지어보이고는 젓가락으로 회 한 점을 들어 입가로 옮기며 말했다.

"일단 들도록 하자고."

그리고 그 때, 유승우가 다시금 난데없는 질문을 던졌다.

"저, 회장님."

"응?"

"그런데 한 배를 타셨다고 하셨지 않습니까?"

유승우의 물음에 최태룡이 슬며시 고개를 끄덕여 보이고 는 되물었다.

"그랬지?"

"저, 그럼 지금 제가 탄 배의 선장이 누구 입니까?"

이내 최태룡이 득의의 미소를 지어보이고는 답했다.

"누구긴? 그거야 당연히 임경묵이지."

❀

"저, 임경묵씨 맞으시죠?"

이틀 차 오전 경연을 마친 경묵이 조리실을 나서려던 찰나 였다.

경묵의 앞길을 막아선 중국인 사내는 왜소한 체구에 말끔 한 정장 차림을 하고 있었는데, 경묵이 고개를 끄덕여 보이 기가 무섭게 한쪽 어깨에 메고 있던 크로스백에서 수첩 하나 와 펜 하나를 꺼내어 들었다.

'뭐지? 사인 받으려는 건가?'

사실 이런 일도 한국 내에서는 종종 있었던 일이었다.

하다못해 집 앞 슈퍼에 생수 한 통을 사러 가는 길에도 서너 명의 팬을 만나볼 수 있었다.

경묵이 자기 자신에게 '이런 것이 바로 한류라는 것인가' 하는 의문을 던지는 동시에 득의의 미소를 지어보이자, 앞에 선 중국인 사내가 의아하다는 듯 경묵을 한 번 위 아래로 훑어보았다.

아무래도 단순히 사인을 받고자 온 것은 아닌 듯 보였다.

그리고 그 때 사내가 다시금 입을 뗐다.

"경묵 셰프, 저는 '굿 레스토랑'이라는 잡지의 음식작가 및 평론가로서 활동하고 있는 칭 챠오입니다. 다름 아니라 경묵 셰프를 취재하고 싶어서 이렇게 찾아오게 되었습니다."

'굿 레스토랑? 취재? 나를?'

분명 어디선가 한 번 들어본 적이 있는 이름이었다.

그리고 그 때, 경묵의 등 뒤에 붙어 서서 상황을 지켜보고 있던 대욱이 굿 '레스토랑'이라는 단어가 나오기가 무섭게 격양된 목소리로 물어댔다.

"굿 레스토랑? 굿 레스토랑이래?"

이내 경묵이 흥분을 감추지 못한 채 질문세례를 퍼붓는 대욱에게 의아하다는 듯 되물었다.

"굿 레스토랑이 뭔데 그래요?"

"너 진짜 몰라? 굿 레스토랑! 머슐랭 가이드랑 견줄만한 세계적인 요리 잡지잖아."

경묵 역시 입을 쩍 벌린 채로 천천히 고개를 돌려 자신의 앞에 선 중국인 사내를 바라보았다.

정장을 말끔히 차려 입었음에도 불구하고 꽤 재재해 보이는 행색 탓에 평론가일 것이라고는 짐작도 하지 못하고 있었다지만, 굿 레스토랑이라면 분명 들어본 적이 있었다.

뒤에 나란히 서있던 정혁과 전병우는 잘 모르는 것인지 눈만 껌뻑이고 있을 뿐 아무런 말도 하지 않고 있었다.

그런데 그 때 대욱이 중얼거리듯 나지막이 말했다.

"그런데 굿 레스토랑 말이야, 2006년 이후로는 동양권의 식당이 기재된 건 본 적이 없는 것 같은데……."

그러고 보니 경묵 역시 불현 듯 몇 가지 사실들이 떠오르는 듯 했다.

'굿 레스토랑'

명실상부 최고의 입지와 영향력을 지닌 잡지이지만, 아시아를 외면하는 편파적인 잡지라는 비평을 피할 수 없었다.

그도 그럴 것이, 대욱의 말대로 2006년 이후로는 동양권의 식당이 기재된 이력이 단 한 번도 없었을 뿐더러 2006년에 기재되었던 중국 상하이 소재의 음식점 'dy dinner' 조차도 실은 프랑스 음식 전문점이었다.

그렇다보니 한 때 '굿 레스토랑'의 공정성에 대해 지적하는 글들이 봇물처럼 쏟아져 나왔었다.

굿 레스토랑이 그런 잡지인데, 그 곳의 음식작가 및 평론가가 중국인이다? 그리고 중국 요리를 소개하려 한다?

더군다나 중국 본토의 요리사도 아니고 한국인 요리사를?

분명 살짝 의구심이 들 수밖에 없는 대목이었다.

아무래도 미심쩍게만 여겨지는 것인지 대욱이 다시금 경묵에게 언질을 해 보였다.

"경묵아 그것 좀 물어봐봐. 내가 알기로는 동양권 요리는 물론이고 동양권 요리사들도 잘 다루지 않는 걸로 알고 있거든."

"아, 예. 저도 그 이야기는 몇 번 들었던 것 같아요. 꼭 한 번 여쭤볼게요."

더군다나 의아한 점이 한 가지 더 있었다.

다름 아니라 분명 이번 대회 등록 당시 팀장으로 등록된 것은 경묵 자신이 아니라 '형대욱'이었다.

그런데 찾기는 자신을 찾으니 의아하게 여기지 않으려야 않을 수 없는 노릇이었다.

더군다나 수상 이력이며 경력이며 모든 부분에서 확실히 대욱이 우위에 있다는 것은 부정할 수 없는 사실이었다.

사실상 경묵에게 내세울 이력이라고 해 보아야 한국에서 방영된 오너 셰프 코리아의 우승을 거머쥐었다는 것뿐인데, 사실상 한국 내에서나 인지도가 있는 것이고 알아주는 것뿐이지 세계 대회 우승 이력만은 못하다는 것이 분명한 사실이었다.

"큼, 흠."

목을 한 번 가다듬어 보인 경묵이 사내를 바라보며 물었다.

"저 그런데 칭 챠오씨. 저희 팀의 팀장은 제가 아니라 형 대욱 셰프입니다."

"아, 그 점은 알고 있습니다. 결례였다면 사과드리겠습니다. 다름 아니라 저희는 경묵씨를 위주로 취재를 하고 싶습니다."

이내 경묵이 의아하다는 듯 고개를 갸웃거리고는 되물었다.

"예? 어째서요? 저희 팀장 형대욱 셰프는 저와는 비교도 되지 않을 만큼 화려한 수상이력을 지니고 계십니다. 그런데 어째서 그럴싸한 이력 하나 없는 저를 취재하시겠다는 겁니까?"

대욱의 이력을 상세히 알고 있는 경묵으로서는 더더욱 이해할 수 없는 부분이었으나, 다음 순간 칭 챠오는 유한 미소를 한번 지어보이고는 그 이유를 오목조목 설명해나가기 시작했다.

"올해의 주제는 'legendry chef & become legendry chef' 입니다. 그러니까, 전설적인 셰프와 전설이 될 셰프에 대해 각각 선별하려는 겁니다."

"예? 그럼 저는……?"

"경묵 셰프께서는 이번에 발간될 저희 잡지에 'Korean become legendry' 셰프로 기재될 예정입니다. 물론 취재에 응해주신다면 말입니다."

명실상부 세계 최고의 요리 잡지 중 하나인 '굿 레스토랑'에 기재되는 것도 기쁜 일인데, 전설이 될 셰프에, 그것도 한국인 대표로 기재된다는 말인가?

저도 모르게 웃음이 새어 나올 수밖에 없는 대목이었지만 경묵은 최대한 내색하지 않으며 다시금 되물었다.

"그런데 저는 그럴싸한 이력이 없습니다. 그럴싸한 수상

이력도 없을뿐더러 아직까지는 제대로 된 업장이 없어서 자국에서 트럭으로 영업을 하고 있습니다. 상황이 그렇다 보니 어떻게 알고 찾아오신 건지에 대한 의문이 생길 수밖에 없는 것 같습니다."

칭 챠오는 동조한다는 듯 고개를 한 번 끄덕여보이고는 되물었다.

"혹시 영국의 레전드 셰프로 선별된 분이 어떤 분이신지 알고 계십니까?"

"아니요, 잘 모르겠습니다."

"바로 가든 램지 셰프입니다. 가든 램지 셰프는 요리 실력도 일품이지만, 세계 요리계에서 가장 영향력이 있는 인물 중 한 사람입니다. 적어도 올 해 까지는 말입니다."

꿀꺽-

이내 경묵이 침을 한 번 삼켜내 보이고는 칭 챠오의 입에서 흘러나올 다음 말을 기다리고 있었다.

가든 램지의 이름이 언급된 후로는 어느 정도는 짐작할 수 있었다.

지속적으로 우호적인 태도를 보이는 것은 물론이고, SNS를 통해서도 꾸준히 연락을 주고받고 있었으니 말이다.

그러나 이런 이야기는 한 마디도 들은 바가 없었다.

그리고 그 때 칭 챠오가 다시금 입을 뗐다.

"그런 가든 램지 셰프께서 그러시더군요. 인정하는 셰프가 딱 한 명 있다고 말입니다. 코리안 영 셰프. 바로 경묵 셰프 말입니다."

"하, 그게 사실이라면 정말 감사한 일이로군요. 그런데 가든 램지 셰프의 말 한 마디만으로 제가 그런 영광스러운 자리를 독차지해도 되는 것인지 의문이군요."

이내 칭 챠오가 짙은 웃음을 지어보이고는 답했다.

"경묵 셰프, 가든 램지 셰프가 아무리 영향력이 있다고 해도 저희 '굿 레스토랑'을 쥐락펴락 할 수는 없습니다. 저희에겐 수많은 전문가들이 있고, 저희는 경묵씨의 요리를 맛보지만 못했을 뿐, 인터넷에 등재되어있는 리뷰와 한국 내에서 방영되었던 프로그램으로 판독을 마친 바 있습니다."

"그런 일이 있었군요, 그러나 음식은 눈으로는 맛 볼 수 없지 않습니까? 맛도 보지 않은 음식을 어떻게……."

분명 기재되는 것은 본인에게 득이 되는 일이 분명했지만, 공정하지 않은 방법으로 영예의 전당에 오르고자 하는 의지는 눈곱만큼도 없었다.

그렇기에 경묵은 더욱 더 공정성에 대해서 오목조목 따지고 들고 있었다.

칭 챠오는 그런 경묵의 태도가 싫지만은 않은 것인지 고개를 살짝 까딱거려 보이고는 말을 덧붙였다.

"비디오 판독 결과 심사진 모두가 기재시키자는 의견을 만장일치로 보였습니다. 그래서 제가 이 곳에 왔죠. 심사위원으로서 경묵씨의 음식을 맛보기 위해서 말입니다."

이내 경묵이 눈을 크게 떠 보였다.

"허, 전혀 모르고 있었습니다. 그럼 오늘 제 음식 맛을 보신 것입니까?"

"예, 감동적인 맛이더군요."

"그러나 오늘 제가 경연에서 선보인 음식은 저와 팀원들이 함께 만든 요리입니다."

경묵이 엷게 떨리는 목소리로 말해보이자, 칭 챠오가 전과는 사뭇 다른 단호한 어투로 말을 이었다.

"저는 맛만 본 것이 아니라, 경묵 셰프 팀의 조리 과정 역시 지켜보았습니다. 총괄적으로 지휘를 맡은 헤드 셰프는 사실상 경묵 셰프였습니다. 그렇죠?"

"아, 예……. 그건……."

말끝을 한 번 흐려 보인 경묵이 아직 마음 한 구석 조금 남은 의구심을 미처 떨구어내지 못한 채로 물었다.

"그런데 말입니다, 조금 민감한 이야기지만 '굿 레스토랑'은 상당히 편파적인 잡지 아닙니까?"

이내 칭 챠오가 부드러운 미소를 지어보이고는 말했다.

"예, 그랬지요. 작년까지는 말입니다. 사실 제가 '굿 레스토랑'과 일하게 된 것은 올 해가 처음입니다."

"아아, 그럼 올해에 기용되셨다는 말씀이십니까?"

"예, 저 뿐 아니라 동양권 평론가 및 음식작가들이 대거 기용되었습니다."

품고 있던 모든 의문이 모두 정리되자, 경묵은 고개를 살짝 돌려 팀원들을 바라보았다.

대욱만이 기본적인 회화를 간신히 하는 수준이었고, 나머지는 아예 기본적인 의사소통도 불가능한 실력을 지니고 있었으니 둘 사이에 오고간 대화 내용을 통 알 수가 없었다.

덕분에 대화가 종료되고 경묵이 시선을 주기가 무섭게, 전 병우를 시작으로 질문 공세가 쏟아졌다.

"저 놈 뭐라는 거냐?"

"경묵아 뭐래?"

"정말 '굿 레스토랑' 맞는 거지?"

경묵은 웃음을 머금은 채 한 손으로 손사래를 쳐보이고는 답했다.

"잠깐, 잠깐! 아직 이야기를 마무리 지은 건 아니라 서요. 일단 자세한 건 객실에 올라가서 설명드릴 게요. 우선 다들 먼저 올라가서 쉬고 계시겠어요?"

이내 전병우가 시계를 힐끔 바라보고는 고개를 끄덕여 보 이며 말했다.

"그래, 오후 경연 시작되기 전에 조금이라도 쉬긴 해야지."

대욱 역시 경묵의 어깨를 가볍게 두드리며 친근한 목소리 로 말했다.

"먼저 올라가 있을게. 얼른 와서 알려줘. 궁금하다."

경묵 역시 살짝 눈웃음을 지은 채로 고개를 한 번 끄덕여 보이며 답했다.

"알겠습니다, 다들 올라가서 조금이나마 쉬고 계세요."

이내 팀원들이 하나 둘 조리실 밖으로 걸음을 옮기기 시작 했고, 칭 챠오에게 가볍게 묵례를 한 번씩 해보였다.

칭 챠오 역시 한껏 예를 갖춘 채 인사를 해 보이는 것으로 화답해 보였다.

팀원들이 모두 올라간 후, 경묵과 칭 챠오는 호텔 로비에 마련된 카페에서 이런저런 이야기를 나누기 시작했다.

인터뷰 일자를 비롯하여 여러 가지 이야기가 오간 셈 인데, 일단 인터뷰는 오늘 오후에 치러질 준결승 급의 경연을 마친 후 호텔 인근의 한 카페에서 진행하기로 하였다.

또한 칭 챠오가 미리 구비해둔 질문 리스트가 담긴 A4용지를 한 장 건네주었다.

'인터뷰란 게 다 그런 건가? 질문 내용은 다 비슷비슷하네.'

경묵은 생각이야 그렇게 했다지만 질문 내용은 비슷하다고 하더라도 나오는 대답은 천차만별이 될 수 있다는 사실을 알고 있었다.

이 또한 오너 셰프 코리아를 통해 뼈저리게 느낀 바 있었다.

다른 요리사들도 응했던 인터뷰였지만 유독 경묵의 인터뷰만 줄곧 화제가 되곤 하지 않았던가?

그렇기에 경묵은 어떻게 하면 조금 더 이색적인 대답을 할 수 있을지에 대해서 미리 고민하기 시작했다.

경묵이 그렇게 한참동안 천천히 인터뷰 용지를 살펴보던 때에 칭 챠오가 조심스레 입을 뗐다.

"저 실은 지금 제가 어려움을 겪고 있는 부분이 있습니다만, 혹시 조금이나마 도움을 받을 수 있을까 해서요."

"도움이요? 어떤……?"

경묵이 엷게 떨리는 목소리로 되묻자, 칭챠오가 답했다.

"다름 아니라 셰프를 한 명 찾아야 하는데, 소재지가 불분명 합니다. 아무리 쫓아도 찾을 수가 없더라는 겁니다."

"셰프요?"

"예, 전설의 셰프에 기재될 코리안 셰프인데 실제 활동 기간이 십 수 년도 전의 일인지라 좀처럼 찾을 수가 없더군요. 실은 그것 때문에 형대욱 셰프하고도 따로 이야기를 나눠 볼 요량이었는데, 혹시 경묵 셰프가 아시는 분은 아닐까 해서요."

"혹시라도 제가 아는 분이라면 백방으로 도움을 드리도록 하겠습니다."

사실상 경묵이 세계적으로는 고사하고 한국 요리계 에서조차 입지가 굳건한 것도, 이런저런 이들을 두루두루 알고 있는 것도 아니었기에 선뜻 대답하기가 망설여졌지만 예의상 해보인 대답이었다.

그리고 다음 순간, 칭 챠오의 입에서 나온 말은 경묵의 두 눈을 잔뜩 커지게 만들었다.

"요즘은 나름 희소성이 떨어진 제면 기술이라지만, 용수면 제면 기술을 만들었다고 알려진 셰프입니다."

칭챠오의 입에서 흘러나온 전혀 예상치 못한 말을 들은 경묵의 입 꼬리가 저도 모르게 씰룩거렸다.

용수면 제면 기술을 만든 것은 다름 아닌 자신의 스승이자 형대욱 셰프의 스승인 '전병우' 였다.

칭챠오가, 그러니까 '굿 레스토랑' 이 어쩌면 와전된 정보를 가지고 있는 것일 수도 있으니 잠시나마 입을 열지 않고 기다리기로 마음먹은 순간, 칭챠오가 경묵의 추측 위에 확신이라는 쐐기를 박는 말 한 마디를 흘렸다.

"이름은 전병우, 전병우 셰프를 찾고 있습니다. 현재 나이는 70대 이상으로 추정되고요. 마정석을 이용하여 노화를 억제시켰다고 해도 아마 60대 초반 내지 50대 후반 정도의 외모를 가지고 계실 것이라고 짐작 중입니다."

이내 경묵이 저도 모르게 실소를 흘렸다.

경묵은 설명을 이어가는 칭챠오를 빤히 바라보기만 할 뿐 무어라 말을 이을 수 없었다.

그도 그럴 것이 이는 경묵에게도 꽤나 갑작스럽게만 여겨질 수밖에 없는 일이었다.

"어쨌든 저희는 몇 가지 단서를 가지고 있는 상황이기도 합니다. 동시대에 활약했던 한국 요리사들에게도 연락을 취해놓은 상황이고, 오후에 인터뷰가 진행되기 전에 경묵 셰프의 팀원으로 있는 형대욱 셰프에게도 도움을 구해볼 요량이었거든요."

이내 경묵이 천천히 입을 뗐다.

"음, 대욱 셰프가 전 선생님 제자시니까요?"

경묵이 대수롭지 않게 말해보이자, 칭챠오가 두 눈을 크게 떠보이며 격양된 목소리로 되물었다.

"어, 어떻게 아셨죠? 저희 측에서도 상당히 어렵게 입수했던 정보였는데 말이에요. 아아, 하긴 대욱 셰프와 한 팀이시니 대욱 셰프를 통해서 들으신 걸까요?"

"음, 실은 저도 전병우 셰프님 제자거든요. 대욱 셰프님이 제 사형쯤 되시는 분이시기도……."

풉–!

경묵의 말이 끝나기도 전에 칭챠오가 입 안 가득 머금었던 주스를 뿜어내고 말았다.

고운 주스 입자가 경묵의 얼굴 위에 미스트 마냥 내려앉았지만, 경묵은 전혀 개의치 않고 냅킨 몇 장을 꺼내어 들어 얼굴을 몇 번 닦아냈다.

경묵보다 훨씬 더 당황한 듯 보이는 칭챠오는 양 손으로 손사래를 쳐보이고는 말을 이었다.

"아이고, 정말 죄송합니다. 죄송해요, 경묵 셰프. 정말 미안합니다."

사실 칭챠오 입장에서는 놀라지 않을 수 없는 이야기이기도 했고, 반쯤은 빙빙 돌려 말한 자신의 탓이라 생각한 경묵이 밝은 목소리로 답했다.

"아닙니다, 그럴 수도 있죠."

"이런, 옷에도 잔뜩 묻으셨군요. 세탁비라도……."

칭챠오가 지갑을 꺼내려는 듯 바지주머니를 뒤적거리자, 이번에는 경묵이 손사래를 쳐보이고는 유한 목소리로 말했다.

"아닙니다, 세탁비는 괜찮아요. 차라리 저녁에 맥주라도 한 잔 사주시죠. 인터뷰를 근처 주점에서 하는 것은 어떨까요? 마친 후에는 저희들끼리 간단히 담소라도 나누고 말이에요."

경묵의 입에서 흘러나온 친근함이 잔뜩 묻어있는 말 몇 마디에 칭챠오가 웃음을 지어보이고는 수락의 의미로 고개를 몇 번 끄덕여보였다.

칭챠오는 오늘 생전 처음 본 타국의 요리사와 대화를 하고 있을 뿐이었으나, 말도 안 될 만큼의 친근함과 포근함을 느끼고 있었다.

마치 오랜 친구와 간만에 만나 대화를 나누는 기분이었다.

칭챠오는 '굿 레스토랑'에서 일을 하기 전 까지만 하더라도, 규모가 작은 중국 내의 잡지사에서 음식관련 칼럼을 싣곤 했었다.

그때 만났던 셰프들은 경묵과 달라도 한참 달랐는데, 대부분이 자기 자신에 대한 자부심과 나르시즘에 젖어있는 이들이었고 알량한 갑질을 하곤 했었다.

물론 중국의 작은 잡지 내 음식 칼럼 작가에서 '굿 레스토랑'의 음식작가로 타이틀이 달라진 지금도 마찬가지였다.

상대하는 셰프들의 등급이 올랐고, 스타덤에 오른 대부분의 셰프들이 자신의 가치를 드높이는 방법이 남을 깎아내리는 것뿐이라고 생각하고 있는 것 같았다.

그렇다보니 경묵을 위해서 공정성을 위배하지 않는 한에서 최고의 칼럼을 써주고 싶다는 생각이 들었다.

이내 칭챠오가 입을 떼자, 엷게 떨리는 목소리가 흘러나왔다.

"경묵씨는 다른 셰프들과는 조금 다른 것 같습니다."

"그런가요?"

"네, 확실한 것 같군요."

경묵은 어깻짓을 한 번 해보이고는 다시금 말을 이었다.

"어쨌든 전 선생님 문제라면 걱정 않으셔도 될 것 같아요. 원하신다면 지금이라도 불러 드릴 수 있으니까요."

"예? 그럼 전병우 셰프께서도 지금 상해에 계시다는 말씀이신가요?"

칭챠오가 놀랍다는 듯 되묻자, 경묵은 태연한 표정으로 고개를 한 번 끄덕여 보인 후에 무심한 목소리로 말했다.

"네, 같은 객실을 쓰고 있습니다."

이내 칭챠오가, 손바닥을 살짝 들어 올려 보이고는 말을 이었다.

"잠깐, 혹시 경묵씨 팀에 기재되어있는 전병우씨를 말씀하시는 겁니까?"

"예, 그렇습니다."

경묵이 단호한 목소리로 대답하자, 의아하다는 듯 고개를 살짝 갸웃거려 보인 칭챠오가 말을 이었다.

"그런데 전병우 셰프는 지금 적어도 70대의……."

"그렇죠. 연세만 놓고 본다면 말이에요. 전병우 선생님 맞으십니다. 제가 처음 뵀을 때만 하더라도 오늘 내일 할 것 같은 노인네 였거든요."

칭챠오가 다시금 믿기지 않는다는 듯 작은 눈을 크게 떠 보이며 조심스레 말했다.

"아니, 아무리 마정석의 힘이라고 해도 시간을 거스르는 건 말도 안 된다고 생각합니다."

경묵은 대답 대신 검지를 들어보였다.

꿀꺽-

침을 한 번 삼켜내 보인 칭챠오가, 게슴츠레한 눈으로 경묵의 검지 끝을 바라보기 시작했고, 경묵은 옅은 미소를 머금은 채 검지 끝에 불을 살짝 키워내 보였다.

화라락—

화동과의 계약을 통해 얻어낸 화력조절 스킬이었다.

이 또한 반복적으로 사용하다보니 어느새 상위 스킬로 진화하여, 작은 규모로 발화를 할 수 있게 되었다.

그리고 마나의 양이 충분하다면, 자의적으로 불꽃의 규모를 조절할 수도 있었다.

넋 놓고 경묵의 검지 끝에서 춤추고있는 불꽃을 바라보던 칭챠오는 다음 순간 입을 쩍 벌릴 수밖에 없었다.

경묵이 다음 순간 불꽃의 규모를 키워낸 것이다.

'화력조절!'

경묵은 자신이 가지고 있는 마나의 반 정도를 사용해 불꽃의 크기를 키워냈다.

촤화르르르륵—!

갑작스레 덩치를 키운 불꽃이 칭챠오의 양 뺨위에 잠시나마 붉은 색이 맴돌게끔 빛을 비춰댔다.

덕분에 호텔 로비 카페에 있던 이들의 이목이 경묵의 손끝으로 집중되었다.

경묵은 곧장 불꽃을 없애 보인 후에 말했다.

"각성의 힘은 아시다시피 한계라는 게 없습니다. 갑작스레 사람들에게 주어진 이 힘이 정해져있던 모든 기준을 뭉그러트렸죠. 마정석도 마찬가지입니다. 사람들이 마정석에 설립해둔 '일반적인 기준'은 오롯이 알려지지 않은 선까지일 뿐입니다."

이내 칭챠오가 작게 손뼉을 쳐 보였다.

짝짝짝-

"정말 대단하군요. 이런 이능을 실제로 본 것은 거의 처음인 것 같습니다. 가끔 가상의 공간에서 물건을 꺼내는 것이야 몇 번 본 바가 있지만 말입니다."

"이 또한 일부일 뿐입니다. 어쨌든 저희 팀의 팀원으로 등록되어있는 '요리사 전병우'가 '굿 레스토랑'이 애타게 찾는 레전드 셰프가 맞습니다. 용수면의 창시자이자, 대욱 셰프의 스승 전병우 말이에요. 저 또한 그분께 용수면 제면을 전수받았고요."

칭챠오는 만족스럽다는 듯 입 꼬리를 말아 올려 보였다.

수사(?)에 난항을 겪고 있던 터였는데, 예상치도 못했던 경묵에게 큰 도움을 받게 되었으니 기쁘지 않을 수가 없었다.

"정말 다행이군요. 그럼 전병우 셰프와 함께 볼 수 있을까요? 저녁에 말입니다."

"그건 문제없습니다만……."

경묵이 말끝을 흐려보이자, 칭챠오가 고개를 살짝 기울인 채 경묵의 다음 말을 기다렸다.

찰나의 정적을 깬 경묵의 목소리는 불안정했다.

"그 분을 설득하는 것은 칭챠오씨의 몫일 겁니다."

"그게 무슨……?"

백문이 불여일견이라 했던가?

그저 칭챠오가 전병우와 직접 만날 수 있게끔 다리를 놔

주는 것이 최고의 방법일 것이다.

경묵은 씽긋 미소를 지어보이고는 대충 말을 매듭지었다.

"어쨌든 저녁, 준결승이 끝난 후에 이 근처 주점에서 함께 뵙는 걸로 알고 있겠습니다."

"이렇게 도움을 받게 될 줄은 몰랐어요. 정말 감사합니다."

미소를 머금은 채 가볍게 묵례를 해보인 경묵이 먼저 자리에서 일어섰다.

이내 뒤따라 몸을 일으킨 칭챠오가 한 손을 경묵에게 건네자, 경묵이 자신의 투박한 손으로 그의 손을 적당히 꽉 쥐었다.

힘이 잔뜩 느껴지는 경묵의 손은 말 그대로 투박했지만, 정말 따뜻했다.

그 온기 탓에 미소를 지어보인 칭챠오가 다시금 말을 입을 뗐다.

"그럼 저녁에 뵙겠습니다."

"싫어. 절대로 안 해."

전병우의 단호한 대답에 경묵이 웃음을 살짝 머금은 채 답했다.

"내 이럴 줄 알았지."

"뭘 '내 이럴 줄 알았지' 야? 쨌든 귀찮아, 내가 누구 좋으라고 그 짓거리를 해?"

경묵은 별로 개의치 않는다는 듯 고개를 한 번 끄덕여 보이고는 다시금 입을 뗐다.

"뭐 어쨌든 저녁 경연 끝난 후에 같이 나가기는 해야 해요. 데려갈 거라고 약속했단 말이에요."

"아니, 너는 왜 나한테는 물어보지도 않고 약속을 잡아?"

이내 경묵이 능글맞은 투로 답했다.

"것 참, 우리 고용계약서 쓴 거 모르십니까? 사제지간 이전에 고용주와 고용인 사이라고요."

"어쭈? 이 놈 봐라?"

"업무의 연장선이라고 생각하세요. 대신 인터뷰를 할지 말지에 대해서까지 강요하거나 하지는 않을 테니까요."

굿 레스토랑이 명실상부 최고의 요리 잡지인 것은 백 번 옳은 이야기였지만, 전병우와는 무관한 이야기인 듯 했다.

더군다나 이 상황을 예상치 못했던 것도 아니었기에 경묵은 어느 정도 무던하게 상황을 받아들일 수 있었다.

이내 전병우가 잔뜩 이죽거리는 투로 말을 이었다.

"내가 이래서 휴대전화도 안 터지는 강원도 산골짜기에 숨어서 산 거야. 제기랄, 귀신은 뭐 하는지 모르겠네. 나 귀찮게 하는 놈들 안 잡아가고 말이야."

경묵은 어깨를 한 번 들썩여 보인 후에 말했다.

"지금 스승님 언사야말로 다른 셰프들이 들으면 통곡을 금치 못할 언사입니다. 남들은 하고 싶어서 안달이 난 걸 뭐가 그렇게 귀찮으시다고……."

이내 경묵과 전병우, 두 사람 사이에 오가는 대화를 가만히 듣고 있던 세 사람.

지언과 대욱, 정혁도 끼어들어 한 마디씩 거들었다.

세 사람 중 가장 먼저 시작을 끊은 것은 대욱이었다.

"아니, 영감님. 뭘 잘 모르시나 본데 거기 말이에요, '미슐
랭 가이드'만큼 영향력이 있는 곳이라고요. 그게 돈이 얼마
나 굳는 건지 알아요? 공짜로 광고 해주는 거나 마찬가지라
고요."

쇼파에 반쯤 드러 누워있던 정혁도 아랫입술을 삐죽 내민
채 전병우를 살짝 노려보다가 입을 뗐다.

"모르긴 몰라도 아마 '굿 레스토랑' 인터뷰를 거절하는 셰
프는 세상에 없을 걸요?"

지언 역시 곧장 가세했다.

"솔직히 저라면 아무리 하기 싫어도 경묵이 형을 위해서
라도 억지로 했을 거예요. 2차적, 3차적인 파급효과까지 생
각해본다면 말이에요."

이내 전병우가 객실 중앙 협탁 위에 올려져있던 곽 티슈를
집어 들어 마구잡이로 휘둘러 대며 신경질적인 목소리로 말
했다.

"이 자식들이?! 이거, 이거 다 한 통속들이고만? 정 그러
면 니들도 인터뷰 제의 받아! 니들은 수락하면 될 것 아냐?"

그 상황을 재미있다는 듯 지켜보던 경묵이 다시금 입을 뗐
다.

"것 참, 스승님. 웬만하면 그냥 합시다. 묻는 말에 대답만
하면 되는 것을 뭐 그리……."

경묵이 말을 마치기도 전에 객실 안에 있던 모두가 다시금 한 마디씩 거들기 시작했다.

"그래요, 해요."

"하세요."

"그냥 하시는 게 낫지 않을까요?"

이내 자신을 설득하고자 달려드는 네 사람을 번갈아 바라보던 전병우가 고개를 한 번 내저어 보이고는 답했다.

"에휴, 이것들이……. 됐다, 이놈들아."

전병우는 고갯짓을 하며 혀를 몇 번 차보이고는 등을 돌려 침실 안으로 걸음을 옮겼다.

그 뒷모습을 바라보던 지언이 옅은 미소를 머금은 채 나지막이 말했다.

"안 하신다에 100만원 걸게요."

이번엔 정혁이.

"100만원 추가."

탁-!

전병우가 침실 문을 굳게 닫는 소리가 울려 퍼진 후에 연신 턱만 쓸어내리던 경묵도 조심스레 입을 뗐다.

"난 하신다에 100만원."

아무런 말없이 재미있다는 듯 바라보던 대욱이 고갯짓을 해보이고는 말했다.

"나는 빠질게."

이내 정혁이 눈을 게슴츠레하게 떠보이고는 말했다.

"에? 제일 유리하신 분이 빠진다고요?"

"응, 저 노인네 속을 읽을 수 있는 사람이면 주방 말고 돗자리 위에 앉아서 일하는 게 훨씬 많이 벌 수 있을 걸?"

이내 정혁이 콧김을 뿜어대며 고개를 끄덕여보이고는 말했다.

"아, 일리 있는 말씀이십니다. 알다가도 모르겠다니까요."

이내 피식하고 웃음을 지어보인 경묵이 자신에게만 들릴 만큼 작은 소리로 나지막이 말했다.

"나는 그래도 대충은 알겠던데."

어느덧 둘째 날, 오후 경연을 코앞에 두고 있었다.

사실상은 준결승이나 다름없는 경연이었음에도 불구하고 경묵 팀은 비교적 가벼운 마음으로 조리실로 향하고 있었다.

이제 치러질 경연인 '둘째 날 오후 경연'까지 살아남은 팀은 경묵 팀을 포함해 겨우 네 팀뿐이었다.

김영오의 팀은 오전에 치러진 경연에서 아쉽게 탈락했고, 정필상 팀 역시 탈락을 면치 못했다.

이제 현지 요리사들로 구성된 팀들만이 살아남은 상태였고, 유일하게 타지 요리사들로 구성된 팀은 경묵의 팀 뿐이었다.

탁-!

조리실 문이 열렸다가 닫히는 소리가 나자, 안에 있던 이들의 이목이 문 쪽에 쏠렸다.

위풍당당하게 들어선 경묵 팀의 팀원들이 당찬 걸음으로 자신들의 조리대를 향해 걸음을 옮기기 시작했다.

경묵의 팀이 다른 참가팀들에 비해 유난히 돋보이는 것은 당연지사였다.

그도 그럴 것이 우선 조리복이 특이했다.

디자이너 노경민에게 특별히 제작 의뢰를 맡긴 후 조달받은 경묵 팀의 조리복은 깔끔한 흰색의 평범한 조리복이었으나, 곳곳에 훈민정음이 새겨져 있었다.

다른 팀들의 평범한 조리복과 외관부터가 달랐는데, 사실 경묵 팀의 조리복에는 내장되어있는 '조리 능력치' 상승 효과까지 담겨있으니 가히 비교를 불허한다 해도 과언이 아니었다.

더군다나 팀의 수장인 경묵 덕분에 더욱 돋보였다.

앞서 열린 경연에서 자신의 두각을 한 없이 나타냈던 경묵은 이번 대회 내에서 이미 주요의 인물로 점지되어있는 상태였다.

더군다나 모델을 비롯한 방송인이라고 해도 의심치 않을 만큼 훈훈한 외모와 길게 뻗은 기럭지는 같은 남자가 보더라도 정말 매력적인 요인이라 할 수 있었다.

앞장서서 걷던 경묵이 허공(인벤토리)에서 조리도구를 꺼내 조리대 위에 올려두는 동안, 다른 팀 요리사들은 닭 쫓던 개가 지붕을 올려다보듯 멍한 표정으로 그런 경묵을 살피고 있었다.

우선 경묵의 최고의 장점은 중국어를 능수능란하게 구사한다는 점이었다.

마치 현지 요리사라고 해도 믿을 정도로 억양, 문법, 어휘력까지.

어느 부분에서도 미숙한 점을 드러내지 않는 중국어 실력.

이미 대회 심사위원으로서 참여한 현지 중식의 거장들은 경묵을 눈여겨보고 있었다.

실력도 실력이지만, 경묵만이 지니고 있는 고유한 특성들이 오목조목하게 맞물려 상품가치를 띄고 있었던 것이 그 이유였다.

애석하게도 그런 이유로 경묵을 바라보고 있는 이들은, 경묵의 뒤에 주둔하고 있는 거물 투자자 최태룡의 존재에 대해서는 조금도 모르고 있었다.

"흠."

재료를 한 번 살피던 경묵이 다시금 인벤토리 안에서 미리 숙성시켜둔 밀가루 반죽을 꺼냈다.

탁-!

조리대 위에 매쳐진 반죽은 랩으로 돌돌 쌓여있었는데, 그 모습이 제법 그럴싸해 보였다.

이내 밀가루 반죽의 모습을 확인한 다른 팀의 팀원들이 수근덕대기 시작했다.

여기까지 살아남은 경쟁자들은 경묵 팀에 대한 정보를 눈을 감고도 줄줄 읊을 정도로 꿰고 있었다.

대욱이야 중국에서도 제법 인지도가 있는 셰프였고, 경묵의 자료들은 인터넷 검색 한 번만 해보더라도 쉬이 알 수 있었다.

두 셰프 모두 용수면으로 이름을 알렸다는 공통점이 있었고, 타 참가자들은 물론이고 심사위원들 조차 경묵 팀이 언제 용수면을 선보일지에 대해서 학수고대하고 있는 실정이었다.

"그 대단하다는 용수면 한 번 볼 수 있겠군."

"그래봤자 잡기야, 현지의 맛을 보여주자고."

경묵은 발달된 청각들 덕분에 곳곳에서 들리는 목소리들을 모두 들을 수 있었다.

그러나 내색은 전혀 하지 않았고, 가끔 재미있는 이야기가 들려올 때면 코웃음을 치는 선에서 그치곤 했다.

그도 그럴 것이 여태껏 질타와 비난이라면 셀 수 없을 만큼 받아왔고, 그 이유는 하나같이 실력에 대한 것이 아니라 출신이나 배경에 대한 것들뿐이었다.

사실 억울한 노릇이기야 했다지만, 오히려 그렇다보니 더욱 더 초연하게 받아들일 수 있었다.

'계집들도 아니고 질투하는 꼴 하고는…….'

경묵은 피식하고 웃음을 지어보인 후에, 준비된 재료들을 다시금 하나씩 꺼내기 시작했다.

미리 푹 고아내 얼려두었던 사골 국물과, 김치, 그리고 달달한 양념에 버무려둔 돼지갈비까지.

사실상 상상만으로 맛을 조합시키기에는 무리가 있는 재료들이었고, 사골국물을 제외하고는 현지 요리사들에게 만큼은 하나같이 생소한 재료들이었기 때문에 재료를 보고도 구상중인 음식과 그 음식의 맛을 상상하는 시도조차 불가능했다.

다만 심사석에 앉아 멀찍이 떨어진 경묵의 조리대를 바라보던 한인 심사위원 '엄수환'은 조리대 위에 놓인 재료들을 바라보고는 만족스럽다는 듯 고개를 끄덕여보였다.

옆에 앉은 젊은 심사위원이 물었다.

"어디 마음에 드는 요리가 나올 것 같은 팀이라도 있으십니까?"

"아아……. 저기 저 한국인 팀 있잖아, 내 예상이 틀리지 않는다면 역작 급의 요리를 선보일 것 같은데 말이야."

옆 자리를 지키던 젊은 심사위원이 눈을 게슴츠레하게 뜬 채로 경묵 팀의 조리대 위에 올려둔 재료들을 엿보며 말을 이었다.

"저 팀이라면 모두 기대를 걸고 있긴 하지요. 줄곧 참신한 맛을 선보였으니 말입니다. 제가 보기에 저 팀은 중식이라는 타이틀에 발을 살짝 걸쳐둔 채 몹시 다채로운 요리를 펼치고 있어요."

엄수환이 동조한다는 듯 고개를 한 번 끄덕여 보였다.

"중식의 경우 대부분의 소스나 국물 농도를 전분으로 맞추지 않습니까? 양식의 경우에는 대부분 밀가루를 이용해서 농도를 맞추고 말이에요."

"그렇지."

"저 팀 요리사들은 그런 상식들을 박살내는 레시피들을 꺼내서 선보이죠. 오늘 오전에는 해물 볶음의 농도를 전분이 아닌 밀가루와 버터로 맞추고, 매운 맛은 고추장으로 냈었죠."

이내 엄수환이 저도 모르게 웃음을 흘려내고 말았다.

"크큭, 아주 멋있는 친구들이야."

"사실 그런 새로운 시도들을 보면 가끔 의아할 때가 있어요. 기존 중식의 조리 방식에서 위배된 것이 사실이니까요. 그런데 놀라운 건 그렇게 융화된 조리법으로 만들어낸 요리의 맛 같습니다."

이내 엄수환이 호기심이 어린 미소를 지은 채 젊은 심사위원을 지그시 바라보았다.

젊은 심사위원 역시 엷은 미소로 화답해보이고는 말을 이었다.

"그러니까, 일단 저들의 요리는 감칠맛이 납니다. 그러니까…… 그, 기존 중식의 허점을 색다른 조리법으로 매우는 것 같다는 느낌이 들어요. 그리고 맛을 보았을 때는 중식의 맛이라는 사실을 부정할 수 없다는 것도 명백한 사실이지요."

"하하하, 역시 자네는 나와 생각이 통하는 군."

사내는 고개를 살짝 저어보이고는 말했다.

"아니요, 어쩌면 저들의 요리를 맛 본 모두가 같은 느낌을 받고 있을지도 모르겠습니다. 어쨌든 저들의 요리는 색다르지만, 기존의 중심을 잃지 않은 요리에요. 언젠가 저들의 식당에 찾아가서 맛보고 싶습니다. 그에 합당한 금액을 지불하고, 심사가 아니라 식사를 하러 가고 싶다는 마음이 샘솟아요."

젊은 심사위원이 말한 그대로였다.

경묵은 현재 모든 메뉴의 레시피에 다른 분야의 조리법을 섞어내고 있었다.

예를 들면 농도를 맞출 때 밀가루와 버터를 융합하여 만든 *루(서양요리에서 소스나 수프를 걸쭉하게 하기 위해 밀가루를 버터로 볶은 것)를 이용한다든지 하는 것들이 대표적인 예였다.

이처럼 다른 분야의 조리법을 조금씩 융합하는 것만으로 새로운 맛을 낼 수 있었는데, 사실 이는 경험이 부족한 경묵에게 있어서는 절대적으로 불가한 일이었다.

그리고 이를 가능케 한 것은 오직 경묵의 날카로운 감각이었다.

경묵은 이번 대회에서 선보일 레시피들을 구상할 때, 방 안에 틀어박혀 여태껏 맛본 음식들의 맛을 되짚어 보는 것에서부터 시작했다.

그 과정을 지나면, 곧장 혀가 기억하고 있는 맛을 모두 끊어냈다.

하나의 대중가요 안에도 수 십 가지의 소리가 어우러져 있듯, 간단명료한 요리라 하더라도 그 안으로는 수 십 가지 조리법과 맛이 어우러져 있었다.

경묵은 그렇게 연상시킨 음식 안에 어우러진 수십 가지의 맛을 하나씩, 하나씩 나눈 다음 다시 머릿속에서 자신이 아는 중식 재료들이나 조리법, 또한 완성된 요리와 재조립시키는 과정을 거듭했다.

이 모든 것이 일반인과는 견줄 수 없을 만큼 날카롭고 또 날카로운 감각이 있었기에 가능한 일이었다.

엄수환은 한쪽 벽면에 걸린 시계를 바라보고는 말했다.

"어쨌든 앞으로 한 시간 안이면 맛 볼 수 있겠어."

그가 주름진 입가를 한 번 혀로 쓸어 보이며 말하자, 옆에 앉은 젊은 심사위원이 한 마디 거들었다.

"저 정도 맛인데 웨이팅이 한 시간 남짓한 시간이라니, 굉장히 만족스럽군요."

얼마 지나지 않아 사회자가 경연의 시작을 알렸다.

이번 경연은 준결승인 만큼, 외부 인사들 여럿도 자리를 잡고 앉아 경연을 관람할 수 있었다.

물론 관람을 하는 외부 인사들 역시 철저한 외부인이나 일반인이 아닌, 칼럼리스트나 음식작가들 혹은 요리사들이나 투자자들이었다.

경연이 시작되자, 장 내 곳곳에서 명쾌한 소리들이 울려 퍼지기 시작했다.

웍이 화구와 닿으며, 칼이 도마와 닿으며, 따오기(중화 국자)가 웍과 닿으며 청량하고 명쾌한 소리들이 올라갔고, 일제히 불이 올라온 화구들 탓인지, 아니면 열기 탓인지 조리실 내부가 상당히 후끈해진 듯 했다.

그렇게 장내의 모든 요리사들이 하나같이 분주히 움직이고 있는 와중에, 경묵팀 만큼은 한가하게 조리를 이어나가기 시작했다.

그도 그럴 것이, 두 개 내지 세 개의 메뉴를 선보이기 위해 조리대 위에 그럴싸한 재료들을 잔뜩 쌓아둔 다른 팀들과는 다르게 경묵 팀은 단 한 가지 요리만을 준비했기 때문이었다.

"이건 내가 보기에 결승전에서 선보여도 될 법한 요리 같은데 말이야."

대욱이 야채를 다져내며 아쉬운 듯 말했지만, 경묵은 대답 대신 웃음을 한 번 지어보이는 것으로 대신했다.

이번 경연에서 준비한 요리는 경묵이 일전에 오너 셰프 코리아의 결승에서 선보인 요리와 비슷했다.

일전에는 소고기 무국을 베이스로 한 용수면을 선보였다면, 이번에는 사골 국물과 김치를 이용하여 담백하고 깊은 맛을 내는 용수면을 선보이려는 것이었다.

용수면의 특성상 얇은 면 사이사이에 국물의 맛과 향이 깊히 스며들 수밖에 없고, 일전에는 고명으로 파와 다진 고기만을 올렸다면 이번에는 달달한 양념이 잔뜩 배어있는 돼지 갈비를 얹을 생각이었다.

물론 일반적이지 않은 방식으로 말이다.

점도를 최대한 적절하게 맞추기 위하여 반죽을 연신 조리대 위에 메치던 전병우가 이마 위에 맺힌 땀을 손 등으로 쓸어낸 후에 말했다.

"됐다. 시작해라."

전병우의 말을 끝으로, 경묵이 양 손을 몇 번 비벼대다가 반죽을 붙잡고 제면을 시작했다.

'용수면 제면.'

다시금 기계처럼 움직이기 시작하는 몸에 모든 제면 과정을 떠맡겼다.

온 몸의 세포 하나하나가 자동적으로 움직이는 묘한 기분에 취해, 그 흐름에 몸을 맡기고 눈 앞에 펼쳐지는 광경을 천천히 바라보았다.

길게 늘어난 면이 춤추는 모습에, 다시금 모두의 이목이 집중되었다.

꿀꺽—

뒤에서 김치를 알맞은 크기로 썰어내던 정혁은 몇 번이고 보았던 광경임에도 불구하고, 잔뜩 기대를 안은 채 바라보고 있었다.

몇 번이고 보았던 정혁도 진기하다는 생각밖에 들지 않는 광경인데, 처음 보는 이들이라면 오죽하겠는가?

이미 심사석에 있던 심사위원들 중 태반이 의자에서 기립한 상태로 자라처럼 목을 쭉 뺀 채 경묵의 제면 과정을 엿보고 있었다.

설령 그렇지 않은 이들이라고 해도, 초연한 태도를 유지하지는 못하고 분주하게 저들의 심사용지에 무어라 적어대고 있었다.

점점 가락이 얇아지기 시작한 경묵의 면이 이윽고 지어진 이름 그대로 용의 수염처럼 얇은 굵기를 뽑내기 시작했다.

경묵은 만족스럽다는 듯 고개를 한 번 끄덕여보이고는 말했다.

"우선 냄비에 물만 끓여두고, 면은 즉석에서 끓여서 주는 걸로 해요. 면 익히는 건 스승님이 해주실 수 있죠?"

"알았다."

대답을 마친 전병우는 사골 냄비 앞에 서서 눈대중으로 사골 물의 온도를 살폈고, 그 다음 빈 냄비에 물을 담아 끓이기 시작했다.

용수면의 특성상 면발이 얇아 익는 시간이 굉장히 빠르다.

또한 퍼지는 시기도 상대적으로 빠르기 때문에, 본연의 맛을 맛 볼 수 있게끔 해주기 위해서는 즉석에서 끓여주는 것이 가장 적합한 조리방법일 것이다.

모든 밑 작업을 마친 정혁은 개수대에서 흘러나오는 물로 손을 씻으며 물었다.

"경묵아, 나는 이제 뭐 할까?"

"어, 형은……."

주변을 한 번 둘러보던 경묵이 미소를 머금은 채 장난기 어린 어투로 말했다.

"구경하세요."

그 후로 오 분이나 지났을까?

제한 시간 한 시간중 반이 겨우 조금 지났을 때, 경묵이 손을 들어보였다.

이는 조리를 마쳤다는 암묵적인 신호였다.

경묵이 손을 들어보이자, 심사위원들이 놀랍다는 듯 저들끼리 눈짓을 주고 받다가 천천히 경묵의 조리대 앞으로 걸음을 옮기기 시작했다.

전병우는 그 때 물이 펄펄 끓어오르고 있는 냄비 안에 제면된 용수면을 넣어 익히기 시작했고, 형대욱은 능숙하게 작은 접시에 사골국물을 담아냈다.

이번에는 앞선 경연들과 달리 심사위원들이 구역을 나누어 심사하지 않고, 일제히 나서 심사를 진행했다.

심사위원들은 기대 어린 표정으로 경묵 팀의 조리대 위를 살펴보기 시작했고, 엄수환은 시선을 조리대에만 두지 않았다.

엄수환의 시선이 잠시 솟구쳐 올라 면을 삶아내고 있는 전병우의 얼굴 위에 잠시 머무르다가 제 자리로 돌아갔다.

어쨌든 경묵의 조리대 위에는 고명으로 얹으려고 미리 준비해둔 밑 재료들이 담긴 접시가 있었고, 그릇 안에 황량하게 담겨있는 흰색 사골 국물이 있었다.

사골 국물이 담긴 그릇이 심사위원들의 머릿수와 일치하는 것으로 보아 삶아진 면을 저 국물 안에 넣으려는 것이겠거니 하고 예상했다.

또한 냄비 안에서 익혀지고 있는 얇은 면발.

꿀꺽-

침이 절로 목구멍을 넘어갈 만큼 제법 기대가 되는 조합이었는데 의아한 것이 딱 한 가지 있었다.

바로 조리대 위에 올려져있는 양념 돼지갈비였다.

달달한 양념에 재워져있는 돼지 갈비는 가열을 전혀 거치지 않은 상태로, 말 그대로 날 것 그대로였다.

이내 가장 큰 기대를 안고 있던 심사위원, 엄수환이 가장 먼저 나서서 물었다.

"저 돼지고기는 사용하려다가 사용하지 않기로 한 것인가?"

이내 경묵이 고개를 한 번 저어보이고는 말했다.

"아니요, 이제 익힐 요량입니다."

소가 아니라 돼지고기 였다.

절대적으로 완벽하게 익혀야하고, 가열조리를 거치는 시간이 절대로 적지 않은 돼지고기를 그 자리에서 익혀주겠다는 뚱딴지같은 소리를 하니 의아하지 않을 수가 없는 노릇이었다.

이내 심사위원들이 의아하다는 듯 고개를 갸웃거리던 순간.

"됐다, 시작하자. 경묵아."

전병우가 말을 마치기가 무섭게 면을 건져내서는 물기를 털어내기 시작했고, 경묵은 기다렸다는 듯 나지막이 말했다.

"그럼 시작하겠습니다."

화르륵-!

이내 모두의 시선이 다시금 경묵에게로 집중된 순간, 경묵이 손끝에 마나를 모아 작은 불꽃을 만들어냈다.

경묵의 손끝에서 타오르기 시작한 불꽃은 천천히 크기를 키워나가기 시작했고, 이내 경묵의 양 뺨에 붉은 빛이 살짝 맴돌기 시작했다.

"잠시 뒤로 물러나 주시겠습니까? 뜨겁거든요."

경묵이 사뭇 비장한 어조로 말해보이자, 심사위원들이 저들끼리 눈빛을 주고받기 시작했다.

꿀꺽-

침을 한 번 삼켜 보인 엄수환이 기대어린 눈빛으로 경묵을 한 번 바라보고는 가장 먼저 뒤로 한 발 물러섰다.

엄수환 위원을 시작으로 심사위원들이 줄줄이 한 걸음씩 물러서기 시작했다.

경묵이 다시금 득의의 미소를 지어보이고는 불꽃의 크기를 키우기 시작했다.

차라락-!

손끝에서 잔잔하게 춤추던 불꽃이 천천히 크기를 키워나가기 시작했으나, 전과는 사뭇 다른 형태를 띄기 시작했다.

점점 커지기 시작한 불꽃이 이내 경묵의 손을 코팅이라도 하는 것 마냥 뒤엎기 시작했다.

이내 불꽃에 뒤덮인 경묵의 손을 바라보던 모든 이들의 눈빛에는 말로 형언할 수 없는 경이로운 감정이 녹아들어 있었다.

물론 정작 당사자인 경묵은 전혀 개의치 않는 다는 듯 옅은 미소를 머금은 채 불꽃으로 뒤덮인 자신의 손을 돼지갈비에 가져다 대다 말고 잠시 멈칫하고는 말을 이었다.

"아! 걱정은 마십시오."

"무엇을 말인가?"

"제 손, 깨끗하거든요."

씽긋 웃음을 지어보인 경묵이 양 손을 돌판 위에 넓게 펴진 돼지갈비에 올려둔 채 다시금 무어라 중얼거리기 시작했다.

그리고 그 순간, 믿을 수 없는 일이 눈앞에서 벌어지기 시작했다.

촤화라르르르르르륵-!

다시금 순식간에 크기를 기하급수적으로 키워낸 불꽃이 돼지갈비를, 아니 돼지갈비가 얹어져 있는 돌판 자체를 뒤엎었다.

그 모습이 마치 돌판 자체가 불타오르는 것 같다는 착각을 일게 할 정도였다.

사실상 불꽃의 크기는 그다지 큰 편이 아니었지만, 불꽃 속에서는 연신 타닥거리는 소리가 들려오고 있었다.

바로 온도.

경묵은 지금 불꽃의 크기가 아닌 온도에 더욱 더 집중하고 있었던 것이다.

그렇게 딱 10초.

경묵이 손을 거두어들이자, 맹렬히 춤추던 불꽃이 언제 그랬냐는 듯 사그라졌다.

심사위원들 중 일부는 믿기지 않는다는 듯 탄식 섞인 웃음을 몇 번 흘려보였다.

"정말 믿기지 않는군."

불꽃이 사라지고 그 모습을 드러낸 돼지갈비는 제대로 익은 듯 연갈색 피부를 마음껏 뽐내고 있었다.

돌판 밑 부분에 흘러내린 갈비 양념은 부글부글 끓어오르고 있었고, 순식간에 장 내에 돼지갈비 특유의 달달한 향이 넘쳐흐르기 시작했다.

경묵은 곧장 인벤토리에서 자신의 중화 칼을 꺼내어 들었다.

탁—!

허공에서 나타난 경묵의 중화 칼은 그 생김새부터가 예사롭지가 않았다.

푸른빛을 머금은 서슬은 마치 살짝 스치기만 해도 베일 것 같은 섬뜩한 느낌을 주곤 했고, 살짝 닳은 듯 보이는 손잡이 부분에서 느껴지는 사용감은 단순히 낡아 보인다는 느낌 훨씬 이상의 무언가를 느끼게끔 해주었다.

장인에게 어울리는 최고의 연장 같다는 느낌이라고 할까?

경묵은 자신의 중화 칼을 올곧은 자세로 쥐어 보인 후에 곧장 잘 익은 돼지 갈비를 썰어내기 시작했다.

그리고 그 모습을 바라보던 심사위원들의 표정이 상당히 일그러졌다.

그도 그럴 것이, 우선 돼지갈비에서 살짝 흘러내려 돌 판에 닿은 양념은 여전히 부글부글 끓고 있었고 고기 자체에서도 계속해서 김이 올라오고 있었다.

육안으로 보기에도 눈살이 찌푸려질 만큼 고온 상태인 돼지 갈비를 맨 손으로 썰어내고 있으니 놀라지 않을 수 없는 노릇인 것.

그리고 두 번째는 바로 경묵의 칼 솜씨였다.

잘 익은 돼지갈비였기에 썰어내기에 무리가 없는 것이야 사실이라지만, 경묵은 돼지갈비를 마치 포를 뜨는 것 마냥 얇게 저며서 썰어내고 있었다.

슥-!슥-!슥-!슥-!

고기를 썰어내기 시작한 경묵의 칼질에는 일정한 박자가 존재했으며, 칼이 훑고 지나간 자리에는 얇게 저며진 살코기만이 남았다.

잘려진 고기의 절단면의 모습으로 미루어보건데, 고기는 제대로 익은 듯 보였다.

야들야들한 속살이 고스란히 드러났고, 한 번 씹는 상상을 마쳤을 때에는 이미 입 안 가득 침이 고여 있을 지경이었다.

이내 심사위원 중 하나가 경묵에게 물었다.

"뜨겁지 않으십니까?"

경묵은 고개를 살짝 들어 질문을 건넨 심사위원을 바라본 후에, 미소를 살짝 지어보이고는 답했다.

"전혀요."

이 또한 일전에 강화를 거치며 얻어내었던 불의 힘의 일환이었다.

그리고 그 바로 옆에 서있던 전병우가 냄비 안에서 익히고 있던 면발을 건져내려는 듯 앞으로 다가섰다.

전병우는 면을 삶던 물 안에 채를 담군 후에 능숙하게 채를 시계 방향으로 한 번 휘저었다.

그 다음, 곧장 채를 반대로 돌려내자 면발이 저절로 채 안에 담기기 시작했다.

숙련된 연결동작으로 단번에 면발을 모두 건져낸 전병우는 곧장 찬 물에 면을 한 번 씻어내기 시작했다.

막 건져낸 용수면의 얇디얇은 면발 역시 진풍경이라 할 수 있었으나, 경묵의 칼 솜씨 역시 눈에 담아두고 싶은 진풍경이었다.

덕분에 심사위원들은 눈 둘 곳을 찾아 연신 고개를 움직일 수밖에 없었다.

이내 전병우가 면발을 나누어 사골 국물 안에 담아내기 시작했다.

전병우가 심사위원의 인원수에 알맞게 준비된 사골 국물 안에 적당량의 면을 담아내자, 이번에는 경묵이 고명으로 준비해두었던 파와 양파, 그리고 얇게 썰어낸 고기를 위에 올리는 것으로 마무리 했다.

꿀꺽—

심사위원 하나가 침을 삼켜보이고는 다시금 한 걸음 다가섰다.

이내 정혁이 준비해둔 젓가락을 잽싸게 심사위원들에게 지급해 주었다.

엄수환은 만족스럽다는 듯 고개를 한 번 끄덕여보이고는 경묵에게 물었다.

"요리의 이름은 무엇입니까?"

"화룡진수면입니다."

제법 그럴싸한 이름 덕분에 심사위원들이 기대감이 조금 더 배가된 듯 보였다.

"화룡진수면이라? 어째서 그런 이름을 지었는지 들어볼 수 있겠는가?"

"기존의 용수면에 불 맛을 담아내었다는 뜻, 그리고 그 맛의 진수를 보여주겠다는 뜻까지. 두 가지 의미를 지니고 있는 음식이라고 할 수 있겠군요."

경묵의 설명이 제법 재미있었던 것인지, 심사위원들 몇몇이 웃음을 머금은 채 저들끼리 무어라 말을 주고받는 등의 모습을 보였다.

이내 경묵이 손바닥을 살짝 들어 보이며 나지막이 말했다.

"식기 전에 어서 드셔보시지요."

말을 마친 경묵이 한 번 씽긋 웃어보이자, 심사위원들의 젓가락이 일제히 움직이기 시작했다.

엄수환 역시 기대감을 잔뜩 품은 채 젓가락을 면발에 가져다댔다.

잘 익은 면을 집어서 고기 한 점과 함께 입 안에 넣고 몇 번 오물오물 씹기까지, 불과 몇 초.

그 몇 초 사이에 엄수환의 얼굴에 떠오른 표정이 시시각각 바뀌더니 결국에는 옅은 웃음만이 남았다.

처음에는 실처럼 얇은 면들이 씹자마자 녹아내리듯 입 안에서 사라지는 마법같은 느낌에 탄식을 금치 못했다.

그도 그럴 것이, 면 요리의 특성상 타 음식들에 비해서 훨씬 삼켜내기가 쉽다.

그런데 기존의 면 요리는 비교를 불허할 만큼이나 얇은 용수면의 경우 더더욱 그랬다.

정말 녹아내리는 것 같다는 표현이 잘 어울릴 만큼이나 순식간에 자취를 감춘 면.

더군다나 사골 육수의 깊은 맛이 면 사이사이에 고르게 퍼져있어 담백한 맛이 났고, 그와 동시에 양념갈비의 달콤한 양념장 맛이 퍼짐으로서 완벽한 맛의 균형을 이루고 있었다.

또한 돼지갈비는 조리 과정이 특별한 만큼 특별한 맛을 띄고 있었다.

돼지고기라는 생각이 들지 않을 만큼 야들야들한 육질과 육즙의 풍미.

그리고 정말 순수한 불(火)로서 조리를 했기 때문일까?

극적인 불의 맛을 띄고 있었다.

각각의 재료가 말 그대로 엄청난 시너지 효과를 지니고 있었고, 어디 하나 흠잡을 데 없는 완벽한 맛을 띄고 있었다.

'허, 사골 육수에 돼지 갈비에 용수면이라……. 정말 생각하지도 못한 조합이로군.'

이내 한 번 맛을 본 엄수환이 고개를 살짝 들어 경묵의 표정을 살펴 보았다.

경묵은 긴장이라는 단어 자체를 아예 모르기라도 하는 것인지, 심사를 진행하고 있는 심사위원들은 살피지도 않고 벌써부터 뒷정리를 시작하고 있었다.

이는 자신의 음식에 대한 자신을 넘어선 확신이 있었기에 가능한 행동이었다.

물론 그것은 경묵에게만 해당되는 이야기였고, 정혁과 대욱, 전병우는 사뭇 진지한 표정으로 음식을 맛보고 있는 심사위원들의 표정변화를 살피는 데에 여념이 없었다.

단연 이들에게만 해당되는 이야기가 아니었다.

자신들의 요리를 조리하는 데에 집중하고 있었어야 할 다른 조리대의 요리사들 역시 넋이 나간 채로 경묵팀의 조리대 앞에 선 심사위원들과 경묵 팀이 선보인 '화룡진수면'을 살피느라 여념이 없었다.

탁-!

심사위원들 중 가장 먼저 그릇을 내려놓은 것은 아까 쯤 엄수환 옆에 앉아있던 젊은 심사위원 이었다.

그는 심각한 표정으로 조리대 위에 올려져 있던 냅킨을 들어 입가를 닦아내고는 잠시동안 경묵을 뚫어져라 바라보았다.

그 시선을 감지한 경묵이 고개를 살짝 쳐들고 그의 눈을 응시하기 시작한 순간, 다시금 젊은 심사위원이 입을 뗐다.

"잘 먹었습니다."

말을 마친 그가 경묵을 지그시 바라보며 한 번 씽긋 웃음을 지어보였다.

그리고는 자신의 심사용지에 무어라 적어나기기 시작했다.

이내 경묵이 시선을 옮겨 그가 내려놓은 그릇을 바라보았다.

깨끗하게 텅텅 비어있는 접시가 심사결과에 대해 미리 대충 언질을 해주는 것만 같았다.

그리고 그를 시작으로 다른 심사위원들도 자신들이 건네받은 그릇을 하나 둘 다시금 조리대 위에 내려놓기 시작했다.

모든 접시들이 음식이 담겨있었다는 흔적조차 없이 깨끗하게 비워져 있었다.

"다들 맛있게 드셨는지요?"

경묵이 접시를 하나로 포개어 쌓으며 심사위원들에게 넌지시 물어보이자, 몇몇이 대답을 망설였다.

그도 그럴 것이 심사결과가 발표되기 전에 개인적인 의견을 흘리는 것 역시 명백히 말하자면 엄연한 규칙 위반이었기 때문이다.

더군다나 전에 펼쳐진 경연들과 달리 이번 경연은 준결승전 이었다.

그렇다보니 다들 쉬이 하고 있을 무렵, 엄수환만이 독보적으로 입을 뗐다.

"음, 그래. 맛있게 먹었네."

고개를 슬며시 끄덕여 보인 경묵은, 한술 더 떠서는 능청스러운 목소리로 물었다.

"합격이겠죠?"

경묵의 좋게 말하자면 호기로운, 그리고 나쁘게 말하자면 조금은 예의없는 태도에 심사위원들 중 일부가 눈살을 살짝 찌푸려 보였으나 엄수환을 비롯한 몇은 되려 웃음을 지어보였다.

"하하하, 심사 결과는 전체적으로 공개되기 전까지는 언질을 해줄 수가 없네. 자네도 알지 않는가?"

이내 경묵이 콧잔등을 한 번 쓸어보이고는 답했다.

"뭐, 규칙상으로는 그렇죠."

이내 엄수환이 그윽한 미소를 지어보인 후에, 나지막이 말을 이어나가기 시작했다.

"어쨌든 맛 자체는 훌륭했어. 그래도 내 결과에 대해서는 미리 말해줄 수가 없네. 음, 그런데 자네에게 부탁 하나를 하고 싶군."

"부탁이요? 어떤 부탁 말입니까?"

경묵이 호기심이 가득 담긴 눈으로 물어보이자, 엄수환이 목을 한 번 가다듬어 보이고는 정중한 목소리로 말했다.

"연말에 있을 세계 중식 장인 갈라쇼에 와주었으면 좋겠 군."

이내 그 말을 들은 경묵의 표정이 급격히 밝아졌다.

올 해, 연말에 있을 '세계 중식 장인 갈라쇼'의 참가 권한 은 다름아닌 이번 대회의 결승 진출자들에게 주어지는 권한 이었다.

결국 엄수환은 살짝 돌려서 경묵의 합격을 미리 말해준 것 이었다.

다른 심사위원들이 눈을 크게 뜨고 바라보자, 엄수환은 양 손으로 손사래를 쳐 보이며 상황을 살짝 수습했다.

"아아, 그러니까 내가 갈라쇼 무대에 서게 되었는데 자네 가 꼭 와서 내 음식을 맛본다면 좋겠다는 거지. 다른 의미는 없네."

능글맞은 태도가 딱 경묵의 스타일이었다.

경묵 역시 눈치껏 고개를 한 번 끄덕여 보이고는 답했다.

"알겠습니다."

두 사람의 대화가 꾸준히 중국말로 이어졌기 때문에, 경묵 을 제외한 다른 팀원들은 그저 대화가 오고 갈 때의 심사위 원들이나 경묵의 표정을 살핌으로서 긍정적인 내용이 오가 는지 아닌지만 저울질 했을 뿐, 대화 내용에 대해 제대로 알 수 없었다.

이내 전병우가 답답함을 참지 못하고 경묵에게 물었다.

"쟤들 대체 뭐래냐?"

전병우의 물음에 정혁과 대욱이 기대 어린 표정으로 경묵을 바라보았다.

"그냥, 뭐. 어쨌든 심사끝났으니까 얼른 마무리 하고 올라가자고요. 칭챠오씨도 기다리고 있을 테고 말이에요."

경묵은 말을 마치기가 무섭게 엄수환을 비롯한 심사위원들을 바라보며 고개를 살짝 숙여보였다.

간단한 묵례를 끝으로 등을 돌리고 조리대를 떠나기 시작한 심사위원들의 뒷모습을 바라보던 경묵 팀이 다시금 고개를 숙이고 뒷정리를 시작하려던 무렵, 엄수환이 다시금 입을 뗐다.

"아!"

그 말 한 마디에 모든 이들의 시선이 다시금 엄수환에게로 집중되었다.

그는 이번에는 중국말이 아닌 한국말로, 그것도 전병우를 바라보며 말을 이어나가기 시작했다.

"그런데, 자네 정말 오랜만이군. 하마터면 못 알아볼 뻔했지 뭔가."

엄수환이 갑작스레, 그것도 상당히 친근한 어조로 말해보이자 팀원들이 의아하다는 듯 바라보았다.

사실상 이들이 엄수환과 전병우의 관계에 대해서 모르고 있던 것은 아니었다.

이들 모두 전병우에게도 들은 이야기가 많았고, 특히나 대욱같은 경우에는 다복정에서 전병우와 함께 일하던 시절 하루가 멀다 하고 전병우와 술잔을 나누기 위해 찾아오던 엄수환을 보곤 했었다.

'엄수환.'

그는 일전 오너셰프 코리아의 심사를 맡았던 남광민 셰프와 이번 대회 참가자인 정필상을 비롯한 수많은 유명 중식요리사들을 배출해낸 중식당 '화룡각'의 주방장 출신이었다.

뭐, 엄밀히 말하자면 정혁 역시 화룡각 출신이기도 했다.

어쨌든 엄수환이 화룡각에서 주방장직을 맡고 있던 시절이 바로, 전병우가 대욱을 갓 거두어들였을 무렵이었다.

엄수환은 당시 전병우와 제법 친분이 두터운 사이이기도 했으며, 전병우가 운영하던 중식당 '다복정'에 종종 놀러오기도 했었으니, 어린 시절의 대욱과도 제법 안면이 있는 사이였다.

이내 경묵 팀 조리대 앞에 선 엄수환이 전병우의 얼굴을 뚫어져라 쳐다보다가 다시금 입을 뗐다.

"자네는 꼭 시계를 거꾸로 돌리는 법이라도 알아낸 것 같군 그래."

엄수환의 말이 끝나기가 무섭게, 전병우가 손에 쥐고 있던 냄비를 다시금 조리대 위에 올려두고는 호탕한 웃음을 지어보이기 시작했다.

"푸하하하하, 염병! 이 망할 놈의 영감탱이, 참 빨리도 알아보는구먼."

"사실 긴가민가했다는 거 아니겠는가? 주름이 자글자글해야하는 노인네가 이렇게 회춘을 했는데 어떻게 한 눈에 척하고 알아볼 수 있겠어?"

엄수환은 마냥 기분이 좋은 것인지, 사람 좋은 미소를 지어보이고는 말 한 마디를 덧붙였다.

"이제라도 알아 봤으면 된 것 아니겠는가?"

"에라, 썩을 놈아. 나는 네 놈이 백리 밖에서 걷는 모습만 봐도 알아보겠다."

두 사람이 갑작스레 정겨운 대화를 주고받기 시작하자, 주변의 이목이 집중되었다.

정혁 역시 혹시라도 엄수환이 자신을 알아봐주지는 않을까하는 작은 기대를 품은 채로 그를 뚫어져라 바라보고 있었지만, 그런 정혁의 속은 아는지 모르는지 엄수환은 마냥 전병우하고만 이야기를 주거니 받거니 하고 있었다.

"자네야말로 사람이 그러는 것 아니야. 갑자기 잠적을 해?"

"돌연 세상살이가 버겁게 느껴진 걸 어떻게 해? 네 놈이 나대신 살아줄 것도 아니지 않나?"

전병우는 거들먹거리듯 자신의 양 뺨을 한 번 쓸어 보인 후에 다시금 말을 덧붙였다.

"봐? 보이지? 공기 좋고, 물 좋은 곳 가 있으니까 정말 이렇게 피부가 고와진다 이거야."

엄수환은 호탕한 듯 웃음을 지어보이고는 전병우의 팔뚝을 가볍게 툭 때려보이고는 답했다.

"이 친구가 어디서 약을 팔아? 좋은 거 있으면 조금 나눠 먹고 그래. 혼자 오래 살면 외롭다고."

이내 말을 마친 엄수환의 시선이 이번에는 옆에 멀뚱멀뚱 서서 두 사람의 대화를 듣고 있던 대욱에게로 향했다.

대욱은 엄수환과 눈이 마주치자, 눈웃음을 지어보인 후에 가볍게 묵례를 해보였다.

영 뻘쭘한 것인지 대욱이 부자연스러운 웃음을 흘려보이자,

엄수환이 대욱에게 한 걸음 다가서는 한 쪽 어깨를 다독이듯 가볍게 두드리며 말했다.

"많이 컸군. 책가방매고 식당 안에 딸린 다락방 들락거리던 게 엊그제 같은데 말이야."

"아, 예."

"자네 행보는 내 예전부터 지켜봐 왔네. 협회에서도 자네에게 거는 기대가 크고 말이야."

이내 전병우가 혀를 몇 번 차보이고는 이죽거리는 투로 말했다.

"협회는 무슨, 얼어 죽을."

엄수환은 마냥 재미있다는 듯 호쾌한 웃음을 지어보이고는 전병우에게 되물었다.

"어쨌든 말이야, 자넨 이제 다시 돌아온 건가?"

"뭘 돌아와?"

"갑자기 사라졌다가, 다시 나타났으면 돌아왔다고 하는 게 옳지 않겠어?"

전병우는 엄수환의 의미심장한 물음에도 불구하고 대답대신 옅은 미소만을 지어보였다.

이내 엄수환은 씁쓸한 미소를 한 번 지어보이고는 말을 이어나가기 시작했다.

"이 봐, 병우."

"왜?"

"나는 우리가 정말 친한 친구라고 생각했어."

"낯 뜨겁게 갑자기 무슨……."

전병우가 인상을 잔뜩 구기며 말을 이어나가려던 찰나, 엄수환이 말을 끊으며 답했다.

"적어도 자네가 갑자기 사라지기 전까지는 말일세. 예상이나 했겠는가? 나한테도 말 한 마디 없이 사라질 거라고 말이야."

갑작스러운 말에 전병우가 쉬이 말을 잇지 못하자, 엄수환은 다시금 짙은 미소를 잔뜩 머금은 채 입을 뗐다.

"한 번 언질이라도 해야 할 거 아냐? 이 매정한 친구야."

진심이 담긴 질책에, 전병우가 고개를 살짝 떨군 채로 힘겹게 입을 뗐다.

"내 미안하군."

전병우의 대답이 제법 만족스러웠던 것인지, 엄수환은 고개를 한 번 끄덕여 보이고는 게슴츠레하게 뜬 눈으로 장난스레 말을 이었다.

"술 잔 나눌 사람 한 명도 없는 게 얼마나 외로운 일인 줄 아는가? 내가 아무리 승승장구한다 한들, 그 기쁨을 나눌 사람이 하나 없더라는 말이지."

전병우는 엄수환의 어깨를 다독이듯 가볍게 두드려 보이고는 장난스런 목소리로 말을 이었다.

"이제 만약 또 다시 떠나게 될 날이 오면 말이야, 그 전에 말이라도 한 마디라도 해주겠네."

이내 엄수환은 옅은 웃음을 흘려 보이며, 한껏 이죽거리는 투로 다음 말을 이었다.

"어이고, 역마살이라도 낀 게야? 벌써부터 어디 내뺄 생각이나 하고 있고 말이야. 잉 쯧쯧……"

말을 마친 엄수환은 앞서 걸음을 옮기던 다른 심사위원들을 고개를 돌려 살펴보았다.

그들이 엄수환에게 재촉을 하거나 하는 등의 행동은 전혀 보이지 않았으나, 엄수환은 눈치껏 천천히 걸음을 옮기기 시작하며 나지막이 말했다.

"알면 됐네. 남은 이야기는 우선 조금만 미루자고."

"그래."

"혹시 자네, 오늘 저녁에 시간 괜찮은가?"

이내 전병우가 경묵의 눈치를 살피듯 고개를 살짝 돌려 바라보자, 경묵이 단호한 표정으로 고개만 한 번 세차게 저어 보였다.

"에휴, 융통성도 없는 녀석 같으니……"

혀를 몇 번 차보인 전병우는 다시금 엄수환을 바라보며 천천히 입을 뗐다.

"내일 경연이 끝나고 보는 게 어떻겠는가?"

"내일 경연이라면, 결승전인데……. 설마 자네 팀이 벌써 결승에 진출했다는 확신이라도 있는 겐가?"

엄수환의 장난스런 물음에, 전병우가 고개를 한 번 끄덕여 보이고는 말을 잇기 시작했다.

"그럼, 물론이지. 만약 우리 떨어트리면 자네는 물론이고 다들 후회할 거야. 지금까지 우리가 선보인 음식은 그냥 다 맛보기였거든."

"오호, 자네 지금 우리를 협박하는 게야?"

"협박은 무슨, 그냥 알아두라는 거지."

이내 웃음을 지은 채 고개를 한 번 끄덕여 보인 엄수환이 다시금 등을 돌리고는 걸음을 옮기기 시작했다.

그러나 엄수환은 또 몇 걸음을 떼지 않고서는, 걸음을 멈추었다.

그리고는 등을 돌려 경묵 팀을 손가락으로 가리켜 보이며, 다급한 목소리로 말을 이어나가기 시작했다.

"아아아아, 내 정신 좀 봐. 그리고 말이야, 자네도 정말 오랜만이야."

경묵이 의아하다는 듯 인상을 살짝 찡그리며 손가락으로 자기 자신을 가리켜보이자, 엄수환이 고갯짓을 해 보이고는 이내 정혁을 똑바로 가리켜 보였다.

"거, 미안한데 이름이 기억이 안 나네. 우리 화룡각 막내 말이야. 주방 막내."

이내 정혁이 밝은 미소를 지어보이고는 큰 소리로 답했다.

"최정혁입니다!"

"그래, 그래. 최정혁이. 오랜만이야. 내가 우선 지금은 시간이 없으니까, 자네도 다음에 이야기 하자고. 그래, 내일 저녁에 말이야."

엄수환은 말을 마치기가 무섭게, 지금 막 조리를 마친 듯 보이는 다른 팀 조리대를 향하여 걸음을 옮기기 시작했다.

❀

얼마 지나지 않아 짐 정리를 마친 경묵 팀의 팀원들이 객실로 돌아왔다.

경묵은 객실 안에 들어서기가 무섭게, 조리복 윗옷을 방바닥에 벗어던졌다.

"다들 너무 수고 많으셨어요."

조리복에 가려져있던 경묵의 탄탄한 몸이 드러나자, 지언이 감탄 섞인 탄식을 뱉어내 보였다.

이내 생각을 선회시키려는 듯 고개를 한 번 저어보인 지언이 다급한 목소리로 물었다.

"형님들, 어떻게, 어떻게 되셨어요?"

이내 캐리어를 열어 안에 담긴 조리도구들을 한 차례 정렬하던 정혁이 되물었다.

"뭐가?"

"경연 결과 말이에요."

"보나마나 뻔하지, 뭐."

정혁이 다소 거들먹거리는 투로 말해보이자, 뒤에 서있던 전병우가 정혁의 엉덩이를 살짝 걷어차며 말했다.

팍—!

"누가 보면 지가 요리 다 한 줄 알겠어. 오늘 야채밖에 안 썬 놈이 말이야."

"아, 것 참! 선생님! 후배 앞에서 체면 좀 살려주십시오. 아이고 아파라……."

이내 그 모습을 보던 팀원들이 해맑은 웃음을 지어보였다.

웃음을 머금은 채 두 사람을 지켜보던 경묵은 이내 바지주머니에서 핸드폰을 꺼내 들어서는, 어딘가에 전화를 걸기 시작했다.

전병우 역시 조리복 윗옷을 벗으며 경묵에게 무던한 투로 물었다.

"누구한테 걸어?"

"칭챠오씨요. 기다리고 계실 거예요. 얼른 씻고 나가자고요."

"에휴, 그래. 먼저 씻으마."

전병우는 무어라 작게 투덜거리며 천천히 욕실을 향해 걸음을 옮기기 시작했고, 경묵은 수화기 너머의 칭챠오와 대화를 주고받기 시작했다.

"아, 예. 임경묵입니다."

— 어, 경묵 셰프. 기다리고 있었습니다.

"어디로 가면 될까요?"

— 호텔 인근 주점에서 기다리고 있습니다. 그런데 정말 이런 곳에서 인터뷰를 진행해도 될까요? 차라리 이건 어떠십

니까? 준비하시는데 시간이 좀 걸리실 텐데, 제가 근처에 괜찮은 레스토랑이라도 알아볼까요? 아니면 하다못해 룸으로 된 주점이라도 말이에요.

경묵은 웃음을 살짝 머금은 채, 칭챠오는 보지도 못할 고갯짓 까지 해보이며 답했다.

"괜찮습니다, 저희는 상관없어요. 칭챠오씨가 불편하실 것 같으시면 그렇게 하셔도 좋습니다."

– 음, 그러시면 제가 인근 주점 중 룸이 마련되어있는 주점을 한 번 알아보겠습니다. 오시는 데는 얼마나 걸리시겠습니까?

"한 시간이면 충분할 것 같습니다."

이내 수화기 너머의 칭챠오가 다시금 조심스레 입을 뗐다.

– 죄송한데 두 분 다 정장 차림으로 오셔야 해요. 함께 실릴 사진도 촬영을 해야 하거든요.

그 말을 들은 경묵이 눈살을 살짝 찌푸려 보이고는 되물었다.

"혹시 일전에 찍어둔 인터뷰용 프로필 사진을 기입하는 것은 불가능한가요?"

– 죄송합니다만, 저희는 직접 찍은 사진만을 사용하는 것이 관례입니다. 번거롭게 해서 미안해요.

"그럼 한 시간 반 정도 걸릴 것 같습니다. 정장도 한 벌 사야 하거든요."

고민이라도 하는 것인지 잠시 동안 말이 없던 칭챠오가 어느 정도 생각을 정리해낸 것인지 다시금 말을 이었다.

― 그러시다면, 구입비용은 제가 지불을 해드리도록 하겠습니다.

"아닙니다, 괜찮아요. 장소만 문자로 남겨주시죠."

이내 몇 번 더 자질구레한 대화가 오고간 후에야 통화를 마친 경묵은, 손목시계를 한 번 내려다보고는 시간을 한 번 계산해 보았다.

'문제없겠군.'

❀

전병우와 경묵, 두 사람이 반팔에 반바지 차림으로 호텔 객실 밖으로 나섰다.

사실 조금 눈에 띄는 차림인 것은 사실인지라, 주변의 이목이 쏟아지기야 했다지만 두 사람은 별로 신경 쓰는 것 같아 보이지는 않았다.

더군다나 전병우는 선글라스까지 낀 채, 걸음을 옮기고 있었는데 짧게 자란 특유의 수염과 제법 조화가 되어 멋스러움이 느껴지기까지 했다.

이내 호텔 로비에 다다른 경묵이 인포메이션의 여직원 중한 명에게 다가서서는 가벼운 목소리로 물었다.

"저, 죄송한데 근처에 양복을 구입할 수 있는 곳이 있습니까?"

인포메이션의 여자는 경묵의 행색을 한 번 훑은 후에, 약간의 조소가 담긴 투로 답했다.

"아, 예. 호텔 로비층에도 하나 마련되어있긴 한데 가격이 조금 센 편입니다. 괜찮으신가요? 아니면 다른 곳을 몇 군데 더 안내해 드릴까요?"

경묵은 옅은 미소를 머금은 채 지갑에서 100위안짜리 지폐 몇 장을 꺼내서는 인포메이션의 여직원에게 건네고는 말을 이었다.

"죄송한데, 혹시 안내를 해줄 수 있는 직원을 한 명 붙여 주실 수 있으시겠습니까?"

이내 지폐를 받아들던 여직원이 놀란 듯 지폐 몇 장을 얼른 받아 주머니에 대충 쑤셔 넣고는 다급하게 고개를 끄덕여 보였다.

결국 경묵을 로비 층 내의 양복점으로 안내한 것은, 인포메이션의 그 직원이었다.

다름 아니라 벨보이들이 한창 바쁜 시간이었던지라, 벨보이에게 안내를 받으려면 한참을 기다려야겠다고 안내를 해주었더니 경묵이 다시금 100위안짜리 지폐를 몇 장 더 쥐어 주고는 시간이 없다며 재촉한 탓이었다.

"여기에요."

여직원의 안내를 받아 도착한 곳은, 외관부터가 고급스러워 보이는 한 양복점이었다.

이내 음흉한 미소를 한 번 지어보인 경묵이 입을 뗐다.

"갑시다."

"뭐야? 여기가 네가 말한 주점이야?"

"스승님도 참, 딱 보면 모르십니까? 양복점이잖아요."

이내 전병우가 의아하다는 듯 되물었다.

"여긴 왜 온 거야?"

"정장 차림으로 오라는데 까라면 까야지 어쩌겠어요?"

이내 경묵이 앞장서서 안으로 들어서자, 전병우 역시 인상을 살짝 찡그린 채 연신 무어라 투덜거리며 안으로 들어섰다.

그리고 얼마 지나지 않아, 정장 차림의 두 사람이 다시금 양복점 안에서 나왔다.

경묵은 깔끔한 남색 정장을 위 아래로 차려입은 채 안에는 흰색 와이셔츠를 입은 채로 가게 안에서 나섰고, 전병우는 회색 체크무늬 정장을 위 아래로 차려 입은 채, 선글라스까지 낀 채로 안에서 나섰다.

두 사람이 밖으로 나서기가 무섭게, 호텔 로비 안에 있던 이들의 이목이 집중되었다.

전병우는 그런 시선이 좀처럼 익숙하지 않은 듯 연신 헛기침을 해대곤 했다.

"왜 그래요?"

"아니다."

"뭘 아니에요? 괜찮아요?"

"그래."

경묵이야 워낙 키가 훤칠하고 잘생긴 탓에 주변의 이목을 끌 수밖에 없다지만, 전병우 역시 의외로 경묵 못지 않게 주변의 이목을 끌고 있었다.

나름 탄탄한 몸 위로 깔끔한 정장, 그리고 살짝 자란 수염과 검은색 선글라스까지.

그는 꼭 마치 중후한 느낌의 40대 신사처럼만 보였다.

이내 다시금 호텔 인포메이션에 다다른 경묵이 자신들을 양복점으로 안내해주었던 인포메이션 창구 여직원과 눈이 마주쳤을 때, 살짝 윙크를 해 보이고는 호텔 밖으로 나섰다.

그러자, 함께 인포메이션 창구를 지키던 여직원들이 득달같이 달려들어 물었다.

"야, 야, 누구야?"

"어……."

"와, 둘 다 진짜 멋있다……."

꿀꺽―

침을 한 번 삼켜 보인 여직원은 닭 쫓던 개 마냥 경묵이 열고 나선 호텔 문을 뚫어져라 바라보았다.

❁

칭챠오는 호텔 인근의 주점에서 경묵과 전병우를 기다리고 있었다.

새로이 들어선 룸 형식의 주점이었는데, 혼자 비좁은 방 안에 있으려니 여간 답답한 것이 아니었다.

"언제쯤 오시려나……."

이내 칭챠오는 무료함을 달래려 가지고 온 카메라를 만지작거리기 시작했다.

중국의 작은 잡지사에서 음식 작가겸 칼럼리스트로 활동할 때부터 애지중지 하던 고급 카메라였다.

일전에 찍어두었던 음식 사진들을 살펴 보던 중, 주점 룸의 문이 열렸다.

드르륵—

문 앞에 선 경묵이 씽긋 웃음을 지어보이고는 밝은 목소리로 인사를 건넸다.

"안녕하십니까?"

전병우는 헛기침을 한 번 해보이고는 룸 안을 한 번 살펴보았다.

생각보다 협소한 내부가 썩 마음에 들지 않은 것인지, 인상을 살짝 찡그린 채 자리에 앉은 전병우는 무어라 경묵에게 다시금 투덜거리기 시작했다.

"것 참, 좀 좋은데서 좀 하지. 뭐 그렇게 대단하다는 잡지라면서 인터뷰는 또 술집에서 하냐?"

"제가 그냥 간단하게 하자고 한 거예요. 어차피 금방 끝나니까 맥주 몇 잔 마시다가 돌아가자고요."

칭챠오는 인위적인 미소를 지어보이고는 경묵에게 한 차례 손을 건네보였다.

경묵이 금세 그 손을 맞잡았다가 놓자, 이번에는 전병우에게 손을 건넸다.

전병우 역시 형식적으로 악수를 마친 후에 다시금 팔짱을 껴 보였다.

칭챠오는 분주하게 미리 준비해두었던 인터뷰 용지를 두 사람에게 건넸다.

경묵은 이미 한 번 본 바 있었던 내용이었기에 대충 훑어보는 것으로 마무리하였고, 전병우는 중국어로 기재되어있는 내용 탓에 인상을 잔뜩 찡그린 채 연신 경묵에게 물어댈 수밖에 없었다.

"야, 뭐라는 거야?"

"신경 쓰지 마시고, 그냥 즉흥적으로 대답하세요. 다 뻔한 내용들이에요. 뭐 요리를 시작하게 된 계기라든가, 용수면을 만들게 된 계기라든가 그런 것 있잖아요."

"그래?"

이내 경묵이 음흉한 미소를 한 번 지어보이고는 고개를 한 번 끄덕여 보이고는 답했다.

"그래요."

대답을 마친 경묵이 고개를 돌려 이번에는 칭챠오에게 물었다.

"저, 칭챠오씨. 그런데 음식 사진들도 함께 기재해야 되는 것 아닙니까?"

"아아, 그 부분이라면 걱정 마십시오."

이내 경묵이 놀라 되물었다.

"일전에 찍어두신 사진이라도 있으신 건가요?"

"아니요, 그건 아니고 내일 결승 경연이 공개적으로 치러지지 않습니까? 내일 결승에서 촬영하면 되니 그 부분은 걱정 않으셔도 될 겁니다."

경묵은 의아하다는 듯 고개를 살짝 기웃거려보이고는 되물었다.

"그런데, 만약 저희가 탈락이면 어떻게 되는 겁니까?"

"예?"

"아니, 저희는 아직 준결승 경연 결과를 통보받지 못했거든요. 급하게 나오느라 확인도 못했고요."

이내 칭챠오가 호탕한 웃음을 지어보이고는 말을 이었다.

"제가 확인해봤습니다. 합격이시더군요."

"아, 그렇습니까?"

경묵은 밝은 목소리로 한 번 되묻고는 옆에 놓인 메뉴판을 집어들어 열심히 살펴보기 시작했다.

전병우 역시 대화 내용보다는 메뉴판에 더 관심이 가는 것인지, 경묵에게 메뉴 판에 기재된 음식들을 가리켜 보이며 질문을 건네고 있었다.

"야, 이건 뭐냐?"

"어, 이건 딤섬 비슷한 음식 같은 건데 안에 치즈를 넣었나봐요. 중국요리도 확실히 퓨전의 영향을 많이 받나본데요?"

"이건 또 뭐야?"

칭챠오는 재미있다는 듯 경묵과 전병우를 그윽한 눈빛으로 바라보기 시작했다.

대체 어떻게 자신의 팀의 합격 결과를 확인조차 하지 않을 수 있다는 것인가?

'참, 알다가도 모를 사람들이로군.'

평범한 참가 팀이었다면 꿈조차 꾸지 못할 일이 분명했다.

이와 같은 행동이 단순히 어려워서가 아니었다.

분명 대부분의 참가팀들은 경연을 마친 후, 초조한 마음으로 주최 측이 조리실 문 앞에 써 붙일 결과표와 합격 통보 전화만 기다릴 것이다.

그리고 이와 같은 행동이야 말로 '정상적이다' 라는 말로서 포용할 수 있는 범주 내의 행동일 것이다.

그런데 지금 경묵은 너무도 대범한 모습을 보이고 있었다.

자신이 있기 때문일까? 아니면 관심이 없기 때문일까?

아니, 사실 바꿔서 생각을 해본다면 팀원 중 누구 하나라도 호기심을 가지고 연락 한 번 취해본다면 쉽사리 얻을 수 있는 정보였다.

'다들 자신 있다 이건가? 하긴 쟁쟁한 요리사들끼리 모였을 테니……'

물론 경묵 팀 뿐 아니라 다른 팀 요리사들 역시 쟁쟁한 요리사들로 구성되어있었다.

애초에 이번 대회 자체가 상당히 진입장벽이 높은 편에 속하는 대회였으니 말이다.

정말 얼마나 자신이 있기에 이처럼 대범하게 행동할 수 있는 것일까?

꿀꺽-

바싹 마른입 안에 슬며시 고인 침을 살짝 삼켜내 보인 칭챠오는 그저 해맑은 표정으로 메뉴판만 들여다보고 있는 젊은 한국인 요리사를 바라보았다.

경묵의 얼굴을 계속 바라보고 있자니 저도 모르게 얼굴 위에 미소가 떠 올랐다.

이내 칭챠오가 피식하고 웃음을 지어보이자, 경묵이 물었다.

"저, 왜 그러시죠?"

"아닙니다, 기분이 좋아서요. 그럼 우선 메뉴부터 시키고 인터뷰를 진행하도록 할까요?"

"아, 예. 좋습니다."

결국 세 사람은 중국식 모듬 해물 튀김과 맥주 몇 캔을 먼저 주문했다.

주문을 마친 칭챠오는 옆에 놓았던 카메라를 들어서는 만지작대며 다시금 입을 뗐다.

"우선, 음식이 나오기 전에 사진을 찍도록 하자고요. 변변치 않은 주점 해물 튀김하고 셰프님들 사진을 함께 실을수는 없으니 말입니다."

이내 고개를 한 번 끄덕여 보인 경묵이 미소를 잔뜩 머금은 채 되물었다.

"혹시 주점에서 인터뷰 해보신 적 있으십니까?"

"아니요, 처음입니다. 아아, 인터뷰하는 셰프가 운영하는 주점에서라면 한 번 해본적이 있어요."

"그렇군요."

이내 칭챠오는 준비가 된 듯 카메라 렌즈를 살짝 들어, 두 사람에게 향하게끔 들어 보였다.

두 사람은 어색한 표정으로 몇 가지 포즈를 취해보기 시작했다.

찰칵-찰칵-

셔터 음이 주점 룸 안에 울려 퍼지기 시작했다.

사실상 공간이 협소한 터라 취할 수 있는 자세가 그다지

많지는 않았다.

셔터를 몇 번 누르지도 않은 칭챠오는, 사진을 한 번 확인해 본 후에 만족스러운 듯 고개를 끄덕여보였다.

"확실히 인물이 되시는 분들이셔서 그런지 금방 찍히네요."

"벌써 끝인가요?"

경묵이 되묻자, 칭챠오는 무던한 표정으로 그저 고개만 한 번 끄덕여보였다.

먼저 시작된 것은 전병우의 인터뷰였다.

"야 뭐래?"

"그러니까, 스승님이 요리를 시작한 계기를 물으신 거예요."

이내 전병우가 밝게 웃음을 지어보이고는 말을 이었다.

"돈이지, 뭐. 돈이야, 돈. 그 때 우리 집이 찢어지게 가난했고 당시에 중국집 하나 차리면 온 식구가 일어선다는 말이 돌 정도로 중식집이 성행을 했었으니 말이야."

경묵은 난해하다는 표정을 지어보이고는 칭챠오에게 번역을 해주기 시작했다.

"처음 주방 화구 앞에 섰을 때 가슴이 두근거리셨다고 하는 군요. 운명적으로 느끼셨다고 하시네요, 나는 중국집을 차려야 할 것 같다고 말입니다."

칭챠오는 감탄한 듯 입을 살짝 벌린 채 되물었다.

"하하, 정말 멋있는 이야기로군요."

"네, 그런 셈이죠."

"그럼 용수면을 만들게 된 계기는 어떻게 된 것인지 알 수 있을까요?"

경묵은 다시금 전병우를 바라보며 물었다.

"용수면을 만들게 된 계기를 물으시는데요?"

"아아, 그거? 그냥 면이 엄청 얇으면 조금 특별한 맛을 낼 수 있을 것 같더라고. 몇 번 안 해봤는데 생각보다 잘 될 것 같더군. 그래서 몇 년 동안 시간이 날 때마다 틈틈이 연구를 했었지. 몇 년 그렇게 남는 시간에 만들다보니 탄생한 게 지금의 용수면이다 이거야."

"스승님은 인터뷰에는 정말 소질 없으십니다."

경묵은 고개를 한 번 저어보이고는 다시금 칭챠오에게 전병우가 해준 말을 각색하여 번역해주기 시작했다.

"어느 날 밤, 꿈을 꾸셨답니다. 용의 수염을 끓여 면 요리를 만드는 꿈을 말입니다. 그 다음 날부터 식음을 전폐할 정도로 용수면 개발에 매달리셨다는군요. 그렇게 수 년을 주방에서 밀가루 반죽과 씨름하신 결과물이 바로……."

칭챠오는 흥분한 듯, 손뼉을 한 번 크게 쳐보이고는 경묵의 말을 자르고 들어왔다.

"그게 바로! 지금의 용수면이로군요! 역시! 탄생비화가 있을 것이라고 생각했습니다!"

이내 신이 난 듯 보이는 칭챠오가 인터뷰 용지에 재빠른 손놀림으로 펜을 움직여 무어라 빠르게 적어나가기 시작했다.

그 모습을 잠자코 바라보던 경묵이 전병우를 바라보며, 이죽거리는 투로 말했다.

"스승님, 조금 필연적인 이야기들을 각색해서라도 넣어야 할 것 아닙니까? 사람들은 엄청난 사람에게 엄청난 이야기가 숨어있길 바란 다고요."

"야, 인마. 너는 인터뷰 해주는 걸로도 감사해야지!"

"것 참, 꼬이셔가지고. 대욱 셰프님이 존경스럽습니다, 존경스러워요!"

탁-!

이내 전병우가 경묵에게 꿀밤을 한 대 놓고는 말을 이어나가기 시작했다.

"비아냥거리기는!"

경묵은 이마를 양 손으로 매만지며, 눈을 질끈 감은 채 나지막이 말했다.

"아이고…. 아파라……."

칭챠오는 마치 부자(夫子)같은 두 사람의 모습을 보며 흐뭇한 미소를 지어보였다.

그렇게 형식적인 이야기 몇 가지가 오고가다가, 전병우의 인터뷰가 대충 마무리 되었다.

그리고 곧장 경묵의 인터뷰가 시작되었는데, 처음에는 전병우의 인터뷰와 별반 다를 것 없이 형식적인 질문들이 오고 갔다.

"처음 요리를 하게 되신 계기는 어찌 되십니까?"

"저는 사실 중국집 주방에 대한 환상을 가지고 있었어요. 중국집에서 배달직원으로 일하고 있던 차에, 첫 스승님의 도움으로 요리를 할 수 있게 되었죠."

칭챠오는 경묵의 과거가 놀랍다는 듯 슬며시 자신의 양 손을 맞잡은 채 되물었다.

"아하, 그러시군요. 조금 자세히 말씀해주실 수 있으십니까?"

"물론입니다, 지금 같은 팀 팀원인 요리사 '최정혁' 씨가 저의 첫 스승입니다. 두 번째 스승이 전 선생님이고요."

"두 분은 어떻게 만나시게 된 겁니까?"

"어릴적 제가 자주 가던 중식당의 주인이시자 주방장이셨죠, 수십 년 후에 오너 셰프 코리아를 촬영하던 도중에 연이 닿아 만나뵙게 되었습니다."

"자취를 감추었던 전대 고수가 경묵씨를 가르치기 위해 다시 속세로 돌아온 게 된 건가요? 하하하하."

이내 경묵은 익살스런 웃음을 한 번 지어보이고는 말을 이었다.

"오, 적절한 비유로군요."

"그렇군요, 그럼 경묵씨. 제가 듣기로는 한국에서는 제법 인지도가 있다고 들었습니다."

이내 경묵이 쓴 웃음을 한 번 지어보이고는 고개를 살짝 끄덕여보였다.

"네, 한국에서는 실제로 인지도가 조금 있는 편입니다."

"음, 인지도를 얻기 전과 후로 조금 달라진 점이 있나요?"

"아, 예. 물론입니다. 저는 많이 변하지 않았지만 일상은 많이 변했습니다. 동네 마트에 장 보러 가는 것도 조금 어려워 졌으니 말이에요. 알아보시는 분들이 가끔 계시거든요."

칭챠오는 놀랍다는 듯 고개를 한 번 끄덕여보이고는 되물었다.

"오, 어쩌면 영국 내에서 가든 램지 셰프의 인지도와 맞먹는 인지도를 지니고 계신 지도 모르겠습니다."

"글쎄요? 아무래도 그 정도는 되지 않을 것 같습니다."

"그래도 그만큼의 인지도를 얻었다는 것은 한국 내에서 요리사에 대한 입지를 단단히 하였다는 말처럼 들리는 군요. 경묵씨 생각은 어떠신가요?"

경묵은 한 번 사람 좋은 미소를 지어보인 후에 다시금 말을 이어나가기 시작했다.

"그 부분에 대해서는 굉장히 자부심을 느끼는 바입니다. 덕분에 한국 내의 정규 방송사에서도 요리와 관련된 프로그램들이 상당히 많이 편성되었고 덕분에 요리사들이 설 곳이 더 넓어졌으니까요."

다시금 몇 가지 질문이 오가기 시작했다.

대부분이 경묵이 선보였던 요리들에 대한 이야기였고, 개중에는 굉장히 사소한 이야기들도 섞여 있었다.

또한 경묵 팀이 사용 중인 조리복에 대한 이야기도 한 번 거론이 되었고, 디자이너 노경민의 작품이라는 사실을 들은 칭챠오는 놀람을 감추지 못했었다.

그렇게 몇 가지 질문들이 이어진 후, 칭챠오가 다시금 입을 뗐다.

"자, 그럼 마지막 질문입니다."

"네."

"지금 굉장히 많은 부와 명예를 얻으셨습니다. 정말 행복하시겠어요. 현재 소감이 어떠십니까?"

마지막 질문을 들은 경묵의 표정이 일순 돌처럼 딱딱하게 굳었다.

경묵은 깊게 숨을 한 번 들이쉬고는, 생각을 천천히 정리해나가기 시작했다.

요즘 들어 가장 많이 했던 고민이었다.

오너 셰프 코리아의 우승과, 개업을 코앞에 두고 있는 수십 개의 업장.

전에는 상상도 하지 못했던 통장 잔고와 인지도.

먼 세계 사람만 같던 최태룡 회장이 이제는 자신의 후원자가 되었고, 수많은 후배들은 자신을 우러러보기도 한다.

더군다나 지금까지의 성적만으로 놓고 보더라도 세계 중식 컨벤션의 준우승 이상은 이미 거머쥔 상황.

정말 간절히 원하던 것들을 모두 다 얻은 지금, 경묵은 분명히 행복하다고 할 수 있었다.

그러나 한 편으로 느껴지는 공허함을 채울 방법을 찾지 못하고 있었다.

이내 경묵이 쓴 웃음을 지어보이고는 고개를 살짝 저어보였다.

"행복하지 않습니다."

"예?"

칭챠오가 놀라 되묻자, 경묵은 다시금 쓴 웃음을 지어보인 후에 천천히 입을 뗐다.

"저, 임경묵은 행복하지 않은 것 같습니다."

"큼, 흠, 큼……."

경묵의 단호한 대답 덕분에 적잖이 당황한 듯 보이는 칭챠오가 헛기침을 해 보였다.

경묵은 그런 칭챠오를 바라보며 옅은 미소를 한 번 지어보이고는 조심스레 말을 꺼냈다.

"질문 하나 드려도 될까요?"

"얼마든지요."

"어려운 질문은 아니고 그냥 간단한 퀴즈 같은 거예요."

칭챠오는 흥미롭다는 듯 눈을 크게 뜬 채 경묵의 입에서 다음 말이 흘러나오기를 기다리고 있었다.

이내 미소를 한 번 지어보인 경묵이 다시금 입을 뗐다.

"만약 지금 양 손 가득 무언가를 쥐고 있는데, 또 다른 것을 손에 쥐고자 한다면 어떻게 해야 할까요?"

칭챠오가 고민하듯 턱을 한 번 쓸어내리고는 조심스레 답했다.

"넌센스 퀴즈로군요, 음……. 글쎄요? 손에 쥐고 있는 것을 조금 내려놓아야 하지 않을까요?"

경묵은 칭챠오의 대답이 만족스러운 듯 고개를 몇 번 끄덕여보였다.

"정답이에요. 양 손 가득 무언가를 쥐고 있는데 다른 무언가를 쥐려고 아등바등 해봤자 오히려 쥐고 있던 것을 놓칠 수도 있으니까 말이에요."

칭챠오는 그제야 알겠다는 듯 짧은 탄식을 내뱉었다.

"아!"

"저는 그게 사회적 성공이라고 생각해요. 다른 무언가에 소홀해질 수밖에 없죠. 핑계가 아니라, 하루는 24시간 밖에 되지 않고 몸은 한 개 뿐이니 말이에요."

경묵이 말을 마치기가 무섭게, 칭챠오는 전과 다른 분주한 손길로 경묵이 한 말을 적어나가기 시작했다.

마치 적는 시간을 기다려주는 것 마냥 펜을 꼭 쥐고 있는 칭챠오의 손만 지그시 바라보던 경묵이 다시금 천천히 입을 뗐다.

"물론 지금의 현실에 감사해요. 아직도 매일 눈 뜰 때마다 잘 실감이 나지도 않아요. 매일 꿈을 꾸는 것 같은 기분이기도 하고요."

칭챠오가 다시금 경묵을 힐끔 바라보고는, 경묵이 한 말들을 적어내려가기 시작했다.

이윽고 경묵은 잠깐 틈을 둔 후에, 다시금 말을 이어나가기 시작했다.

"그래도 그런 생각이 자꾸만 들어서 불안해요. 혹시 제가 명예와 부를 거머쥐기 위해 내려놓은 것이 가장 간절히 꿈꾸던 것이 아닌가 싶은 생각 말이에요."

칭챠오는 바삐 움직이던 손을 멈춘 채로, 의아하다는 듯 호기심 잔뜩 어린 목소리로 곧장 되물었다.

"그럼 경묵 셰프께서 사회적 성공을 거두기 전에 가장 간절히 꿈꾸던 것이 무엇인가요?"

"적어도 지금의 현실은 한 번도 꿈꿔본 적이 없었어요. 무언가에 이끌리듯 빠르게 뛰다 보니까 도착한곳이 지금 이곳인 것뿐이죠. 아마 저는 그냥 행복 하고 싶었던 것 같아요."

말을 마친 경묵은 곰곰이 생각을 한 번 되짚어보았다.

처음 화구의 뜨거운 불 앞에 서서 제법 무게가 나가는 웍 손잡이를 처음 잡던 날 꾸었던 꿈.

상상도 못했던 어마어마한 통장 잔고도, 이제 곧 개업을 앞둔 사십 개 가까이 되는 업장과 앞으로 기하급수적으로 늘어날 업장도 아니었다.

TV에서만, 인터넷에서만 보던 이탈리아 산 슈퍼 카도 아니었고, 세계 중식 대회 우승도 아니었다.

그저 행복해지는 것.

남들처럼 평범하게, 매일같이 투덜거리고 힘듦에 대해 토로하지만 매일 묵묵히 맞서는 것.

그래, 남들처럼 평범하게 그래도 행복하게.

경묵이 그 당시에 꾸었던 꿈은 정말 그게 전부였다.

칭챠오는 아예 펜을 내려놓은 채 팔짱을 끼고는 고개를 갸웃거리며 말을 이었다.

"음, 행복 하고 싶었다⋯⋯. 상당히 함축적인 말이로군요."

"아니에요, 사실 누구나 꾸는 꿈이잖아요. 지금은 언젠가 때가 되면 모든 걸 다 내려놓고 싶다는 생각을 하곤 해요. 동네 어귀에 작은 식당 하나 운영하면서, 여유 가득한 삶을 살고 싶다는 생각도 들고요."

"음 뭔가 상당히 낭만적이로군요! 만약 그런 식당을 개업하게 된다면 꼭 한 번 찾아가 봐야겠어요."

이내 경묵이 웃음을 살짝 머금은 채 답했다.

"그때 다시 한 번 질문해주세요. 행복하냐고 말이에요. 그럼 그 때는 정말 밝은 표정으로 대답해드릴게요."

테이블 위에 놓여있던 물 컵을 들어 올려 한 번 목을 축인 경묵이 뒷말을 덧붙였다.

"정말 행복하다고 말이에요."

확신이 가득 담긴 경묵의 어조 탓이었을까?

칭챠오의 입가에도 그윽한 미소가 떠올랐다.

❁

"야, 그런데 진짜 맛없지 않냐?"

전병우가 정장 바지 주머니에 손을 꽂아 넣은 채 투덜거리는 투로 말을 꺼내자, 볼이 살짝 발그레해진 경묵이 고개를 끄덕여 보이고는 맞장구를 치기 시작했다.

"그러게요, 어떻게 뜨거운 튀김이 이렇게 푸석푸석하고 눅눅할 수가 있지?"

"발로 튀겼나 보지. 아니면 혹시 잘 튀겨놓고 한 번 삶은 거 아니야?"

전병우가 장난기 가득 어린 어투로 말을 잇자, 경묵이 손뼉까지 쳐 보이며 박장대소를 해 보였다.

"푸하하하! 진짜 그런 걸 수도 있겠는데요?"

인터뷰를 마치고 얼마 지나지 않아 나온 주점의 튀김 요리는 정말 형편없는 수준이었고, 맥주에서도 살짝 비린내가 나는 듯 했다.

간략하게 인터뷰를 마친 경묵과 전병우는 형편없는 안주와 함께 비린내 나는 맥주 몇 병을 금세 비워내고는 호텔로 돌아가고 있었다.

박장대소 하는 경묵을 지그시 바라보던 전병우가 경묵의 어깨에 팔을 둘러 감으며 친근한 목소리로 물었다.

"야, 그런데 아까 무슨 이야기를 그렇게 길게 했어?"

"별 이야기 안했어요."

"너도 그렇고, 그 중국 양반도 그렇고 둘 다 완전 표정 심각하던데? 중국어 못하는 사람 억울해서 살겠냐? 좀 알려줘 봐, 이 놈아."

이내 경묵의 얼굴에 어두운 그림자가 들어섰다.

어두운 기색을 미소로 감추려는 것이었는지, 입 끝이 파르르 떨렸지만 썩 좋은 효과는 거두지 못했다.

아니, 오히려 인위적인 미소 탓에 얼굴 위에 드리운 우울함만 더 강조 되었다.

다음 순간, 경묵이 조심스레 입을 뗐다.

"저, 스승님."

"왜, 인마."

"제가 지금 잘 하고 있는 걸까요?"

이내 전병우가 고개를 휙 돌려서는 경묵을 바라보았다.

기력이 쇠한 화가의 붓 마냥 떨리는 경묵의 동공을 본 전병우는, 경묵의 머리칼을 살짝 헝클어트리며 입을 뗐다.

"이 놈아."

"네?"

"불안하냐?"

경묵은 쉽사리 말을 잇지 못하고, 입 꼬리를 더 말아 올려 보였다.

전병우는 그런 경묵의 한 쪽 어깨를 다독이듯 두드리며 다시금 말을 이어나가기 시작했다.

"내가 한 번 살아보니까 말이야, 인생이란 게 참 후회투성이야. 인생에 대한 장황한 말, 뜬 구름 잡는 것 같은 말이야 많지. 근데 사실상 딱 한 마디로 정리하면 인생은 그저 선택의 연속일 뿐이야. 선택지는 많고, 아마 그 어떤 선택지에도 후회가 따르겠지. 그럼 우리가 관 뚜껑 닫기 직전에 잘 살았다는 생각을 하려면 어떻게 해야 할까?"

경묵은 살짝 오른 취기 탓인지, 전병우의 목소리가 더욱 선명히 들리는 것만 같았다.

불빛이 반짝거리는 높게 들어선 건물들을 올려다보던 경묵이 다시금 시선을 전병우에게로 옮기며 되묻듯 말했다.

"글쎄요? 후회를 덜 할 만한 선택지만 골라잡아야 하나?"

"그래. 그거야."

"후회를 덜 할 수 있는 선택지라……."

나지막이 읊조리다 말끝을 흐려 보인 경묵이 이윽고 옅은 미소를 지어보이고는 말했다.

"그럼 스승님은 그래서 산으로 야반도주 하신 거예요? 후회를 덜 하시려고?"

"이 놈이, 야반도주는 무슨. 내가 무슨 죄지었냐? 어쨌든 후회 안 하려고 간 건 맞다. 다 무슨 소용이야? 재미가 없는 데."

"그럼 뭐, 산 속에서 혼자 은거하시는 건 재미있으셨나요?"

전병우는 피식하고 미소를 지어보이고는 답했다.

"마음은 편했다. 문득 사십 줄 넘고 오십 가까이 되고 나니, 그런 생각이 들더라고 내가 뭐 하려고 이렇게 일만 했나 하는 생각 말이야."

경묵은 되묻는 대신 어깻짓을 한 번 해보이고는 전병우를 지그시 바라보며 말을 이으라는 암묵적인 신호를 보냈다.

"취미랄 것도 한 번 가져본 적이 없었어. 출근을 안 하면 오히려 불안했어. 완전히 정신 나간 놈이었지, 뭐. 남들 다 하는 결혼은커녕, 제대로 해본 연애도 손에 꼽아. 통장에 찍히는 숫자 나부랭이랑 내 젊음이랑 다 맞바꾼 거야. 완전 밑지는 장사였지."

이내 경묵이 힘없이 웃음을 흘려 보이고는 나지막이 말했다.

"무섭네요, 스승님. 제가 이제 앞으로는 뭘 더 놓치게 될지, 뭘 더 못 보고 지나치게 될지가 너무 두려워요."

흘리듯 말해보였다지만 뼈가, 그러니까 진심이 잔뜩 담긴 말이었다.

전병우는 다시금 경묵의 머리를 쓰다듬은 후에, 살짝 풀린 듯 보이던 눈을 또렷하게 떠 경묵을 지그시 바라보았다.

이내 전병우가 살짝 떨리는 목소리로 말을 이어나가기 시작했다.

"이 놈아, 다른 건 나도 잘 모르겠다만 절대 놓쳐서는 안 되는 게 딱 하나 있더라."

"뭔데요?"

경묵이 의아하다는 듯 되묻자, 전병우가 잔뜩 힘이 실린 목소리로 단호하게 답했다.

"사람."

전병우가 뱉은 단 두 음절 덕분에, 경묵의 가슴이 격렬히 요동치기 시작했고, 입 꼬리가 절로 말려 올라가는 듯 했다.

전병우는 다시금 고개를 돌려 앞을 바라보며, 천천히 말을 이었다.

"내가 그렇게 소처럼 일하다가 말이야, 이제 효도해야지 하고 돌아보니까 이미 곁을 떠나신 게 부모님이었고, 이제 잘 해줘야지 하고 돌아보니까 곁을 떠난 게 사랑하는 여자였어. 이제 술 몇 잔쯤은 아무렇지 않게 사줄 수 있게 되어서 둘러보니 곁에 남은 친구들도 없더구나. 난 그냥 그렇게 무모하게 달려온 거야. 너는 절대 그러지 마라."

경묵은 옅게 떨리는 전병우의 목소리에 오만가지 감정이 담겨있는 것 같다는 생각이 들었고, 그저 나지막이 뱉어낸 말이었음에도 불구하고 또렷하게 느껴지는 공허함 덕에 살짝 소름이 일기도 했다.

이내 전병우가 주머니에서 담뱃갑을 꺼내며 말을 덧붙였다.

"생각해 봐, 정말 잘 됐는데 진심어린 축하해 줄 사람이 곁에 단 한 명도 없는 현실 말이야. 그렇게 모든 걸 다 얻어서 정말 높은 곳에 있는 전망 좋은 넓은 집에 살아. 진열장 안에는 정말 좋은 술이 있고 말이야. 그런데 그 술을 매일 혼자 딴다고 생각해 봐. 거 얼마나 멋없냐? 그러니까 넌 후회하지 말고, 사람은 놓치지 마라."

이내 경묵이 아랫입술을 앙 문채, 고개를 한 번 끄덕여보이고는 말했다.

"새겨듣겠습니다. 정말 감사해요."

"새겨듣겠다는 놈이 뭐하고 있어?"

"네?"

이내 전병우가 장난스럽게 경묵의 팔뚝을 한 번 툭 치고는 말했다.

"그 아가씨한테 전화라도 한 통 해. 날 밝으면 할머니한테도 안부 전화 한 통 드리고. 내가 잘 아는데 이게 주름지고 나면 잠이 일찍 오고 일찍 깨더라고. 쨌든 난 먼저 들어간다."

이내 경묵이 웃음기 잔뜩 어린 표정으로 슬며시 고개를 한 번 끄덕여보였다.

전병우는 입 꼬리를 살짝 말아 올려 보이고는, 호텔을 향해 먼저 걸음을 옮기기 시작했다.

멀어지던 전병우의 뒷모습을 멍하니 바라보던 경묵이, 바지주머니에서 휴대폰을 꺼내 들어서는 분주한 손길로 전화를 걸기 시작했다.

"어, 여보세요? 서은씨, 자요?"

이내 수화기 너머에서 짙은 반가움이 잔뜩 묻어있는 서은의 목소리가 흘러나왔다.

― 어, 경묵씨! 이 시간에 웬일이에요?

"왜긴요, 그냥 생각나서 전화 했어요. 뭐하고 있었어요?"

이내 경묵이 숙이고 있던 고개를 살짝 들어올렸다.

저 멀리로 걸음을 옮기면 옮길수록 점점 작아져만 가는 전병우의 뒷모습이 눈에 들어왔다.

이내 환한 미소를 지어보인 경묵이 다시금 입을 뗐다.

"서은씨, 보고 싶어요."

39. 일희일비

MODERN FANTASY STORY

각성!
북경각

　　다음 날 아침이라고 말하기도 모호한 이른 시간.

　　해가 제대로 모습을 드러내기도 전에 서은이 자신의 차에 오른 채 어딘가로 향하고 있었다.

　　큰 사거리에서 신호를 기다리던 중, 조수석에 놓인 핸드폰이 진동하자 집어 들어서는 발신자를 확인했다.

　　'작은 할아버지'

　　다름 아닌 최태룡 회장이었다.

　　서은은 찰나의 망설임도 없이 액정을 두드려 전화를 받았다.

　　"여보세요?"

　　전화를 받기가 무섭게, 무뚝뚝한 최태룡의 목소리가 울렸다.

　　– 어디쯤이냐?

　　차창 앞 유리를 통해 신호등을 응시하던 서은이 조심스레 엑셀 페달을 밟으며 답했다.

"거의 다 왔어요."

– 그래, 식사 준비해 놓으마.

"그래요."

서은 역시 수화기 너머의 최태룡에게 무미건조한 목소리로 답해보이고는, 통화 종료 버튼도 누르지 않은 채로 핸드폰을 조수석에 내동댕이치고는 운전대를 꽉 붙잡았다.

새벽 시간, 국도는 한산했다.

갓 운행이 시작된 듯 보이는 버스 몇 대와, 갓등을 켠 채 달리고 있는 택시 몇 대가 전부였다.

세워져만 있는 신호등은 거의 무시하다시피 무작정 내달리던 서은의 차가 멈춰선 곳은 유니언컴퍼니 일가의 저택이었다.

서은은 무려 수 년 만에 저택 철문과 마주했다.

숨을 한 번 들이마셨다가, 길게 뻗어낸 서은이 살짝 경적을 울리자 부스 안에서 대기하던 경비원 한 명이 너털 걸음으로 서은의 차 옆에 다가섰다.

선팅 덕분에 밖에서는 안을 들여다 볼 수 없는 운전석 창문 너머로 푸석푸석한 경비원의 몰골이 눈에 들어왔다.

"누구십니까?"

이내 서은이 천천히 운전석 창문을 내리고는 밝게 웃으며 활기찬 목소리로 말했다.

"아저씨! 오랜만이네요."

"어?! 아가씨!"

경비원은 다급하게 부스 안에 있던 다른 경비원에게 철문을 열라는 신호를 보냈다.

서은은 머리칼을 한 번 위로 쓸어 올려 보이고는 가볍게 묵례를 해 보인 후에, 다시금 운전석 창문을 올려 닫았다.

그리고는 천천히 브레이크 페달에서 발을 뗐다.

경비원은 점점 멀어지는 차의 뒷모습을 지그시 바라보다가 나지막이 중얼거렸다.

"저 말광량이가 웬일로 왔지?"

말이야 이죽거리는 투로 해보였다지만, 얼굴 위에는 기분 좋은 미소가 떠올라있었다.

그도 그럴 것이, 유니언 컴퍼니 저택의 경우 추가 채용이 아니고서야 좀처럼 직원 교체가 잘 되지 않는다.

일이야 고되다지만 높은 급여와, 상당히 괜찮은 수준의 복리후생 덕분이었다.

덕분에 젊은 직원들을 제외한 직원들은 대부분 서은의 어린 시절을 지켜보았던 이들이었다.

서은을 맞은 경비원이 한참을 넋 놓고 있자, 이내 부스 안을 지키던 다른 경비원이 얼굴을 배꼼 내밀고는 물었다.

"왜 그래? 누군데 그래?"

"아가씨가 오셨네."

"뭐? 아가씨? 서은 아가씨?"

이내 질문을 던진 경비원 역시 점점 멀어지는 서은의 차 뒷모습을 바라보며 아쉬움이 잔뜩 묻은 목소리로 나지막이 말했다.

"에이! 내가 나가볼 걸 그랬네."

차에서 내린 서은이 마중 나온 저택 직원에게 차키를 건네자, 직원이 차에 올랐다.

천천히 저택 현관 안으로 들어선 서은은 수년 만에 걷는 현관 복도를 천천히 둘러보았다.

서은이 집을 떠나기 전인 몇 년 전과 달라진 것이라고는 벽에 걸려있는 액자 속 그림 몇 장뿐이었다.

서은은 걸음을 옮기는 와중에 손목의 시계를 들어 시간을 한 번 확인해 보았다.

5시 30분.

사실 서은이 이처럼 이른 시간에 걸음하게 된 데는 그만한 이유가 있었다.

서은의 아버지인 최만기 회장은 경묵의 도움으로(?) 최태룡 회장의 자본 일부를 손에 넣어 회사의 자금난을 해결한 직후, 다시금 여러 가지 일을 벌였다.

그리고 그 덕분에 정말 눈코 뜰 새 없이 바쁜 일상을 보내고 있는 와중이었으니 식사 한 끼를 함께 하는 것조차 여간 힘든 일이 아니었다.

그러나 수년간 연락 한 번 없던 서은이 제 발로 찾아오겠다고 하니 어떻게든 시간을 낸 것이 바로 지금이었던 것이다.

사실상 거의 단절되었다고 해도 과언이 아니던 부녀 관계였다.

최만기는 계속된 의견 대립으로 인해 집을 뛰쳐나가다 시피 한 자신의 딸 서은이 금방 돌아올 것이라고 예상하고 있었다.

안일하게도 온실 속 화초처럼 자란 서은이 막상 바깥에 나가서 부대끼다 보면 제 풀에 지쳐 돌아올 것이라고만 생각했던 것이었다.

그러나 예상과는 달리 서은은 좀처럼 돌아올 생각을 하지 않았으며, 심지어는 수 년간 연락 한 번 하지 않았다.

덕분에 가끔씩 상윤을 보내어 서은의 동태를 확인 하는 것이 최만기회장이 할 수 있는 전부였다.

그런 딸이, 상의할 문제가 있다는 이유로 수년 만에 찾아오겠다고 한 것이다.

어떻게든 시간을 내야만 했다.

물론 서은은 이러한 자초지종에 대해서는 전혀 모르고 있는 상태였다.

서은이 현관 복도 끝에 다다르자, 상윤이 반가운 목소리로 서은을 맞았다.

"아가씨."

"어! 상윤씨."

"저택에서 뵙는 건 정말 오랜만이네요."

이내 서은이 옅은 미소를 지어보이고는, 머리칼을 귀 뒤로 넘겨보이며 나지막이 물었다.

"아버지랑 작은 할아버지는 기다리고 계신가요?"

"네, 두 분 다 기다리고 계세요. 특히 회장님 말이에요, 아닌 척 하는데 목이 빠지게 기다리시던데요?"

상윤이 장난기어린 목소리로 말하자, 서은이 입을 가린 채 조신하게 웃음을 지어보였다.

　"아버지가요?"

　"그래요, 아마 또 막상 면전에서는 덤덤한 척 하시겠지만 말이에요. 저보다 서은 씨가 더 잘 아시잖아요."

　"얼른 가야겠네."

　말을 마친 서은은 연신 웃음기를 띤 얼굴로 저택 식당을 향해 걸음을 옮겼다.

　서은은 그렇게 종종걸음으로 식당을 향해 걷는 와중에도 집 내부를 계속해서 살펴보았다.

　곳곳에서 어린 시절의 향수가 느껴지는 듯 했다.

　얼마 지나지 않아 저택 식당 문 앞에 다다른 서은이 숨을 한 번 길게 내쉬고는 천천히 문을 열고 안으로 들어섰다.

　문이 열리기가 무섭게, 고개를 살짝 숙이고 있던 최만기 회장이 미어캣 마냥 재빠르게 고개를 쳐들었다.

　다만 말이 목에 걸리는 것인지, 무어라 말을 잇지는 못했다.

　식탁 상석에 앉은 최태룡이 서은을 힐끔 바라보며 말했다.

　"앉아라."

　"네."

　가만히 서있던 서은은 대답을 마치기가 무섭게, 곧장 걸음을 옮겨 최만기 회장의 맞은 편 자리에 앉았다.

　먼저 말을 붙인 것은 서은이었다.

　"오랜만이네요, 아버지."

　옥구슬 굴러가는 듯 또랑또랑한 목소리가 귓가에 닿자, 최만기가 떨리는 목소리로 답했다.

"그래. 잘 지냈냐?"

"네, 엄청 잘 지냈어요."

"그래. 무슨 일이 있어서 보자고 한 거냐? 뭐, 이제라도 도움이 필요한 거야?"

최만기는 말을 뱉어내자마자 밀려오는 후회 탓에 고개를 살짝 숙여보였다.

정말 눈에 넣어도 안아픈 딸이었지만, 막상 앞에만 있으면 말이 마음처럼 나오지 않았다.

지금 역시 본의 아니게 서은의 자존심을 자극하는 말을 뱉어내고 말았고, 서은의 성격으로 미루어본다면 다음 말이 절대로 좋게 나올 리가 없었다.

덕분에 뒷짐을 진 채 최만기 회장 바로 곁에 서있던 상윤 역시 한 손으로 얼굴을 쓸며 소리 없는 탄식을 내뱉었다.

그런데 다음 순간, 서은의 입에서 흘러나온 예상치 못한 말 덕분에 모두의 이목이 집중되었다.

"네, 도움이 필요해요."

가장 놀란 듯 보이는 사람은 단연 최만기 회장이었다.

서은의 드센 성격을 가장 잘 아는 최만기 회장이었기 때문에, 정말이지 놀라지 않을 수가 없는 노릇이었다.

이내 최태룡이 입 꼬리를 살짝 말아 올리고는 되물었다.

"그래, 무슨 도움이 필요한데?"

이내 서은이 다시금 또랑또랑한 목소리로 답했다.

"외식경영을 배우고 싶어요."

이내 서은의 대답을 들은 최만기가 크게 놀란 듯 잔뜩 격양된 목소리로 되물었다.

"네가 외식 경영을 배우고 싶다고?"

"네, 정말 제대로 배우고 싶어요."

서은의 확고함이 실린 대답 덕분에 일순 정적이 일었다.

이내 최만기가 이죽거리는투로 되물었다.

"아니, 왜?"

서은은 옅은 미소를 지어보이고는 말을 이어나가기 시작했다.

"다들 경묵씨 아시죠?"

예상치 못한 이름이 거론되자, 최만기는 물론 최태룡 그리고 상윤까지 눈을 크게 떠보였다.

최만기는 미간에 내 천(川)자를 그려보이고는 되물었다.

"그러니까 그, 요리사 임경묵 말하는 건가?"

"네, 요리사 경묵씨요."

이내 최만기가 의아하다는 듯 되물었다.

"임경묵은 왜?"

"사실 지금 제가 경묵씨 밑에서 일하고 있어요."

서은의 대답을 들은 최만기가 놀람을 감추지 못한 채, 입을 쩍 벌렸다가 생각을 선회시키듯 고갯짓을 한 번 해보였다.

그리고는 몸을 식탁 앞으로 바짝 내밀고는 떨리는 목소리로 되물었다.

"뭐? 아니, 약국은? 그게 대체 무슨……?"

"말 그대로에요. 경묵씨 트럭에서 일하고 있어요. 처음 푸드 트럭을 열었을 때부터 지금까지 쭉 말이에요."

이내 최만기가 고개를 홱 돌려 상윤을 쏘아보자, 상윤이 고개를 푹 숙이고는 숙연한 표정을 지은 채 기어들어가는 목소리로 말했다.

"미리 말씀 못 올려서 죄송합니다."

이내 서은이 양 손으로 손사래를 쳐 보이며 상황을 수습하기 시작했다.

"아니, 아니. 상윤씨한테는 제가 절대 말하지 말라고 신신당부를 했었어요. 아버지도 제 성격 아시잖아요."

심각한 표정의 최만기와는 달리 최태룡은 웃음이 새어나오는 족족 흘려보내고 있었다.

"크ㅎㅎㅎㅎ……."

이내 최만기가 최태룡을 바라보며 잔뜩 이죽거리는 투로 물었다.

"아니 숙부님은 뭐가 좋으셔서 그렇게 웃으십니까?"

"임경묵이 그 놈 말이야, 보통 놈이 아니라고 생각했지만 생각보다 더 대단하단 말이지."

이내 최만기가 눈썹을 한 번 꿈틀해 보이고는 되물었다.

"뭐가요?"

"저 말괄량이를 직원으로 썼다고 하잖아? 그것도 몇 달이나 말이야."

최태룡의 말에 고개를 한 번 저어보인 최만기가 체념한 듯 힘없는 투로 말했다.

"하, 대단하긴 하네요."

이내 서은이 다시금 입을 뗐다.

"그래서 외식경영을 배우고 싶어요. 기간도 상관없고, 업무강도도 상관없으니까 정말 제대로 배우고 싶어요."

최만기는 눈을 크게 뜬 채 서은을 바라보며 물었다.

"임경묵이 밑에서 일하는 거랑 네가 외식 경영을 배우는 거랑 대체 무슨 상관인데?"

제법 날카로운 물음이었음에도 불구하고 서은은 눈 한 번 깜빡하지 않은 채, 또랑또랑한 목소리로 답했다.

"제가 그 사람한테 도움이 되질 못하니까요."

"뭐?"

"그 사람한테 도움이 되고 싶어요."

"뭐야? 그건 또 무슨……."

"말씀 드린 그대로에요. 어려운 이야기는 아니잖아요."

다시금 정적에 휩싸인 저택 식당 안으로, 저택 직원이 카트를 몰고 들어왔다.

드르륵—

저택 직원은 천천히 카트에 담겨있던 음식을 식탁 위로 나르기 시작했다.

최만기는 잔뜩 구겨진 얼굴로 식탁 위에 놓이기 시작한 음식들을 바라보고만 있을 뿐이었다.

이내 연신 미소를 머금고 있던 최태룡이 입을 뗐다.

"서은아."

"네, 작은할아버지."

"배워."

너무 간단명료한 대답 덕분에 서은의 입 꼬리가 말아올려 졌다.

서은이 고개를 살짝 더 기울여 보이자, 최태룡이 말을 이었다.

"대신 확실하게 배워라. 임경묵이 그 놈이 바보 온달은 아니라지만 평강공주 같은 여자가 되란 말이야."

"자신 있어요."

서은이 단호하게 답해보이자, 최태룡이 이번에는 최만기를 바라보며 입을 뗐다.

"서은이, 그 김회장 밑으로 보내서 배우게 해라."

최만기가 눈썹을 한 번 꿈틀거려보이고는 되물었다.

"예? 아니, 뭘 그렇게까지……."

"제대로 배워야지. 임경묵이는 내가 제대로 키울 게다. 어영부영 배워서 그 놈한테 도움이나 되겠어?"

최태룡은 다시금 고개를 돌려 서은을 바라보며 말했다.

"최대한 빨리 출국준비 끝내고 말해라."

"네?"

서은이 의구심이 잔뜩 담긴 목소리로 되묻자, 최태룡이 조소 어린 미소를 지어보이고는 답했다.

"제대로 배우겠다니까 알았다며?"

"네, 그런데 출국 준비는 왜……?"

서은이 말끝을 흐려 보이자, 최태룡이 음흉한 미소를 지어보이고는 말했다.

"이 좁은 땅에서 뭘 배워? 가서 배우고 와야지. 짧게 잡아서 3년이다. 버텨낼 자신 있고, 임경묵이 그 놈이 그렇게 믿을 만 한 것 같으면 다녀와."

실은 으레 겁을 주려 한 말이었다.

뭐든 금방 배우는 서은의 기량을 감안해본다면, 3년씩이나 걸리지는 않을 테였다.

뜻이 얼마만큼이나 확고한지를 가늠해보려 한 말이었을 뿐이었다.

그런데 놀랍게도 서은은 한 치의 망설임도 없이 답했다.

"네. 다녀올게요."

서은의 대답을 들은 최태룡이 박장대소를 해 보였다.

"푸하하하하하!"

최만기는 애꿎은 최태룡만 흘겨보다가, 서은에게 물었다.

"그래서 지금, 임경묵이하고 만나고 있는 거냐?"

"네."

무뚝뚝하게 대답을 마친 서은이, 식탁 위에 놓인 젓가락을 집어 들자 최만기가 다시금 물었다.

"잘 해주나?"

이내 서은이 씽긋 미소를 지어보이고는 답했다.

"그럼요, 아까도 전화해서 보고 싶다고 하던걸요?"

세계대회 마지막 날.

경묵 팀은 이제 마지막 경연인 저녁 경연, 즉 결승전만을 앞두고 있는 상태였다.

무난하게 결승에 오른 경묵 팀의 마지막 상대는 상해 내에서 제법 규모 있는 레스토랑을 운영 중인 '양삭'의 팀이었다.

경묵은 아직 잠이 덜 깬 듯 게슴츠레하게 뜬 눈을 비비며 모니터를 뚫어져라 쳐다보고 있었다.

그리고 그 옆에 선 대욱은 비교적 말끔한 차림으로 팔짱을 낀 채 경묵과 함께 모니터를 바라보고 있었다.

멍한 표정으로 마우스를 연신 클릭해대던 경묵이 고개를 한 번 저어보이고는 나지막이 말했다.

"음, 중국 내에서 이름난 포털 사이트는 하나도 빠짐없이 이 잡듯 뒤져봤는데 딱히 쓸 만한 정보가 없네요."

"뭐?"

대욱이 눈을 조금 더 작게 떠 보이며 모니터를 향해 얼굴을 들이밀어 보았지만, 화면에는 뜻 모를 중국어만 잔뜩 쓰여 있을 뿐이었다.

지금 두 사람은 외나무다리, 즉 결승에서 만난 마지막 경쟁자 '양삭'이 지휘하는 팀에 대한 정보를 찾아보고 있었다.

그러나 애석하게도 인터넷에 게시되어있는 양삭에 대한 정보는 올해 초 중국 내에서 개최되었던 국제 대회의 시상대 가장 높은 곳에 오른 사진 한 장과, 그가 운영 중인 식당에 대한 정보가 전부였다.

제법 지친 기색이 역력해 보이는 경묵이 기지개를 펴며 의자 등받이를 한껏 뒤로 젖혀보이자, 대욱이 의아하다는 듯 고개를 갸웃거려 보이며 물었다.

"아니, 엄청 큰 식당을 운영하고 있다며? 그런데 이렇게 정보가 부족하다는 게 말이나 돼?"

"네, 저도 이해가 잘 안가네요."

"그래? 그럼 그 사람이 운영 중이라는 식당에 대한 평판은 어떤 편인데?"

대욱의 물음에 경묵이 손에서 놓았던 마우스를 다시금 쥔 후에 몇 번 더 클릭을 해대기 시작했다.

딸깍- 딸깍-

이내 모니터 화면에는 깔끔한 인테리어의 중식당 내부 사진이 나타났고, 대욱은 책상에 손을 얹은 채 유심히 사진을 살펴보기 시작했다.

"어, 보시다시피 가게 규모는 상당하고……. 총 4층짜리 건물을 모두 식당으로 쓰고 있네요. 평판은 굉장히 좋은 편이고, 그 와중에 불만사항을 꼽자면 가격이 세다는 이야기들 뿐이네요."

"확실히 실력은 있나보네?"

"네, 다른 팀원들에 대한 정보나 인터뷰들은 조금씩 기록된 게 있는데 정작 '양 삭' 에 대한 정보는 아까 말씀드린게 전부 예요."

모니터를 들여다보던 경묵은 입이 찢어져라 크게 하품을 한 번 해보이고는 컴퓨터 앞 의자에서 일어섰다.

"생각해보니까 미심쩍은 부분이 한두 군데가 아니네요."

"왜?"

"양삭 이사람, 식당 오픈한 게 불과 육 개월 전이에요. 그

전에 게시된 글도 한 개도 없고, 말 그대로 신인이에요. 셰프 칭호를 얻은 것도 올 초에 열렸던 국제대회 우승 이후고."

사실상 셰프라는 칭호 자체가 훈장이나 작위처럼 수여가 되는 것은 아니라지만, 실력이 입증된 바 있는 주방장들에게 만 주어지는 명예로운 칭호였다.

그러니 경묵이 한 칭호를 얻었다는 말의 뜻은, 요리사로서 이름을 떨치기 시작한 시기를 말하는 것 이었다.

이내 턱을 한 번 쓸어내려 보인 대욱이 의심을 떨쳐내지 못한 채 의아하다는 듯 물었다.

"대체 뭐지? 그냥 혜성처럼 나타난 셰프인가?"

"두 가지 중 하나겠죠."

대욱이 호기심 잔뜩 어린 눈길로 경묵을 바라보자, 경묵은 옅은 미소를 지어보인 후에 말을 이었다.

"자, 첫 번째! 재정적으로 든든한 지원군이 있는 실력 있 는 신인 셰프다. 두 번째! 추가 능력치로 '조리'와 관련된 능 력치를 얻은 각성자다."

경묵이 말을 마치자, 대욱은 그제야 무언가 알았다는 듯 입을 살짝 벌린 채 탄식을 내뱉었다.

"아! 그렇네. 그 경우의 수를 생각 못했네."

"아마 후자일 가능성이 높아요."

이내 대욱의 얼굴 위에 어두운 그림자가 잔뜩 드리웠다.

"흠, 각성자라면 만만치 않겠는데?"

"뭐, 이미 탈락한 정필상 요리사도 각성자잖아요."

"그렇긴 하지만 일단 결승전까지 온 각성자라면 이야기가 조금 다르지 않겠어? 더군다나 상대 주력 메뉴가 뭔 지도 모르고 맞붙으려니까 괜히 불안하네."

빡─!

크게 울려 퍼진 타격음과 함께 대욱의 고개가 아래로 한참 젖혀졌다.

다름 아니라 침실 안에서 막 나온 전병우가 대욱의 뒤통수를 세차게 후려친 것이었다.

전병우는 손을 터는 시늉을 해 보이고는 특유의 이죽거리는 투로 나지막이 말했다.

"경쟁을 왜 남이랑 해?"

대욱은 갑작스레 얻어맞은 뒤통수가 제법 욱신거리는 것인지, 인상을 잔뜩 구긴 채 양 손으로 머리를 어루만지며 답했다.

"아이고, 스승님. 이렇게 뒤쳐져서야 씁니까? 요즘 같은 정보화시대에 이렇게 안일하게 생각하시다니, 실망입니다! 저쪽 팀도 지금 저희에 대해서 부리나케 찾아보고 있을 걸요?"

이내 전병우가 혀를 몇 번 차보이고는 답했다.

"오호, 그래서 찾아보시고 뭐 좀 건지셨어?"

"어, 아! 뭐……. 그런 셈이죠?"

쿵─!

전병우의 주먹이 이번에는 대욱의 이마 위에 떨어졌다.

"잔뜩 쫄아가지고 말이야, 내가 너를 그렇게 가르쳤냐?"

"아니, 그건 아니라지만 다된 밥에 재 빠트려서 쓰겠습니까? 돌다리도 두드려보고 건너자는 거죠."

"돌다리는 무슨, 네 놈 주눅들어있는 꼴 보니까 돌다리가 아니라 낭떠러지 위에 놓인 나무다리 건너는 꼴 같은데……."

말끝을 살짝 흐려 보인 전병우가 대욱과 경묵을 한 번 번갈아 바라보고는 사뭇 진지한 목소리로 말을 이어가기 시작했다.

"이 놈들아, 경쟁은 남이랑 하는 게 아니야. 자기 자신이랑 하는 거지. 우승을 하든 못하든, 이기든 지든 스스로 만족할만한 요리를 선보였으면 요리사로서 할일 다 한 것 아니겠냐?"

전병우의 말을 들은 두 사람의 입가에 동경이 가득 섞인 미소가 번져갈 무렵, 전병우가 엷게 떨리는 목소리로 되물었다.

"그런데 찾아보니까 뭐래? 그 놈들이 그렇게 잘한대?"

❀

룸서비스로 아침식사를 해결한 경묵팀의 팀원들은 때 아닌 한가로운 시간을 보내고 있었다.

하루 두 번의 경연이 치러졌던 대회 초반과 달리, 마지막 날인 오늘은 오후에 단 한 번의 경연을 치르기 때문이었다.

사실 노심초사하며 보낸다거나, 개방된 조리실 내에서 미리 합을 맞추어 보는 것이 정상적인(?) 범주 내의 선택지이겠지만, 경묵 팀은 휴식을 택한 듯 보였다.

대욱은 아까의 걱정은 온데간데없이 쇼파 위에 누워 꿀 같은 단잠에 취해있었고, 지언과 정혁은 객실 TV에 있는 유일한 한국 채널을 시청하고 있었다.

다만 경묵과 전병우는 심각한 표정으로 침실 내에서 대화를 나누고 있었다.

"그러니까, 이계 요리사? 그런 놈이 있다는 말이지?"

"네, 이번 경연만큼은 제가 아니라 그가 직접 지휘를 해 줄 거예요."

"그런데 문제는 식재료야. 다른 요리들이야 우리가 한국에서 조금씩이라도 맞춰본 요리였거나 생소하지 않은 요리였잖아. 그런데 이번 경연에서 선보일 요리는 정말 다른 세상의 요리라는 거 아니야?"

경묵이 고개를 한 번 끄덕여보이고는 답했다.

"네, 그렇죠."

"그게 걱정된다는 거야. 과연 우리가 처음 보는 식재료의 식감을 살릴 수 있을지, 그리고 또 아무리 바로 옆에서 피드백을 해준다 해도 한계가 있는 것 아니겠어?"

전병우의 걱정 어린 물음에 경묵이 옅은 미소를 머금은 채 답하기 시작했다.

"역으로 생각해보면 장점이 더 많아요. 우선 그런 식재료와 요리가 생소한 것은 우리 뿐 아니라 심사위원들도 마찬가지예요. 이계 식재료가 기본적으로 맛이 훨씬 더 우월하다는 것을 감안해본다면, 작은 실수 정도는 티도 안 날 거예요."

"그렇긴 하지……. 그리고?"

"그리고 사실상 퓨전 중식 요리는 한국 내에서도 판을 치는데, 본토인 중국에선 오죽하겠어요? 양식이나 일식, 한식과 융합한 요리들은 이미 지난 경연에서 선보인 바 있잖아요. 아마 심사위원들도 어림짐작하고 있을 거예요. 저희가 적어도 순수한 중식을 선보이지는 않을 거라는 사실 말이에요."

이윽고 전병우의 입가에도 미소가 떠올랐다.

"하하하하, 이 놈 봐라. 그래서 이제 양식 일식 한식이 아니라, 이계 요리와 섞겠다는 거야?"

"바로 그거예요. 새롭지만 익숙한 맛을 내는 게 목표인 셈이죠. 양삭인지 뭔지 하는 셰프가 아무리 날고 기는 각성자라고 한들 상관없어요."

말을 마친 경묵은 인벤토리에서 이번 경연에서 선보일 이계 식재료 몇 가지를 꺼내어 침대 위에 늘어놓기 시작했다.

회오리 모양 문양이 잔뜩 수놓아진 과일부터 시작해서, 집게손이 여덟 개나 달린 가재, 그리고 경묵이 일전에 한 번 다뤄본 바 있는 말하는 만드라고라, 마지막으로 별 모양 나뭇잎까지.

전병우가 넋을 놓은 채, 생소한 식재료들을 바라보고 있을 때 사람의 형상을 한 말하는 만드라고라의 목소리가 울려 퍼졌다.

"살려주게! 제발 살려주게!"

저번에 사용한 말하는 만드라고라는 어린 아이의 목소리를 가진 만드라고라였다.

허나 이번 만드라고라는 중후한 중년 남성의 목소리를 하고 있었다.

만드라고라는 전병우의 애처로운 시선을 인식하기라도 한 것인지, 이번에는 더 간절한 목소리로 외쳐대기 시작했다.

"제발! 나에겐 가정이 있어! 돌봐야 하는 처자식이 있다고!"

이내 전병우가 해괴망측한 표정을 지어보이고는 경묵에게 물었다.

"야, 이거 완전히 사람이잖아. 이걸로 요리를 하겠다고?"

"저도 처음엔 마음이 약해졌는데, 저거 사실 다 이미 기입되어있는 명령어나 다름없어요. 장미 꽃 줄기에 돋아나 있는 가시 같은 거라고 생각하시면 돼요. 그냥 생존을 위한 진화의 일환이 사람의 형상을 띄게 된 것과 말을 할 수 있게 된 것 뿐이라고 생각하시면 돼요."

전병우는 영 내키지 않는 것인지 말하는 만드라고라를 한번 가리켜보이고는 치우라는 듯 휙휙 손을 내저어보였다.

경묵은 밝은 표정으로 만드라고라를 집어 들어서는 다시금 인벤토리 안에 넣었다.

"이계 식재료라……. 기발한 생각이긴 한데 영 불안하긴 하단 말이야. 그 이계 요리사라는 놈, 믿을만한 놈 맞아? 혹시 이계에서는 삼류 아니야?"

전병우의 물음을 들은 경묵은, 배를 잡은 채 한참을 웃어재긴 후에야 간신히 입을 뗐다.

"괜찮아요, 개념은 없어도 요리 실력 하나 만큼은 확실한 사람이거든요."

한차례 말을 마친 경묵이 팔짱을 낀 채 짧게 침묵했다.

이윽고 얼마 지나지 않아 사뭇 진지한 어투로 다음 말을
이어나가기 시작했다.

"어쨌든 양삭, 그 사람 실력은 저랑 마주치는 순간 바로
가늠 할 수 있어요."

"뭐? 어떻게?"

바로 이계 요리사 정령 '폰 데 쿠거밀스'와 계약을 하며
새로이 얻게 된 능력이었다.

미량의 마나를 눈에 몰아넣는 것만으로 상대방의 조리 능
력치를 확인할 수 있는 [절대자의 안목]스킬.

세계 대회에 출전한 이후로는 혹 괜히 주눅들지 않을까 하
여, 단 한 번도 쓰지 않은 스킬이었다.

그러나 이번만큼은 달랐다.

이번만큼은 칼을 쥐게 된 이가 자신이 아닌 쿠거였고, 철
저히 방관자의 입장에서 관람을 하게 되었으니 한 번 살펴
볼 요량이었다.

"다 그 이계 요리사의 힘이에요. 어쨌든 지금 바로 그 작
자한테 제 몸에 대한 권한을 넘길 테니까 요리에 대한 설명
을 한 번 들어보세요."

"뭐? 지금 바로? 너무 이른 것 아냐?"

경묵은 시간을 확인하려 손목시계를 한 번 내려다보고는
나지막이 말했다.

"네, 제가 권한을 되찾으려 하지 않는 한 최대 24시간 까
지 지속이 돼요."

"갑작스럽군…… 어쨌든 알았다."

전병우가 대답을 하기가 무섭게, 경묵은 눈을 지그시 감아 보인 채 작게 읊조렸다.

'강림.'

띵—!

[강림 해제 키워드 : 강림 해제]

[폰 데 쿠거밀스의 강림이 완료되었습니다.]

[폰 데 쿠거밀스와 감정, 감각, 기억을 공유합니다.]

경묵에 몸에 옅은 빛이 아른거리길 잠시, 다시금 경묵이 눈을 떴다.

그리고 경묵의 눈빛은 불과 수 초 전과는 차원이 다르다는 생각이 들 만큼이나 매섭게 변해있었다.

"아, 심심해서 죽는 줄 알았네."

전병우가 미심쩍은 눈으로 경묵을 바라보자 음흉한 미소를 지어보인 경묵이, 아니 폰 데 쿠거밀스가 전병우에게 호통 치듯 되물었다.

"뭘 멀뚱멀뚱 보고만 있어? 가서 다른 꼬맹이들 안 데려오고?"

크게 당황한 듯 보이는 전병우가 이러지도 저러지도 못하고 있자, 쿠거는 한껏 거만한 자세로 고쳐 앉고는 전병우를 매섭게 노려보며 말했다.

"에라, 여긴 주방 내의 위계질서 같은 것도 없는 건가?"

"아니, 자네 나보다 나이도 한참 어려 보이는데……"

기세가 드세기로는 어디에서도 절대로 뒤지지 않는 전병우라지만, 쿠거 앞에서는 새 발의 피인 듯 보였다.

꿀꺽-

쿠거의 매서운 눈빛에 살짝 주눅든 듯 보이는 전병우가 침을 한 번 삼켜내고는 쿠거의 다음 말을 기다리고 있었다.

쿠거는 제 자리에서 일어서서는 머리칼을 한 번 쓸어올려 보이고는 말했다.

"너 백 년은 살았어?"

"그게 무슨……."

"아니, 너 백 년도 못살았을 거 아냐."

"그거야 당연히……."

쿠거는 귀찮은 듯 심드렁한 표정으로 나가라는 듯 손짓을 해 보이며 말을 이었다.

"그럼 꾸물대지 말고 가서 다른 졸병 놈들 데리고 와."

전병우가 고개를 한 번 내저어보이고는 자리에서 일어서 침실 밖으로 걸음을 옮기기 시작하자, 쿠거가 다시금 호쾌한 목소리로 말을 덧붙였다.

"야, 내가 몇 백 살인지 알아? 억울하면 네가 먼저 태어나지 그랬어?"

❀

결승은 전에 치러진 경연들과는 달리, 연회실에서 펼쳐질 예정이었다.

원 테이블에 깔끔히 차려입은 주최 측 관계자들과, 각국 중식 협회의 일원들, 투자 목적으로 이번 대회를 방문한 바

이어들, 음식작가들과 칼럼리스트들이 옹기종기 모여 앉은 채로 경연이 시작되기만을 기다리고 있었다.

그리고 맨 앞 열에는 기자들이 자신들의 얼굴만 한 카메라를 손에 쥐거나 삼각대에 올려둔 채 대기하고 있었다.

그리고 그 때, 다시금 조리실의 문이 열렸다.

끼이이익-!

세련된 모양새의 조리복을 차려입은 경묵 팀이 천천히 연회실 안으로 들어서기 시작했다.

맨 앞선 경묵, 즉 쿠거는 한껏 거만한 표정으로 양 손을 바지주머니에 찔러 넣은 채 당당히 걸어 들어오고 있었고, 다른 팀원들은 다들 지친 기색이 역력한 얼굴로 들어섰다.

이내 기자들의 카메라 셔터 음이 한 차례 울려 퍼졌다.

찰칵-! 찰칵-!

그리고 그 때, 기자들 틈바구니 속에 섞여있는 카메라 한 대를 발견한 정혁이 다급한 목소리로 말했다.

"어? 저거 한국 방송사 아니에요?"

정혁이 잔뜩 격양된 목소리로 말하자, 대욱이 눈썹을 한 번 꿈틀해 보이고는 살짝 들뜬 듯 보이는 목소리로 답했다.

"어? 그러게?"

공식 채널은 아니라지만, 한국에서 나름 인지도 있는 케이블 방송사에서도 취재를 나온 것인지 중국 기자들 틈바구니 속에 섞여 경묵 팀을 찍어대고 있었다.

물론 쿠거는 전혀 아랑곳하지 않고 조리대 앞에 서서는 인벤토리 내에 준비되어있던 경묵의 조리도구들을 모두 꺼내어 올려두었다.

그리고 그런 경묵팀을 아니꼽다는 듯 쏘아보는 이들이 바로 맞은편 조리대에 서 있었다.

바로 마지막 상대인 양삭 팀의 팀원들이었다.

양삭 팀의 팀원들은 자신들보다 비교적 늦게 조리실에 당도한 경묵 팀의 몰골을 보며 수군거리기 시작했다.

"저 놈들 꼴 좀 보십시오. 아마 밤새 연습했을 겁니다."

"그러게 잠도 안자고 연습한 모양이다.

"하하, 하루아침에 실력이 늘어봤자 얼마나 늘겠어? 우리한테는 양삭 셰프님이 계시잖아."

이런저런 이야기를 주고받은 팀원들의 뒤편에서 마지막으로 식재료를 점검하고 있던 양삭이 옅은 미소를 지어보이고는 건방지기 짝이 없는 투로 말했다.

"아시다시피 제 앞에서는 아무리 날고 기어 봤자에요. 그래 봤자……."

말을 이어나가던 양삭이 쿠거와 눈이 마주치자 말끝을 흐려보였다.

양삭이 조소어린 웃음을 한 번 지어보이자, 쿠거가 재미있다는 듯 피식하고 웃음을 지어보인 후에 특유의 날카로운 눈빛으로 양삭을 쏘아보기 시작했다.

"네, 그래봤자 한국 뜨내기들이겠죠."

양삭은 옆에 바짝 붙어 서서 손바닥을 비벼대며 말한 팀원의 말에 대답도 하지 않고 고개를 푹 숙여보였다.

"셰프님, 어디 편찮으세요?"

이내 다른 팀원이 득달같이 달려들어 양삭에게 묻자, 양삭은 고개는 들지 못한 채 손만 살짝 들어 저어보이며 말했다.

"아, 아닙니다. 괜찮아요."

방금 양삭은 마지막 생존 팀인 한국 팀의 요리사와 눈이 마주친 순간 마치 맹수와 마주한 것 같은 공포를 느낄 수 있었다.

절대적인 포식자에게서나 느껴질 법한 위압감.

곱상하게 생긴 동양인 요리사는 놀랍게도 그런 눈빛을 하고 있었다.

'저 자식, 대체 뭐하는 녀석이지?'

이내 생각을 선회시키려는 듯, 그리고 자신을 올가맨 공포를 떨쳐내려는 듯 고갯짓을 한 번 해보인 양삭이 다시금 고개를 살짝 들어 곁눈질로 한국인 셰프를 바라보았다.

한국인 셰프는 자신은 신경도 쓰지 않은 채로, 자신의 팀원들에게 무어라 지시를 내리고 있었다.

얼마 지나지 않아, 중국 내에서 나름 이름 난 중년배우가 무대 위에 섰다.

경묵 팀의 팀원들은 그가 누구인 줄 전혀 모르는 것 같은 눈치였고, 객석에 앉은 이들 역시 작게 수근 거릴 뿐 별다른 내색은 하지 않았다.

마이크를 손에 쥔 중년배우가 입을 뗐다.

"안녕하십니까? 이번 상해 세계 중식 컨벤션의 결승 진행을 맡게 된 자왕난이라고 합니다."

짝짝짝짝짝-

객석에서 우레와 같은 박수소리가 울려 퍼지자, 쿠거가 이죽거리는 투로 말했다.

"저번에도 그렇고, 이번도 그렇고 투기장 검사도 아니고 요리사가 무슨 이렇게 평가를 받아?"

다른 팀원들은 뒤에서 몰래 고개를 한 번 저어보일 뿐, 별다른 말은 하지 않았다.

이들 모두가 객실 내에서 몇 시간 동안 쿠거와 대화를 나누어본 결과, 대화가 전혀 통하지 않는다는 결론을 내린 것이다.

쿠거는 우습다는 듯 콧방귀를 끼어 보이고는, 심드렁한 표정으로 인벤토리 안에 있던 식재료들을 차례로 꺼내기 시작했다.

한참을 쉬지 않고 말을 이어가던 사회자의 목소리가 잠시 작아지던 때였다.

"자, 그럼 시작에 앞서……."

"살려주세요! 제발 살려주세요! 나는 돌봐야 할 처자식이 있단 말이에요!"

갑작스레 경묵팀 조리대에서 난 다급한 소리에, 장내에 있던 모든 이들의 이목이 집중되었다.

"살려주세…."

쿵-!

쿠거는 갑작스레 집중된 시선에는 아랑곳하지 않고 중화칼 손잡이로 만드라고라를 한 차례 세게 찍었다.

벙 찐 듯 보이는 사회자가 아무런 말도 잇지 못하고 있자, 쿠거는 가볍게 묵례를 해 보이고는 마저 하라는 듯 가볍게 손짓을 해보였다.

"어······. 경연 시작에 앞서 우선 각 팀 팀장들의 각오에 대해 들어보도록 하겠습니다. 먼저 양삭셰프 앞으로 나와주십시오."

이내 양삭이 연회실 앞 무대를 향해 성큼성큼 걸음을 옮기기 시작했다.

사회자는 무대 위에 오른 양삭에게 마이크를 넘겨주었고, 양삭이 말을 이어나가기 시작했다.

"안녕하십니까? '양삭' 팀의 메인 셰프 '양삭' 입니다. 우선 이렇게 영광스러운 자리에 설 수 있게끔 기회를 만들어주신 주최 측에 감사를, 그리고 부족한 요리를 고평가해주신 심사위원 분들께 감사드리며, 중식의 무한한 발전을 기원하며 최선을 다해 경연에 임하도록 하겠습니다. 감사합니다."

다시금 객석에서 우레와 같은 박수 소리가 울렸다.

짝짝짝짝짝-!

"자, 그럼 이번에는 '한국산 청양고추 다섯 개' 팀의 임경묵 셰프를 무대 위로 모셔보겠습니다."

쿠거는 새어나오는 웃음을 간신히 참으며 무대 위로 걸음을 옮기기 시작했다.

사회자는 쿠거가 무대 위에 도착하기 직전 말 한 마디를 덧붙였다.

"원래 한국산 청양고추 다섯 개 팀의 팀장은 형대욱 셰프이지만, 임경묵 셰프가 중국어에 상당히 능통한 관계로 대신 모시게 되었습니다."

물론 쿠거는 중국어에 상당히 능통하지 못하다.

아니 상당히 능통하지 못한 수준이 아니라, 아예 기본적인 의사소통조차 불가한 수준이었으나 경묵과 감정, 감각, 지식들을 모두 기억하고 있는 상태였기에 중국어를 무리 없이 알아듣고 있었다.

이내 사회자에게 마이크를 건네받은 쿠거가 입을 뗐다.

"뭐…… 안녕하십니까?"

쿠거는 연회실 원 테이블에 앉아 무대 위에 오른 자신을 지켜보고 있는 이들을 천천히 한 번 훑어본 후에 다시금 말을 이었다.

"죄송합니다만 각오는 준비가 안 되었습니다."

쿠거의 목소리가 연회실 곳곳에 자리한 스피커에서 흘러나오자, 장내에 술렁임이 일었다.

통역사에게 쿠거가 말하고 있는 수상 소감을 듣고 있던 경묵팀의 팀원들의 표정은 딱딱하게 굳어가고 있었고, 삭양삭팀의 요리사들은 조소가 가득 담긴 눈빛으로 가소롭다는 듯 쿠거를 바라보고 있었다.

그리고 그 순간, 쿠거가 다시금 입을 뗐다.

"대신 그럴싸한 수상 소감은 준비되어있습니다. 감사합니다."

말을 마친 쿠거가 한 쪽 발을 뒤로 빼며 쇼맨쉽이 가득 담긴 인사를 해 보이자, 객석에서 전과는 비교도 되지 않는 박수와 환호성이 터져 나왔다.

짝짝짝짝짝-!

"와아아아아-!"

갑작스런 환호에 경묵 팀이 호기심을 죽이지 못한 채, 통역사를 뚫어져라 바라보자 통역사가 쿠거가 한 말을 그대로 통역해주었다.

이내 다시금 수상소감 내용에 대해 전해들은 경묵 팀의 표정이 급격히 밝아지기 시작했다.

그러나 양삭 팀의 요리사들의 표정은 급격히 어두워졌다.

경연은 한참 후에도 시작되지 않았다.

규모가 큰 대회가 으레 그렇듯 쓸데없는 훈사가 이어진 탓이었다.

심사석에 앉은 심사위원들조차 지루한 기색을 숨기고 있지 못하자, 마음이 급해진 사회자가 점점 진행속도를 올리기 시작했다.

그리고 그 때, 경묵이 쿠거에게 말을 붙였다.

[이 봐, 쿠거.]

'왜?'

[저 녀석 조리 능력치 몇이야?]

'직접 보면 되잖아.'

[안에 있으니까 절대자의 안목을 쓸 수가 없어.]

쿠거는 귀찮다는 듯 게슴츠레하게 뜬 눈으로 건너편 조리대에 선 양삭의 조리 능력치를 한 번 살펴보았다.

덕분에 다른 요리사들의 조리능력치도 그들의 머리 위에 속속들이 나타나기 시작했다.

그리고 양삭의 머리 위에 나타난 조리 능력치를 본 쿠거가 만족스럽다는 듯 옅은 미소를 지어보였다.

'오, 제법 재미있는 녀석이네?'

[왜?]

'MAX로군.'

MAX.

양삭의 조리 능력치가 최대치인 99에 달했다는 뜻이었다.

경묵이 무어라 답을 하지 않자, 쿠거가 경묵에게 물었다.

'나를 못 믿나?'

[믿어.]

'그럼 뭐가 문제지?'

[당신이 없었으면 내 실력으로 이길 수 있었을까?]

'뭐, 그건 내가 상대해보고 말해주도록 하지.'

두 사람이 대화를 주고받는 사이에 형식적인 진행절차가 모두 끝난 것인지, 사회자가 경쾌한 목소리로 외쳤다.

"자! 그럼 상해 세계 중식 컨벤션, 그 대망의 결승의 시작을 알리도록 하겠습니다!"

사회자가 말을 마치기도 전에, 빔 프로젝트로 만든 타이머가 연회실 무대 벽에 게시되었다.

제한 시간은 전과 똑같이 1시간이었다.

벽에 나타난 시간은 천천히 줄어들기 시작했고, 양팀은 곧장 분주하게 움직이기 시작했다.

반면, 경묵 팀의 팀원들은 곧장 조리를 시작하지 않고 가만히 서있었다.

아니, 못하고 있다는 말이 더 옳은 듯 했다.

지휘를 내려야 할 쿠거가, 지휘는 내리지 않고 아랫입술을 질근질근 씹어대며 가만히 서 있었기 때문이었다.

다음 순간 경묵의 몸에 다시금 옅은 빛이 아른거리기 시작했고, 한참동안 눈을 감은 채 가만히 서있던 경묵이 다시금 눈을 떠보였다.

그리고는 눈앞에 나타난 상태 창을 마치 파리 쫓듯 손을 내저어 없애보였다.

[폰 데 쿠거밀스의 강림이 해제되었습니다.]

정령 계약을 맺은 이계 요리사와 소통하는 방법은 조리도구를 손에 쥐는 것.

경묵이 중화 칼을 손에 쥐기가 무섭게 쿠거가 잔뜩 흥분한 목소리로 말했다.

[미쳤어? 이게 대체 무슨 짓이야?]

'말한 대로다. 그 때 했던 부탁을 무르겠어.'

[제기랄, 모자란 녀석 같으니. 네가 혼자 힘으로 그 요리를 할 수 있을 것 같다고 생각하는 거야?]

'물론이야.'

[뭐라고?]

경묵은 칼을 쥔 손의 반대 손을 한 번 쥐었다 펴 보았다.

[강림] 스킬은 사용 후 해제를 하고나면 이질감이 들어 몸에 적응하는 시간이 필요했다.

경묵이 갑작스레 강림을 해제한 이유는 단 하나, 단순한 호기심 때문이었다.

조리 능력치가 MAX에 이른 양식과 요리 실력으로 겨루

었을 때 자신이 이길 수 있을까 하는 호기심.

경묵은 다시금 쿠거에게 자신의 확고한 의지를 전달했다.

'그리고 쿠거, 나는 져도 상관없어.'

[멍청한 녀석, 너를 믿고 따르는 주방 식구들의 영광을 위한 일이라고 하지 않았나?]

쿠거의 말이 머릿속에서 울리듯 퍼지기 시작했다.

경묵은 고개를 돌려 뒤에 서 오더를 기다리고 있는 팀원들의 얼굴을 살펴보았다.

아무런 말없이 가만히 서서 기다리고 있는 팀원들을 보고 있자니 미안하다는 생각이 들었다.

다시금 고개를 돌려 맞은 편 조리대에 선 양상을 바라보았다.

기분 탓인지는 모르지만, 조리에 열중하고 있는 그의 손길에서 노련함이 느껴지는 것만 같았다.

이내 피식하고 미소를 지어보인 경묵이 다시금 되뇌었다.

'그래, 맞아. 나를 믿고 따르는 주방식구들의 영광을 위한 일이야. 그러니까 내 손으로 매듭을 짓는 게 옳겠지?'

[어리석긴, 아직은 이르다.]

'조리 능력치는 그저 판단의 척도일 뿐 아니던가?'

[오만하기 그지없군. 네 놈 조리 능력치의 일부도 내 덕분이라는 사실을······.]

쿠거의 흥분한 목소리는 끝을 맺지 못했다.

'알아, 그래서 항상 고마워.'

[뭐, 뭐?]

상위 정령에 속하는 쿠거는 계약자의 진심을 읽을 수 있는 능력이 있고, 지금 경묵이 한 말의 진위여부에 대해 가려낼 수 있는 능력이 있었다.

평소에 무뚝뚝하기 그지없던 경묵이 이런 말을 했다는 것 자체가 놀랄 일이지만, 더 놀라운 사실은 지금 경묵이 한 말이 오롯이 진실이라는 것.

쿠거가 당황하여 쉽사리 말을 잇지 못하자, 경묵은 다시금 말을 이어나가기 시작했다.

'내가 주방 식구들에게 미안해할 일은 없을 거야.'

[실망이군, 저들은 너를 신뢰한다는 이유 하나만으로 널 따르고 있다. 그들에게 좌절을 안겨주고도 미안해하지 않겠다는 건가?]

'아니, 내가 이기면 미안해 할 이유가 없지 않나? 이래봬도 내가 한다면 다 하거든. 마음먹은 건 다 했고, 지금도 마찬가지야. 이기면 미안해하지 않아도 돼. 알량한 객기가 아니라, 나는 저들을 책임지고 최고로 만들 거야. 그러려면 내가 최고가 되어야 하고, 그러려면 저렇게 강한 상대와도 한번 자웅을 겨뤄봐야 하지 않겠어?'

경묵은 칼을 도마 위에 꽂아 세우고는, 칼 손잡이 끝에 손을 가볍게 가져다 댄 채로 말을 이었다.

'이봐 쿠거, 내가 왜 각성을 한 후에 떼돈을 벌 수 있는 마수사냥을 안 하고 주방에 남았는지 알아?'

[왜지?]

'나 혼자서만 잘 되는 그림을 그려봤는데, 영 별로더라고.'

[크하하, 네 놈은 요리사로군.]

쿠거가 말을 마친지 얼마 지나지 않아 다시금 엷게 떨리는 그의 음성이 들려오기 시작했다.

[이계에서 주방 식구란, 생사를 함께 하는 동료를 뜻한다. 식재료를 구입해서 사용한다면 적자를 면할 수 있는 식당이 없거든. 우리는 함께 목숨을 걸고 함께 괴수들과 맞서 식재료를 취해왔지.]

'그럼 그 만큼 비싼 값에 팔면 되지 않나?'

[이계 요리사 중에도 그런 장사꾼이 있지. 나는 장사꾼이 아니야. 요리사지. 요리사라는 직업이 뭐라고 생각하지? 나는 이렇게 생각한다.]

'어떻게?'

[남의 식사는 지극히 호화롭게 챙겨주지만, 정작 본인의 끼니는 제대로 챙기지 못하는 멍청한 놈들이라고 생각한다.]

이내 경묵의 입가에서 웃음이 흘러나왔다.

장사가 잘 되는 날이면, 매일 같이 주방 안에 쪼그려 앉아 급하게 먹던 짜장면이 생각난 탓이었다.

경묵이 대답 대신 입 꼬리를 말아 올려 보이자, 쿠거가 다시금 말을 이었다.

[내가 그런 머저리들을, 요리사 나부랭이들을 사랑하는 이유는 한 가지야. 행복해하거든. 남들이 맛있게 먹는 모습을 보면서 말이야. 요리사는 희생하는 사람들이다. 누군가는 요리를 허영의 일부라고 생각한다. 먹는 음식으로 삶의 척도를 판가름하려 드니까 말이야. 그리고 장사꾼들은 그들의 심리

를 이용하곤 하지. 그리고 나 역시 장사꾼이었다.]

'그럼 언제 요리사가 되었지?'

[이계에 살아있을 적에 돈이 없다는 이유로 내 식당에 방문한 노인과 아이를 내 쫓은 적이 있었지. 이틀도 되지 않아서 그 노인이 아사(餓死)했어. 그 아이의 유일한 보호자였던 노인이 세상을 떴으니, 영락없는 고아가 되어버린 거야. 혹시 내가 일전에 말했던 '이계 요리사의 업'을 기억하나?]

처음 계약했던 날, 폰 데 쿠거밀스에게 들었던 이야기였다.

이계 요리사의 업을 마치지 못해 정령으로서 수백 년의 삶을 살고 있는 쿠거와의 계약 조건은 이능의 전수를 받는 대신 그 업을 돕는 것이었다.

그리고 그 업은 기약조차 없는 해괴한 업이었다.

조건은 다름 아닌 굶주린 이들에게 요리사가 할 수 있는 방법으로서 생기를 불어 넣는 것이었고, 언제 그 업을 벗어던질 수 있는지, 또한 누가 자신에게 이러한 업을 전수했는지는 전혀 기억할 수 없다고 했었다.

[어림짐작해 수백 년이다. 나는 내 이름조차 잊었어. 쿠거라는 이름은 내가 이름을 잊었을 때 만난 계약자가 지어준 이름이다. 본래 그가 지어준 이름 쿠커(cooker)였다. 조리도구라는 뜻이라더군. 그 얄궂은 녀석이 나를 제 조리도구쯤으로 여겼던 모양이야. 그렇게 긴 시간 다른 요리사들의 힘을 빌려 업을 이루고자 노력했다. 그러나 내가 만났던 이들은 하나같이 장사꾼이었지, 요리사가 아니었고 나는 업을 벗어던질 수 없었다. 내가 너를 고른 이유는 사실 요리사 같아서

가 아니야. 이제 그 업을 이룰 수 없다고 포기한 상태였다. 이제 이 인고의 시간 속에서 흥미를 유발하는 일을 하고 싶었지. 심심풀이로 한 몇 십 년 쯤 말이야.]

이내 경묵이 진심을 가득 담아 답했다.

'쿠거, 주방 식구로서 약속하지. 그 업은 내가 벗어던질 수 있도록 도와주지.'

[뭐?]

'뭘 그렇게 놀라? 이계에서는 같은 주방 식구로서 그 정도 도움은 아무것도 아니지 않나? 함께 생사를 넘나들며 식재료를 구해오기도 하는데 말이야.'

이내 쿠거가 감정을 잔뜩 절제시킨 것인지, 부자연스러운 억양으로 답했다.

[이곳 주방도 나쁘지 않은 곳인 것 같군. 여기 방식으로 대답해주지.]

'해 봐.'

[yes, chef!]

경묵은 그제야 고개를 돌려 연회실 무대 벽에 빔 프로젝트로 비춰지고 있는 남은 시간을 확인했다.

앞으로 55분.

무려 5분의 시간을 날려버린 셈 이었다.

아니, 5분의 시간을 투자해, 든든한 주방 동료를 얻은 것이었다.

경묵은 조리대 위에 펼쳐진 재료들을 잠시 응시하다가, 고개를 핵 돌려서는 손가락으로 정혁을 가리키며 외쳤다.

"이 봐, 뚱뚱한 졸병. 너는 이 별 모양 나뭇잎을 잘게 썰어. 간 듯이 곱게 가루로 만들라는 말이야. 말 귀 알아들었지?"

멀뚱멀뚱 서있던 정혁이 당황한 듯 어깨에 힘을 빡 주며 군기가 잔뜩 잡힌 목소리로 답했다.

"예! 알겠습니다!"

이내 배를 잡고 웃음을 지어보인 경묵이, 이번에는 전병우와 대욱을 바라보며 말했다.

"대욱 셰프님, 스승님. 두 분은 이 여덟 집게 가재를 좀 손질해주세요."

그 말을 들은 대욱과 전병우가 의아하다는 듯 바라보자, 경묵이 득의의 미소를 지어보이고는 입을 뗐다.

"방금 선수 교체 했어요. 시작하자고요."

경묵이 준비해 둔 회오리 문양이 새겨진 과일은 우리에게 익숙한 사과와 비슷한 풍미를 자랑하는 '허리케인 애플' 이라는 이름의 과일로서, 일반적인 사과보다 훨씬 더 달콤하고 청량한 맛을 지니고 있는 식재료이다.

'여덟 집게 가재' 는 말 그대로 집게가 여덟 개 달린 가재이다.

일반적인 가재 살 보다 훨씬 더 탱탱하고 깊은 맛을 지니고 있으며, 이계에서 그나마 쉽게 구할 수 있는 식재료 중 하나이다.

마지막으로 별 모양 나뭇잎, '스타 립' 은 씹으면 입 안에서 무언가가 톡톡 튀는 것 같은 이색적인 식감을 지니고 있다.

그와 동시에 코끝이 얼얼해질 만큼의 알싸한 맛을 지니고 있어 자극적인 향신료가 희귀한 이계에서는 상당히 비싼 가격에 거래되고 있는 향신료 중 하나이다.

모두 쿠거의 부탁으로 마켓에서 구입한 식재료들이었다.

신선도는 의심의 여지가 없었고, 어떻게 조각을 해서 어떤 맛을 내느냐는 온전히 경묵 팀에게 주어진 임무였다.

정혁은 경묵의 지시대로 스타 립을 잘게 다지기 시작했고, 전병우와 대욱은 여덟 집게 가재의 배와 등을 갈라, 두 조각으로 만든 후에 여덟 집게 속의 속살을 고스란히 빼내기 시작했다.

경묵은 칼등으로 한 대 얻어맞은 후에 잠잠해진 말하는 만드라고라를 잘게 다진 후에, 물이 담긴 냄비 안에 대충 던져 넣고는 전병우에게 말했다.

"스승님, 가재 껍질 다 주세요."

"어? 여기."

전병우가 조각난 집게 껍질을 경묵에게 건네자, 경묵은 재빠르게 가재 껍질을 망 안에 담아 냄비 안에 함께 넣었다.

직후 생강과 레몬, 설탕과 식초, 양파, 그리고 마지막으로 얇게 저미듯 썰어낸 허리케인 애플을 넣어 육수를 끓여내기 시작했다.

익숙한 탕수육 소스 레시피와 비슷했지만, 차이점이 있다면 여덟 집게 가재의 껍질과 허리케인 애플이 들어갔다는 점.

그리고는 정혁이 다져낸 스타 립 가루를 미량 넣고는 육수 냄비 뚜껑을 아예 닫아버렸다.

그 다음 가재 몸통은 껍질 채, 집게 속살은 그대로 찜통에 넣은 후에 익히기 시작했다.

순식간에 조리대 위에 있던 모든 식재료들이 사라진 셈이었다.

경묵은 화구의 열기 탓에 이마에 맺힌 땀을 한 번 닦아내고는 시간을 다시 한 번 바라보았다.

남은 시간은 50분.

가재가 익는데는 그리 오랜 시간이 걸리지 않는다.

문제는 육수였다.

소스의 기반이 될 육수를 제대로 우리려면 최대한 오랫동안 끓여내는 것이 좋다.

그러나 액체 상태인 소스를 전분을 넣고 뜨거운 불에 한 번 볶아주는 것으로 진정한 모습을 찾아주어야 하니 시간 계산을 제대로 해야 했다.

'볶는데 걸리는 시간은 3분 정도가 소요되고, 접시에 그럴싸하게 플레이팅 하는 데에는 2분 정도……. 대략 6분 쯤 남았을 때 육수를 꺼내야겠군.'

경묵은 뚜껑이 덮여 있어 안이 들여다보이지 않는 냄비를 뚫어져라 바라보았다.

그리고 그 너머로 보이는 양삭 팀의 팀원들의 분주한 움직임이 경묵의 가슴을 더욱 두근거리게 하고 있었다.

한 편, 조리에 열중하고 있던 양삭은 제법 떨어져 있어 잘 보이지 않는 경묵의 조리대를 힐끔 바라보았다.

조리대 위에 가지런히 정렬되어있던 식재료들은 온데간데

없이 사라져있었고, 화구 위에 오른 찜통과 냄비 하나가 전부였다.

양삭은 경묵 팀의 요리라면 경연을 치루는 내내 유의해서 살펴봐 왔었다.

경묵의 주특기는 변칙적인 퓨전 중화요리.

장르를 불문하고, 조리법이나 식재료를 바꿔치기하거나 조립하여 특색 있는 맛을 내는 것이 경묵의 주 특기였다.

'당신의 패착은 너무 빨리 다 보여줬다는 거야.'

양삭은 이번에도 경묵이 흔하고 흔한 퓨전 중국 요리를 선보일 것이라고만 예상하고 있었다.

냄비 안, 그리고 찜통 안에 담겨있는 해괴하고 희귀한 식재료에 대해서는 전혀 모른 채.

❁

"경연 시간이 종료되었습니다! 요리사 여러분들께서는 조리대에서 한 걸음 물러나주시기 바랍니다."

연회실 맨 앞, 무대 위에 선 사회자의 목소리가 장내의 스피커를 타고 흘러나왔다.

양삭 팀의 요리사들은 여전히 무언가 아쉬움이 남는 것인지, 자신들이 조리해낸 요리를 다시금 살펴보고 있었지만 경묵 팀은 별 미련이 없는 것인지 무던한 투로 저들끼리 무어라 사담을 주고받고 있는 듯 했다.

"자, 그럼 지금부터 상해 세계 중식 컨벤션의 결승전 심사를 시작하도록 하겠습니다."

심사는 사회자의 말이 끝나기가 무섭게 일사분란하게 진행되기 시작했다.

반으로 나누어진 심사위원 무리 중 한 무리는 양삭 팀의 음식을, 또 나머지 반은 경묵 팀의 요리에 대한 심사를 시작했고, 요리 오디션 프로그램과는 달리 심사평을 공개하거나 하는 등의 모습은 일절 보이지 않았다.

양 팀의 음식을 맛보는 심사위원들의 얼굴 표정만이 유일하게 결과를 가늠해볼 수 있는 매개체였을 뿐.

양삭 팀의 요리 심사를 맡게 된 심사위원들은 곁눈질로 경묵 팀 조리대 위에 있는 요리를 바라보고는 아쉬움 섞인 말을 한 마디씩 뱉어냈다.

"아, 아쉽군요. 저 팀 요리는 끝까지 맛보고 싶었는데."

"저는 1차 경연 이후로는 한 번도 맛을 못 봤습니다."

"하하, 언뜻 보기에는 가재 요리 같은데……. 무슨 요리인지 정말 궁금하네요."

그도 그럴 것이 양삭 팀이 선보인 요리는 양고기를 이용한 볶음 요리였다.

중국음식 특유의 끈적끈적한 소스는 간장이 주 재료인 듯했고, 가지와 버섯 등 여러 가지 야채와 함께 볶은 듯 보였다.

그러나 경묵 팀의 요리는 정체를 가늠할 수 없었다.

조리결과를 보았음에도 불구하고, 조리대 위에 올려져 있던 재료들을 모두 보았음에도 불구하고 그 정체를 가늠하래야 할 수가 없었다.

이것이 심사위원들이 아쉬워하는 이유였다.

맛조차 가늠할 수 없는 특별한 요리.

그저 맛을 짐작할 수 없는 해괴망측한 요리라면 누구라도 만들어 낼 수 있다지만, 경묵이 조리한 요리는 겨우 그 정도 수준의 요리가 아니었다.

"맛있군요."

양삭 팀의 요리 맛을 본 심사위원 한 명이 영혼이 빠져나가기라도 한 듯 힘없는 투로 말하며, 경묵 팀의 조리대를 바라보았다.

그리고 그 순간 이었다.

"아, 아, 아니!"

경묵 팀의 음식을 맛 본 심사위원 한 명이 마치 못 볼 것이라도 본 양, 잔뜩 격양된 소리를 내뱉었다.

양삭 팀의 심사를 하던 심사위원들조차 일제히 접시를 내려놓은 채 경묵 팀의 조리대를 돌아보았고, 그런 그들의 모습을 지켜보던 양삭과 팀원들의 표정이 일순 딱딱하게 굳었다.

자신들의 음식을 심사하던 심사위원들의 관심까지도 오롯이 경묵 팀에게 쏠렸으니, 기분이 상하지 않으면 오히려 이상한 일일 것이다.

경묵 팀의 요리를 맛 본 엄수환은 접시를 내려놓은 채 나지막이 읊조렸다.

"난생 처음 보는 맛이로군."

담백한 맛이리라 예상한 바닷가재는 뽀얀 속살 사이사이에서 기름 맛이 났다.

인위적으로 조리를 하는 과정에 스며들게끔 만든 기름이 아니라, 살 속에 함유되어있던 기름이었다.

단순히 입술은 촉촉하게, 속은 더부룩하게 만드는 단순한 기름이 아닌 음식의 식감을 배가시키는 조화로운 맛의 기름이었다.

더군다나 소스가 덧입혀진 부분은 말로 형언할 수 없는 특별한 맛을 지니고 있었다.

탄산음료 마냥 무언가가 입 안에서 톡톡 쏘는 듯한 맛.

그래, 천방지축.

말 그대로 천방지축이라 할 수 있는 맛이었다.

새콤달콤함과 함께 느껴지는 씁쓸한 끝 맛에서는 진귀한 식재료가 담겨있다는 추측을 할 수밖에 없었다.

보기에도, 먹기에도, 그리고 정확히 단정 지을 순 없다지만 분명 건강에도 좋을 것만 같은 맛이었다.

경묵은 웃음을 살짝 머금은 채, 심사위원들에게 물었다.

"입에는 좀 맞으십니까?"

이내 엄수환이 텅 빈 접시를 다시금 조리대 위에 내려놓으며 가장 먼저 답했다.

"나는 말이야, 일생동안 저급한 맛을 지닌 음식 때문에 고생한 혀가 오늘에서야 보상을 받았다는 생각이 드는군."

경묵은 그저 옅은 미소만 한 번 지어보이고는 나지막이 답했다.

"다행이군요."

한 편, 그렇게 화기애애한 경묵 팀의 조리대를 엿보던 양삭이 풀 죽은 듯 팀원들에게 말했다.

"다들 갈 준비 합시다. 짐 싸세요."

"예? 그게 무슨⋯⋯."

"형님, 아직 심사가 끝나지도 않았어요! 어쩌면⋯⋯."

억울하다는 듯 눈을 크게 뜬 채로 달려드는 팀원들을 애처롭다는 듯 훑어본 양삭이 단호한 투로 답했다.

"너무 강한 적을 만났어요. 우리는 내년을 노립시다."

양삭은 애석하다는 듯 아랫입술을 질근질근 씹으며 경묵을 노려보다가, 나지막이 말을 이었다.

"내년엔 저 셰프와 조우하지 않는다는 가정 하에 말입니다."

양삭 팀은 아예 포기한 듯, 심사위원들이 조리대를 떠나지도 않았을 때부터 자신들의 짐을 챙기기 시작했다.

"아직 심사가 끝나지 않았어요."

이내 심사위원들이 의아하다는 듯 양삭에게 되묻자, 양삭이 정중한 투로 말을 이어나가기 시작했다.

"결과는 이미 정해진 것 같군요."

"우리는 공정한 심사만을 고수합니다. 결과는 아직 알 수 없⋯⋯."

심사위원이 말을 끝맺기도 전에, 양삭이 고개를 저어보이고는 말을 가로챘다.

"굳이 겨뤄보지 않아도 알 수 있습니다."

"어쨌든 시상식이 끝날 때 까지는 계셔 주십시오."

"물론입니다."

양삭이 이와 같은 행동을 펼친 데에는 그만한 이유가 있었다.

양삭은 미량의 마나를 사용하여 요리의 맛을 점수화 시킬 수 있는 스킬이 있었다.

요리의 맛에 따라 요리 위에 나타나는 별의 숫자가 달라지는 능력.

그리고 MAX에 이른 어마무시한 조리 능력치.

이 두 가지 이점을 이용하여 자신의 요리 위에 나타날 별의 숫자를 5개로 만들기 위해 고군분투 해왔다.

모든 재료들의 식감을 살리기 위해 수만 가지 방법을 써보기도 하고, 조리법을 바꿔보기도 했다.

조리 도구를 바꿔보기도 하고, 말 그대로 온갖 방법이라는 방법은 다 써본 것이다.

그러나 좀처럼 별 5개 짜리 요리를 만들 수가 없었다.

이번 상해 세계 대회에 출전한 팀들의 요리는 보통 평균적으로 별의 숫자가 3개 내지 3개 반이었다.

그리고 양삭이 결승전에서 선보인 요리는 별5개.

그 전까지 선보였던 요리들은 하나같이 별 4개짜리 요리들이었고, 마지막 비기로서 5개짜리 요리를 선보인 것이다.

경묵 팀이 지난 경연에서 선보였던 요리들도 모두 별 4개짜리 요리들이었다.

그런데 지금 멀찍이 떨어진 경묵 팀의 요리 위에 떠있는 별의 개수는 7개.

여태껏 5개가 넘는 요리를 본 적이 단 한 번도 없었기에,

적지 않은 충격을 받았음은 물론 전의를 상실할 수밖에 없는 노릇이었다.

양삭은 이내 쓴 웃음을 지은 채로 자신에게만 들릴 만큼 작은 소리로 읊조렸다.

"저 음식을 맛보지 못하는 건 아쉽군……."

❀

상해 세계 중식 컨벤션.

역사와 전통이 깊은 대회는 아니라지만, 현재 중국 내에서 개최되고 있는 요리 대회 중 최대 규모를 자랑하는 대회.

참가자들의 가지각색인 국적만 놓고 보더라도, 그리고 그런 참가자들의 이력사항만 놓고 살펴보더라도 얼마나 수준이 높은 대회인지를 가늠할 수 있다.

시상식은 심사가 끝나기가 무섭게 곧장 이어졌다.

수상부분은 총 5개로서, 그랑프리와 1,2,3등.

그리고 특별 수상으로 '골든 웍' 상이 있다.

특별상인 골든 웍 상은, 상해 세계 중식 대회의 참가자들이 그랑프리나 1,2,3 등 수상보다 더 탐내는 상으로서 순금으로 된 웍을 전대 우승자에게 수여받는 의미 있는 상이었다.

덕분에 주최 측은 전년도부터는 특별상을 가장 늦게 발표하는 원칙을 고수하게 되었다.

"자, 그럼 3등입니다. 사천요리의 진수를 선보여 주었던 사천 출신 요리사 '옴챵쿵' 팀!"

짝짝짝짝-!

이내 박수 갈채가 쏟아지기 시작했고, 옴챵쿵팀의 요리사들이 연회실 맨앞 연단에 말끔한 조리복 차림으로 올라섰다.

"자 그럼 2등을 발표하겠습니다! 꾸준히 수준높은 요리들을 선보인 '양삭' 팀 입니다!"

양삭 팀 역시, 연회실 앞 연단에 서서 상패와 트로피를 수여 받았다.

기자들의 셔터 소리가 끊기기 까지 한참이 걸렸다.

양삭 팀은 정중하게 객석을 향해 고개를 숙여보이고는, 일사분란하게 연단을 떠나 자신들의 자리로 돌아갔다.

그리고 예정된 1등.

경묵팀의 이름이 호명되었다.

"자 그럼 대망의 1등은 한국에서 온 '한국산 청양고추 5개' 팀 입니다!"

사회자의 우렁찬 목소리와 함께 다시금 우레와 같은 박수소리가 객석에서 쏟아지기 시작했다.

다른 팀원들과 달리 우물쭈물 대는 지언을 바라본 경묵이 지언의 팔목을 살짝 잡아끌며 말했다.

"뭐해? 상 안 받아?"

"네?"

"처음에 섰으면, 마지막에도 서 줘야지."

이내 경묵팀 전체가, 지언까지 포함하여 총 다섯의 요리사가 시상대에 올라 상패와 트로피를 수여받았다.

트로피는 팀원 중 가장 얼굴이 큰 정혁의 얼굴보다도 훨씬 컸고, 경묵 팀은 유일하게 상패와 함께 올해 말 상해에서 다시금 치러지는 갈라 쇼 참가권과 함께 상금 푯말까지 수여받았다.

형식적인 사진 촬영이 한참동안 계속 되고, 경묵팀이 시상대를 내려가려던 순간 사회자가 다시금 말을 덧붙였다.

"잠시만 대기해주시겠습니까?"

"예?"

경묵이 팀원들을 향해, 기다리라는 듯 손바닥을 들어보이자 팀원들이 걸음을 멈춘 채 잠시 대기했다.

"곧장 그랑프리 수상 팀 발표를 시작하겠습니다. 이번 대회의 그랑프리 수상자는 한국산 청양고추 5개 팀 입니다!"

다시금 객석에서 박수가 쏟아지기 시작했고, 경묵은 팀원들을 바라보며 의아하다는 듯 어깨를 한 번 들썩여 보였다.

다시금 그랑프리 수상 트로피와 상금이 기재된 푯말을 건넸지만, 경묵에게는 더 이상 남는 손이 없었다.

대욱과 정혁이 상패와 트로피, 푯말을 받아들고 내려가려던 순간 사회자가 다시금 말을 덧붙였다.

"잠깐! 잠시 대기해주시겠습니까?"

이내 그 말을 들은 경묵의 입가에 미소가 번졌다.

무슨 뜻은 모른다지만, 경묵의 미소를 본 팀원들의 입가에도 서서히 미소가 번지기 시작했다.

"자, 그럼! 특별상, 골든 웍 상의 수상자까지 발표하도록 하겠습니다! '한국산 청양고추 5개' 팀 입니다!"

이내 진행요원들이 순금으로 만들어진 웍까지 건넸고, 골든 웍을 받아들려던 전병우가 지언을 한 번 돌아보고는 지언에게 손짓을 해보였다.

이내 옅은 웃음을 지어보인 지언이 골든 웍을 진행요원에게 건네받았다.

상해 세계 중식 컨벤션.

이 곳에서 한국인으로 구성된 팀의 입상한다는 것부터가 기적과도 같은 일이었다.

편파적인 심사가 있다는 것이 아니라, 워낙 쟁쟁한 요리사들이 많이 출전하고 뼈대있는 그들의 조리를 따라가기에는 어려움이 있었다.

그러나 경묵과 북경각 직원들은 새로운 역사를 써냈다.

대회 역사상 최초의 3관왕.

이것이 한낱 중국집 배달 직원이었던 경묵이 이룩한 쾌거였다.

❀

경묵과 팀원들은 대회 일정이 마무리 된 후 이틀간 나름의 여유를 만끽한 후에 귀국했다.

한 편 경묵은 한국 땅을 밟자마자 집에는 발도 못 들여보고 최태룡의 저택으로 걸음을 옮기고 있었다.

'정말 정신이 하나도 없네.'

차를 보내주겠다는 최태룡의 제안을 거절한 경묵은 오랜

만에 대중교통을 이용하여 이동을 하고 있었다.

오랜만에 타는 버스, 맨 뒷자리에 앉아 창밖을 바라보던 경묵은 스쳐지나가는 창 너머를 넋 놓고 바라보며 쓴 웃음을 한 번 지어보였다.

한 편 지금 한국은 경묵과 팀원들에 대한 이야기로 난리통이라 할 수 있었다.

그 사실을 증명이라도 하듯 창 너머로 보이는 고층빌딩 맨 위에 자리한 전광판에도 경묵과 팀원들의 이야기가 흘러나오고 있었다.

많은 사람들이 경묵을 보며 희망을 느끼고 있었고, 경묵을 동경하고 있었다.

경묵을 깎아내리며 인지도를 얻어 보려는 속셈으로 경묵을 건드리는 평론가들도 있었으나, 경묵은 일절 이 문제로는 고민하지 않았다.

다만, 칭챠오와의 인터뷰 이후로 줄곧 행복에 대한 자문을 던지고 있었다.

꿈을 이룬 지금, 경묵에게 남은 것은 욕심이 아니었다.

욕망.

무슨 수를 써도 절대로 채울수 없는 것.

손을 한 번 쥐었다 펴 보인 경묵은 씁쓸한 웃음을 지어보이고는 등받이에 몸을 기댄 채 눈을 지그시 감아보였다.

열린 창 틈을 타고 버스 안으로 흘러들어오는 바람이 목울대를 간질이는 듯 했다.

키워드기사 = '요리사 임경묵'과 4인 중화요리의 본토, 중국을 뒤 흔들다. (세계 중식 컨벤션 최초 3관왕)

지난 6월 상해에서 개최된 세계 중식 컨벤션의 시상식에서 한국인 요리사 다섯 명이 시상대에 올랐다.

사진(위) 임경묵(왼쪽)이 팀을 이끈 실질적인 팀의 헤드 셰프로서, 한국인 최초 우승은 물론 대회 역사상 처음으로 3관왕을 거머쥐는 영예를 누리게 되었다.

채널 F&F에서 계획한 '오너 셰프 코리아'에서 이름을 알리기 시작한 그는, 오너 셰프 코리아 우승을 거머쥔 후 예정대로 상해 세계 중식 컨벤션에 출전한 것으로 알려졌다.

트럭 소상인으로 이름을 알렸던 그는 특별한 이변이 없는 한 올해 내로 40곳의 업장을 개업할 것이라는 의견을 밝혔다.

더군다나 미슐랭 가이드와 맞먹는 영향력을 지닌 '굿 레스토랑'의 전설이 될 한국 요리사(be a legend)부문에 선별되기도 했다.

또한, 한국의 전설 급 요리사로 선별된 요리사는 '전병우' 셰프로서 임경묵 요리사의 지휘 아래 힘쓴 3관왕의 주역이자 임경묵 요리사의 스승이다.

이에 누리꾼들은 '상이라도 줘라.' '정말 멋진 청년.' '개천에서 용 난다는 말은 이럴 때 하라고 있는 것인가?' '그 스승에 그 제자네.' 등의 반응을……

경묵은 화끈거리는 얼굴을 한 손으로 어루만지며 신문을
접었다.

"자네 때문에 여론이 뜨겁더군."

"그러게요."

최태룡은 만족스럽다는 듯 고개를 한 번 끄덕여보이고는
말했다.

"그래, 어쨌든 이 정도면 만족스럽군. 이 정도는 되야 나
도 투자할 맛이 나지 않겠나?"

"어쨌든 홍보 쪽으로는 요긴하게 쓸 수 있겠습니다. 은연
중에 업장에 대한 이야기도 몇 마디 흘려놨고요."

"자네 봉사활동 중인 햇빛보육원 말인데, 그 쪽도 아예 자체
적으로 수속을 밟고 제대로 된 후원을 하는 게 나을 것 같군."

경묵은 흔쾌히 고개를 끄덕여 보이고는 밝은 목소리로 답
했다.

"듣던 중 반가운 이야기군요. 원장님과 대화 나누어 보도
록 하겠습니다."

"그래, 겸사겸사 좋은 일 하는 거지. 보고서 받았겠지만,
이제 슬슬 구인 시작해야 해. 제 날짜에 개업하려면 말이야.
우선 본사 직원들은 쓸만한 녀석들로 구축 중이고, 자네는
예정대로만 움직이면 돼."

이내 경묵이 옅은 미소를 지어보이고는 고개를 한 차례 끄
덕여 보이자, 최태룡이 말을 이었다.

"단연 중식에서만 그칠 생각은 말게, 프렌차이즈 팀도 구축 중이고 공장에서 단순히 중식집 소스만 만드는 것도 어떻게 보면 낭비야. 여러모로 고심해서 가짓수를 늘리면 수환이 더 좋아질걸세."

"알겠습니다."

"아, 그리고 말이야."

최태룡이 잠시 말을 멈춘 채, 경묵을 바라보다가 다시금 입을 뗐다.

"이건 서은이 이야긴데, 이제 떠나기로 한 이야기는 들었겠지?"

서은의 이야기가 거론되기가 무섭게 경묵의 눈이 커졌다.

"회장님께서 어떻게…… 아, 아니, 떠난다니요?"

"하하하, 이야기 다 들었지. 자네 중국에 있을 때 서은이가 찾아왔어. 외식 경영을 배우고 싶다더군."

"외식 경영이요? 그런데 떠난다니요?"

최태룡은 어깻짓을 한 번 해보인 후에 곧장 답했다.

"자네에게 아무런 도움도 되지 않는 것 같다고 해서 말이야, 해외에서 제대로 배우고 오라고 했더니 흔쾌히 승낙하더군. 미리 말이 오간 것 아니었나?"

"처음 듣습니다."

이내 양 손으로 얼굴을 몇 번 쓸어내려 보인 경묵이 자리를 박차고 일어서며 말했다.

"죄송합니다만 오늘은 먼저 일어나겠습니다."

"그래, 알겠네."

경묵이 급한 걸음으로 서재를 나서자, 최태룡은 경묵이 나간 문을 지그시 바라보다가 이내 호탕한 웃음을 터트렸다.

"하하하하하하. 호랑이도 사랑하는 암컷 앞에서는 꼼짝도 못하지. 암, 그렇고말고."

❀

저택을 나선 경묵은 곧장 서은에게 전화를 걸기 시작했다.

다짜고짜 말도 없이 떠난다니?

아무리 지금 정식적으로 만나는 사이가 아니라지만, 그래도 이건 아니라고 생각하고 있었다.

아랫입술을 질근질근 씹어대며 통화 연결 음을 듣던 경묵이 이내 다급한 소리로 수화기 너머 서은을 다그치기 시작했다.

"이게 뭐에요, 서은씨?"

– 네?

"다짜고짜 말도 없이 떠난다니, 아니…… 일단 어디에요?"

– 집이에요, 막 말하려던 찰나…….

"됐고, 바로 갈 테니까 잠깐 나와요."

전화를 끊자마자, 차의 시동을 건 경묵이 엑셀 페달이 눌려서 다시 튀어나오지 않을 만큼 세게 밟아댔다.

굉음을 내며 질주하기 시작한 차는 멈춰설 줄을 모르고 내달리기 시작했고, 얼마 지나지 않아 서은의 집 근처에 도착했다.

구로동 주택가 안으로 들어선 경묵의 차를 발견한 서은이 반갑다는 듯 손을 크게 흔들어댔다.

경묵은 한숨을 내쉬며 서은의 옆에 멈춰섰다.

"서은씨, 얼른 타요."

고개를 끄덕여 보인 서은이 조수석에 오르며 애교 섞인 목소리로 물었다.

"경묵씨! 왜 이렇게 화가 났어요?"

"내가 언제 서은씨 한테 도와달래요?"

"네?"

"도와 달랬냐고! 다짜고짜 이게 무슨 말이에요? 한 마디 상의도 없이!"

경묵이 화가 잔뜩 난 듯, 무섭게 휘몰아치자 살짝 기가 죽은 듯 보이는 서은이 고개를 살짝 숙여보이고는 나지막이 말을 답했다.

"말도 없이 멋대로 정해서 미안해요."

"왜 그랬어요?"

"내가 앞으로 평생 서빙만 할 수는 없잖아요."

경묵은 핸들에 머리를 박은 채, 깊은 한숨을 내쉬었다.

"서은씨 한 명, 안 도와줘도 상관없어요. 가지 마요."

"미안한데, 갈 거예요. 나도 고집 세요."

이내 경묵이 고개를 살짝 들어서, 힘없는 눈으로 서은을 바라보며 나지막이 말을 이어나가기 시작했다.

"가지 마요, 요즘 서은씨 만나는 날만 손에 꼽으면서 기다려요. 아무리 힘들어도 그 날만 생각하면서 버틴단 말야. 안 가는 게 나 도와주는 거니까 가지 마요."

이내 서은이 옅은 미소를 머금은 채 경묵을 꼭 끌어안으며 말했다.

"경묵씨, 나도 정말 힘들게 내린 결정이에요. 조금만 기다려요, 경묵씨는 계속 멋있어 지는데 나만 그대로 일순 없잖아요?"

서은의 품에 안겨있던 경묵의 몸이 살짝살짝 들썩이기 시작할 쯤, 살짝 붉어진 눈시울로 고개를 든 경묵이 서은에게 물었다.

"언제 가는데요?"

"오늘이 마지막으로 보는 걸 거예요."

이내 경묵이 체념한 듯 고개를 한 번 끄덕여보이고는 답했다.

"그럼 오늘 나랑 같이 있어요."

많은 감정이 가미되어 떨리는 목소리에 서은이 고개를 살짝 끄덕여 보이고는 답했다.

"그래. 알았어요."

서은은 다시금 경묵을 품에 꼭 끌어안은 채 나지막이 말을 이었다.

"외로울 것 같아. 거기 가면."

"어디로 가는데요?"

"영국, 아마 거기에만 있지는 않을 거예요."

경묵은 무언가 생각이라도 난 듯 서은의 품속을 헤쳐 나오며 서은에게 말했다.

"서은씨, 잠시만요."

경묵은 차 서랍장 안에 있던 라이터를 꺼내 들어서는, 화동이를 불러냈다.

"화동아."

이내 불 속에서 동그란 알의 형태를 한 화동이 일정한 궤적을 그리며 날아올랐다.

[부르셨어요?]

화동의 귀여운 목소리를 들은 경묵이 옅은 미소를 지어보이고는 곧장 물었다.

"부탁하나 할 수 있을까?"

[부탁이요? 제가 할 수 있는 것이라면 뭐든지 도와드릴 거예요! 제게 무언가 부탁해주셔서 너무 좋아요!]

화동은 잔뜩 신이 난 듯 경묵의 눈앞에서 빙빙 돌며 노랫말을 알 수 없는 노래를 불러대기 시작했고, 그 광경을 지켜보던 서은은 의아하다는 듯 고개를 살짝 기웃거려 보이다가, 경묵이 화동에게 말한 '부탁'의 정체를 듣자 이내 피식하고 웃음을 지어보였다.

"화동아 혹시 서은씨가 나랑 떨어져있는 동안 서은 씨를 지켜줄 수 있을까 해서 말이야."

이내 화동이 답했다.

[저만 믿으세요! 어떻게든 지켜드릴 테니까요!]

"정말?"

[물론이죠, 서은님께 일시적으로 계약을 통해 얻으신 모든 권리를 위임하시면 돼요!]

이내 경묵이 서은을 돌아보며 웃음기 어린 어투로 말했다.

"내가 좋은 친구 한 명 소개시켜줄게요. 든든한 보디가드이기도 하고 말이에요."

이윽고 서은의 손가락에도 경묵의 손가락 위에 나타난것과 같은 문양이 천천히 새겨지기 시작했다.

정령 계약의 증표였다.

⊛

바쁜 일정 탓에 피곤했던 것일까?

경묵은 방금 뜬 눈을 다시금 감은 채, 기억을 천천히 거슬러 마지막 기억을 되짚어 보았다.

옆에 누워있던 서은의 머리칼을 어루만지다가 깜빡 잠이 들었다.

그리고 정신없이 잠들었다가 깬 경묵이 눈을 떴을 땐, 옆자리에 잠들어 있던 서은이 이미 자리를 떠난 후였다.

자신의 목가에 닿던 서은의 따뜻한 숨이 어느 순간 사라졌음을 인지하지도 못한 채 골아 떨어져 누워있었던 것이다.

"하, 간 건가?"

혼자 중얼거린 경묵은 곧장 자리에서 일어서서는 방 안을 한 번 살펴보았다.

커튼이 쳐진 방 안은 어두웠고, 또 고요했다.

애석하게도 슬퍼할 새도 없는 듯 했다.

침대 옆 서랍장 위에서 미친 듯이 울어대는 핸드폰 때문이었다.

"여보세요?"

– 어 날세, 미안한데 급히 좀 와야겠어. 지금 외식사업기획팀에서 새로운 보고서가 올라왔는데 말이야…….

듣는 둥 마는 둥 하던 경묵이 수화기 너머 최태룡에게 잔뜩 풀이 죽은 목소리로 답했다.

"바로 가겠습니다."

– 알겠네.

전화를 끊은 경묵이 한 손에 휴대폰을 쥔 채 다시금 침대 위에 벌렁 드러누웠다.

서은은 자신에게 언제 돌아오겠다는 약속의 말조차 남기지 않았다.

경묵은 생각을 선회시키려는 듯 고개를 세차게 저어보이고는 자리에서 일어섰다.

비록 허무한 이별이라지만, 영원한 끝이 아니었다.

잠시 떨어져있는 것뿐이라 자신을 위안삼은 경묵이 몸을 일으켜서는 침실 밖으로 걸음을 옮기기 시작했다.

그리고 다짐했다.

서은과 다시 조우하게 되기 전에 최고가 되겠다고.

그리고 그 땐 손에 쥐고 있던 모든 걸 내려놓더라도 행복을 손에 거머쥐겠다고.

에필로그. 부먹? 쩍먹?

MODERN FANTASY STORY

각성!
북
경
각

그로부터 4년 후, 영국 런던의 한 레스토랑.

해외 프렌차이즈 개업을 위한 외국 바이어와의 미팅 덕분에 경묵이 직접 영국에 방문하게 되었다.

경묵의 일정이 빼곡하게 들어차있었다지만, 최태룡이 중요한 자리인 만큼 직접가라고 생떼를 쓰는 탓에 어쩔 수 없이 직접 방문한 것이다.

"귀국하고 나서 일정은 어떻게 돼요?"

"음…. 우선 이번에 프렌차이즈 설립을 위해 방문하실 가든 램지 셰프 내한일자와 귀국 일자가 같으십니다. 만나 뵌 직후 방송 출연 일정이 잡혀있습니다."

"방송이요?"

경묵이 넥타이를 살짝 푸르며 못마땅하다는 듯 묻자, 운전기사가 웃음을 지어보이며 답했다.

"유승우 PD님이 울며빌며 말도 아니었잖아요."

"아아, 그거. 그리고 그 다음은요?"

"그 다음은……."

숨도 쉴 수 없을만큼 바쁜 일정이 쭉 이어졌다.

그렇게 브리핑을 듣다보니 경묵이 탄 차가 어느새 바이어와 만나기로한 레스토랑 앞에 도착했다.

경묵의 차가 레스토랑 주차장 앞에 서자, 레스토랑 직원이 다가서서는 경묵의 운전기사와 무어라 대화를 주고받기 시작했다.

시계를 한 번 내려다 본 경묵이 눈썹을 한 번 꿈틀거려 보였다.

4년 전, 서은이 사주었던 시계였다.

푸르스름한 알을 통해 언뜻 비친 자신의 모습을 본 경묵이 씁쓸한 미소를 지어보였다.

최만기에게 도움의 보수로 지급받았던 40개가량의 업장이 현재는 200개로 늘어나있었다.

더군다나 이제는 해외 프렌차이즈 개업까지 코앞에 놓고 있었다.

개업 여부가 정해지는 것은 앞으로 2시간 내외일 것이다.

그러나 서은은 깜깜무소식 이었다.

떠난 4년 전의 그 날 이후로 쭉.

경묵이 못마땅하다는 듯 운전기사에게 말했다.

"그런데 이 시간에 보잡니까? 이상한 양반이군요. 이렇게 늦은 시간에, 장소도 마음대로 정하고 말이에요."

"그래도 이번 건만 성사되시면 우리 회사도 글로벌 기업이 되는 것 아니겠습니까! 기운 내셔서 말씀 잘 나누세요. 회장님!"

영 못마땅하다는 듯 고개를 저어보인 경묵이 먼저 식당 안으로 걸음을 옮겼다.

냅킨과 식기들이 준비된 테이블에 앉은 경묵이 레스토랑 안을 한 번 살펴본 후에 의아하다는 듯 고개를 살짝 갸웃거려 보였다.

테이블 위에 놓인 촛대에 촛불이 켜져있었던 탓이었다.

경묵은 초 끝에 타오르는 불꽃을 바라보며 지난 시간을 한 차례 되짚어 보았다.

서은씨가 떠난지 4년.

모든게, 그리고 모두가 많이 변했다.

할머니는 재국이 아저씨와 황혼재혼을 하신 후에 청담동 주택가에서 새 살림을 꾸리셨다.

로컬 푸드의 경표아저씨는 자신만의 식품회사를 차렸고, 나는 현재 모든 업장과 가맹점의 식자재를 그곳에서 받아쓰고 있다.

순자 이모 역시 '민경분식'을 프렌차이즈화 시켜, 현재 20개 가맹점을 지닌 프렌차이즈 기업의 사장이 되었다.

주방막내였던 지언은 각종 요리 채널에서 센스 있고 재치 있는 젊은 셰프로 이름을 날리고 있었고, 24개의 업장을 지닌 점주가 되었다.

정혁이 형은 결혼을 했다.

들은 이야기에 의하면 형수님은 손님이었다고 한다.

지금은 세 살 된 아이의 아버지가 되었는데, 어쩜 그리 아버지라는 단어가 안 어울리는지 모르겠다.

여전히 철이 없다.

그리고 대욱 셰프님, 아니 대욱이 형과 스승님은 일에서 손을 떼시고 스승님께서 전에 지내시던 강원도 인제의 산골 마을에서 함께 지내고 계신다.

가끔 연락을 주고받는데, 요즘은 취미삼아 농사를 지내고 계신다고 하셨다.

그리고 서은씨는, 4년째 연락이 없다.

무슨 일이 생긴 것은 아닌지, 최태룡 회장님께 여쭤보면 아무 일도 없다는 말씀만 반복하실 뿐.

정말 보고 싶다.

그 때, 바람이 불어와 촛대 위에 살아있던 가녀린 불꽃이 자취를 감추었다.

"어?"

그리고 레스토랑 안에 작은 불빛이 모습을 드러냈다.

천천히 경묵을 향해 날아들기 시작한 불꽃의 정체는, 불꽃이 아니라 작은 새 한 마리였다.

불꽃으로 된 작은 새.

"주인님!"

이내 경묵이 눈을 크게 뜬 채, 날아든 불꽃에게 물었다.

"너… 설마 화동이야?"

어린아이 주먹 하나 정도 되보이는 크기의 불꽃 새는 경묵 앞에 놓인 테이블에 내려 앉아서 말을 이어나가기 시작했다.

"보고싶었어요! 주인님! 주인님! 쓰다듬어 주세요!"

화동이었다.

경묵은 웃음을 감추지 못한 채, 화동의 머리를 쓰다듬어대기 시작했다.

그리고 그 때, 문가에서 기척이 느껴져 고개를 돌렸다.

잠깐? 화동이라면……

"오랜만이네요, 경묵씨."

문가에서 들어선 영국 바이어가 친근하기 그지없는 어투로, 그것도 한국말로 경묵에게 인사를 건넸다.

바로 다음 순간, 화동이 날아올라 테이블 위 촛대 끝에 내려앉았다.

촛불보다 더 환한 빛이 레스토랑 내부를 비추자, 영국 바이어의 정체가 드러났다.

경묵의 눈앞에 4년 전보다 훨씬 더 아름다워진 서은이 탕수육이 담긴 접시를 든 채 서 있었다.

서은이 미소를 지어보인 후에 나지막이 물었다.

"경묵씨! 부먹, 찍먹?"

경묵이 서은과 처음 만났던 날, 북경각에서 물었던 말이었다.

그 순간, 화동이가 날아올라 촛대 위에 불을 밝혔다.

이내 경묵이 옅은 미소를 지어보이며 엷게 떨리는 목소리로 답했다.

"부먹."

경묵의 입가에 근 몇 년간 떠오른 적 없던 행복한 미소가
떠올랐다.

<각성 북경각 완결>